鲜橙 著

上

太子妃升职记

全新修订版

作家出版社

目录

目录

第一章 这悲催的人生

殿内燃着安眠香，我躺在床上，默默地看着那描龙绣凤的帐子顶，表情很淡定，内心却很狂躁……

曾经有人问过我这样一个问题：

老婆和情人同时掉水里，你救哪个？

我当时很是纠结。

他见如此便又问道："那这样说吧，自己老婆和别人老婆同时掉水里，你先救哪个？"

这问题好回答，我立刻叫道："傻叉才救别人老婆呢，当然是先救自己老婆！"

我想，也许是为了惩罚我最初的犹豫，上天才把这个傻叉给了我，人说很是英明神武、酷肖成祖的皇太子齐晟。

唉，真真是一言难尽啊……还是从头说吧。

那一日，司命星君偷偷将我带出去，提着我上了云头，两人好一阵腾云驾雾，我正晕得七荤八素间，司命星君在一座水亭之上停下了云头，说道："且等着吧，你的肉身一会儿就到了。"

我趴在云头边上好是呕了一会儿，这才觉得心里不那么难受了，然后就扒着边往下看，只见下方一座精巧水亭置于湖面之上，四周亭台楼阁雕梁画栋，甚是华贵，不由得心中一阵暗喜，只看这宅院便知此家非富即贵，生在此间必然少不了钱财美人，倒也真算是得了个好造化。

那司命星君似窥破我的心思，面上竟有些不好意思，对我说道："若不是看在你曾对我有恩，我绝不能违你命格带你到此……"

我忙摆手，"知道了，知道了，多谢星君了。"

他已是唠叨了一路了，无非就是我前世对他有恩，他不忍看我英年早逝，于是便私自从地府提了我出来，想再给我几十年富贵……这话一连听了几遍，我都能背了。

司命星君又道："你要记得重生之后，万不可寻死，否则就要坠入那无底之渊，受尽折磨，连我也救你不得……"

"不会不会，放心，好容易再活一次，要我死我都不死！"我此刻哪有心思听他说这些，只扒着云头往下看，见那水桥上缓缓走来两个美貌小妞，不由得叫道，"哎！快看，这两个妞长得可真不错。"

司命星君也跟着探过头来，看了看那已经停在水桥上说话的小妞，突然问我道："这两个你喜欢哪个？"

"红衣服的那个吧。"我回答，这小妞丰乳肥臀小蛮腰，不可不谓之极品了，反观旁边那个穿白衣的就太过清瘦了些，减肥减过了的那种，我不喜欢。

司命星君听我如此回答大松了口气，"那就好。"

我一时不解，指着那红衣小妞问道："这小妞是谁？"

"当朝太子妃张氏，父亲乃是兵部尚书，祖父为护国大将军。"

"嚯！好强硬的娘家！"我惊叹。

"那是，不然怎会成为太子妃！"

"旁边那个呢？"

"那是赵王妃江氏。"

"长得倒也不错，就是这小脸苦点。"

司命星君弯着腰往下看甚不方便，干脆也趴在了云头边上，叹道："唉，这你不知道其中的曲折……"

他正给我讲得起劲，突然湖边又行来一群人，当首一个锦衣华服的小白脸扶着一个中年美妇，被众人簇拥着往这边游来。

我忙又问："那小白脸是谁？"

"哦，那是当朝太子齐晟。"星君答道。

当朝太子？那就是红衣小妞的老公了？

只见那太子齐晟无意间瞥到桥上这一对小妞，脸上表情似怔了一下，眼神接连变了几变。我这里正纳闷儿这小子到底怀了个什么心思，突听得扑通扑通两声水声，再回头，水桥上的两个妞竟然都落入了水里，紧接着一个身影从湖边冲了过来，也毫不停顿地跃入了水中。

我心中一动，联想到刚才星君问我的关于"自己老婆和别人老婆"的问题，心中顿时狂喜，忙扯着他的袖子问道："我这一世可是要做回太子？"

司命星君脸上表情有些怪异，好像是扭捏了一番才低声答道："呃……差不多吧。"

"哎？什么叫差不多？"

"你先看着吧。"

我忙又转回身扒着云头往下看去，还未看清下面人影，突听得身后司命星君一声喝道："是时辰了，去吧！"

一股大力猛地从我背后袭来，我这里还没有反应过来，人已是滚落了云头，眼前一黑，顿时没了意识……

再睁眼，已是三天以后。

我总算明白了司命那厮的"差不多"是什么意思。我这一世倒也占了"太子"两字，只不过人是太子，我是妃，太子妃，与那"太子"只是一字之差而已。

果真一个“差不多”！

殿内燃着安眠香，我躺在床上，默默地看着那描龙绣凤的帐子顶，表情很淡定，内心很狂躁……

我现在身材很有料，腰也够细，这都是我向往已久的……可是，等这胸长在了自己身上，摸起来却那么的不是滋味……

司命星君啊，你这哪里是来报恩，你是来报仇的吧？

有宫女从殿外轻手轻脚地进来，在床边跪下，压低声音说道：“皇后要赐死江氏那贱人，太子殿下和赵王殿下正跪在兴圣宫外求情。”

这声音听着暗含怨毒，我忍不住转头去看了她一眼，心道这么漂亮的妞，怎么能用这样的声音说话呢？可真是有些可惜了。

那宫女见我转头看她，可能以为我有什么吩咐，于是忙又凑近了些，几乎趴在了床边，连里面胸衣都露出些来，嫩绿色的，不错，很衬胸口的肤色。

宫女低声问道：“娘娘有何吩咐？”

只这一句话就把我那已经有些游走的心神一把拽了回来，叫我顿时心如刀绞一般，唉，美人再美，与我又有何干？

那宫女久不见我说话，迟疑了一下，这才又低声劝道：“娘娘，您不能再这样消沉下去了，太子殿下先救那贱人又能怎样？谋害皇嗣的罪名已落实到那贱人头上，皇后娘娘定然不会饶她，太子能在水中救那贱人一命，此刻不也只能跪在兴圣宫外吗？既然那贱人难逃一死，娘娘，您就更要表现得大度，您得做给太子看，做给皇后娘娘看，做给这宫里所有的人看。现在万不是和太子赌气的时候，否则将前功尽弃啊！”

我看见这美人嫣红的唇一张一合，露出里面编贝一般的牙齿，呃，真是诱人。

其实她所说的这些事，司命那厮都跟我扒过，无非是两女争一男，两男爱一女，正正经经的四角关系，刚好凑成一桌麻将。太子和赵王都爱那江氏，张氏和江氏却同时对太子有情，然后张氏娘家硬气点，张氏自己又耍了点小手段，于是，张氏便和太子配成了对，那江氏无奈之下只得嫁了赵王。

唉！同为男人，不得不佩服赵王兄弟的心胸，明知道江氏不喜欢自己还要娶，可怜可叹！

还有那太子殿下的情操，自个儿老婆和别人老婆同时掉水里，竟然能先救别人老婆，此等舍己为人的精神，着实可敬！更别说自己老婆肚子里还怀着崽，唉，可悲可恨啊！

宫女美眉见我仍无反应，眼中更添急色，只低声叫着：“娘娘！”

唉！又是娘娘，我此时心中真是纠结，这个娘娘到底是做与不做呢？

做，就得眼睁睁地看着一群美人在身边而动不得。

不做，连看着这一群美人的机会都没了。

可是就算要做，又该如何做呢？谁人不知这太子妃乃是天下最不好做的行当——

第一，升职前景不好，这太子妃、皇后、太后一步步升上去，简直是难于上青天啊！你见过有几个太子妃能一直熬到太后的？

第二，劳动没有保障，且不说三险一金没有，还随时可能辞退你，而且还不允许你再就业！

第三，工作性质危险，随时都有死亡的可能，若是太子称不了帝吧，你得跟着一起倒霉，太子称了帝吧，你还得小心自己一个人倒霉。

第四，还要兼职性工作者，虽然劳动强度不会很大，但是，这服务对象……唉！

综上所述，太子妃这个工作真不是个什么好工作，没前途，压力大，竞争还很残酷……唯一的好处可能就是工作环境好，随处都可以看到养眼的美眉。

做与不做，我真的很纠结。

宫女美眉又在急切地叫："娘娘！"

我终于做了一个决定，于是无奈地说道："行了，扶我起来吧，咱们去兴圣宫。"

那宫女杏核眼一下子睁得老大，不可思议地看着我。

我很想告诉她，小姑娘，你太年轻，还不懂，不管做什么职业，讨好老板都是必修的课程，如果你把老板心爱的小蜜都搞掉了，那么你离下岗也不远了。

我一路上都在想：该如何去讨好一个男人？

这要放以前其实很简单，只需用力拍拍这男人的肩膀，然后说：走！兄弟！咱一起泡妞去！

问题是现在的我显然不能再这样说，那就换一种说法？

走！兄弟！我带你去泡妞？

不行！ Pass！

走！兄弟！我陪你去泡妞？

也不行！ Pass！

走！兄弟！你自己去泡妞吧！

更不行！ Pass！

来！兄弟！干脆你来泡我吧！

直接拍飞！

唉！第一次发现，原来要去讨好一个男人竟然这样难。

轿子一路颤悠悠地行着，我一路苦恼着。

东南西北转了半天之后，轿子终于停在了一座宫殿之外，刚才那宫女给我掀起轿帘来，伸过那纤纤素手过来扶我，嘴里还温柔地嘱咐着：“娘娘，小心。”

这手真是漂亮，不过，美眉，你的指甲是不是有点太长了？做运动的时候可能会伤人吧？当然这也不一定不好，也许就有人好这一口，你不把他后背挠出菊花来他都不觉过瘾！

停！又想远了！

我转过头，温柔地对宫女美眉说道：“回头，把指甲剪了吧，太长，不好！”

宫女美眉明显地愣了一下，也不知道明白我的意思没有，只是低下头去轻轻地点了点，应道：“奴婢知道了。”

被宫女美眉从轿子里扶出来，我抬头，果然见前面宫门外直挺挺地跪着两男人，看背影，左边的衣服上有着些明黄，看来这就是那个太子小白脸了。

我闭上眼，仔细地回想了一下女人走路的样子，使劲地夹紧屁股，卖力地扭着腰，迈着小碎步走了过去。等来到那太子身旁站住，本想也跟着跪下，可只看了一眼却又停下了。

谁这么没眼力见儿啊，竟然不知道拿俩软垫来给垫着。

我这里正犹豫着能不能让宫女美眉去给我拿个软垫来，那太子却突然扭头看了我一眼。嗬！这小眼神冷的，都快能往外射冰刀子了，他张了张嘴，轻轻地吐出一个字来。

“滚！”

哈！太子果然是太子，说什么都是这么言简意赅！

我低头瞅了瞅自己的衣服，又想了想自己这个还虚弱着的肉身，觉得“滚”这个动作难度实在是太大了些，于是用商量的语气问太子道：“咱能不能换个方式？我怕我滚不远。”

太子又张了张嘴，这回连一个字也没吐出来。

我想他大概是同意了我的意见，然后自觉地往旁边走了两步，挑了块干净点的地砖，这才跪了下来。

我这一跪下可要不得了，旁边那宫女美眉差点没急哭了，扑通一声也在我身边跪了下来，要着花腔哭道：“娘娘啊！您不能这样不爱惜自己的身体啊，地上太寒了！您这身体哪里受得住啊！”

“起来。”我说。

宫女美眉许是一时没听清，只眼泪汪汪地看着我，梨花带雨，看得我心都软了。

“你起来！”我又说了一遍。

宫女美眉这才怔怔地起来，怯怯道：“娘娘……”

哎，这丫头怎么就不明白呢，要想讨好老板，你就得和他同甘共苦着，当然，一般他甘的时候是不记得你甘不甘的，但是，他苦的时候一定会计较你苦不苦！

我用手替她拍着裙子上的尘土。这美眉裙子下面的小腿倒是又直又细，摸起来手感真不错……

又想远了。

宫女美眉可能是被我拍傻了，于是也不哭了，也不跪了，只在我身边直愣愣地站着。

就在又一次偷偷地倒换身体的重心时，那兴圣宫的大门终于打开了，几个内侍把依旧是一身白衣的江氏从里面架了出来。太子与赵王两个几乎同时从地上蹿了起来，几步冲了上去，齐齐赶到了江氏面前。

“映月！”赵王疾呼一声，上去把内侍搡开，一把就将江氏给抱了起来。

太子殿下动作滞了一下，伸出的手在空中成了一个定格，然后才又缓缓地收了回来，在身侧捏成了拳。

我的腿跪得有点麻了，自己一时还起不来，全靠宫女美眉用力搀住了，才把我从地上托起来。就这样我的脚下还踉跄了一下，胳膊肘一下子杵到了宫女美眉的胸部，惊得我差点没从地上蹦起来，连忙偷眼去看宫女美眉，见她面无异色这才大松了口气，同时又有点后悔，早知道这样就多待一会儿好了。

赵王抱着昏迷着的江氏大步地走了，连个招呼都没打一声，唉，这孩子做事太不讲究了，没前途！

太子依旧握着小拳头在一边站着，嘴唇抿得紧紧的，那眼神仍黏在江氏的身上，都快拉出丝来了。

唉，同为男人，我理解你！谁让这是别人老婆呢？

我从太子身边走过，见他如此模样真想去拍着他的肩膀安慰一句：兄弟，天涯何处无芳草，何必单恋牛粪上的那一朵！

我这手都伸出去了，在半道上又强行扭了回来，只落到了宫女美眉扶着我手臂的那只玉手上，真真是柔若无骨啊。

唉，傻缺终究是个傻缺，他都缺了二十多年了，估计也圆不过来了。

何苦跟他累这心呢？

宫女美眉极小心地扶着我上了轿，小轿又颤颤悠悠地把我抬回了东宫，进了殿才觉得裤子里不对劲，等换洗的时候才知道，女人们常说的亲戚大姨妈来拜访我了!

还能不能好好做人了?

于是更加理解了太子殿下刚才的心情，老天爷这种任性的安排真是太让人痛苦了。

自从回来，那宫女美眉的眼圈就一直是红的，看得我很是不忍心，后来实在看不下去了，在她伺候我洗澡的时候就说了一句：“别哭了，我——”

我不会把你怎么样的，我现在就是有这贼心也没那贼物啊!

谁知不说倒好，我这刚说了个开头，宫女美眉竟然放声哭了起来，一边抹泪一边哽咽，道：“您、您太不容易了！”

她这一说，我心里顿时一酸，眼泪差点也跟着出来了。真是我的知己啊！我真是太不容易了！这么美貌的妞都快和我赤诚相对了，我眼巴巴地看着就是吃不到嘴里，我容易吗我!

司命啊司命！我和你这梁子结大发了!

就在这种不容易之中，小日子嗖嗖地过着，眨眼间，我竟然来这东宫已有个把月了。

我以前每当写作文写到没词的时候都会拽几个成语出来遛遛，比如：时光飞逝，岁月如歌！眨眼间，时光就如同那白驹过隙，刺溜一声就跑没了影。

借此显摆给老师看看：我这语句虽然不怎么通顺，但是咱胜在文笔华丽啊!

现如今想来，成语不愧是成语，真正的言简意赅啊。

还记得曾经有一位伟人说过：“三十八年过去，弹指一挥间。”

人家伟人的三十八年都只是一弹指的工夫，更别说我这个俗人的三十八天了，我这俩手指头还没碰一块儿呢，就眼睁睁看着这三十八天刺溜一下子过去了。

其实，这三十八天说短也不短，它足以让我知道很多光明或隐晦的事情。

比如：当今皇帝性子柔弱，先帝是极不喜的，全因有人对着齐晟说了一句“好圣孙”，皇帝才得以顺利继位。

再比如：齐晟虽为太子，可皇帝最喜的却是九皇子楚王，几次欲废了太子另立皇储，若不是太后林氏拦着，这事早就成了。

又比如：太子妃张氏的祖父曾是成祖的亲卫，后又随成祖转战江北，立下了赫赫战功。张氏的父亲乃是如今的兵部尚书，军权在握。这么好的媳妇，太子却偏偏不喜欢，只对那赵王妃情根深种。

再比如：这东宫里黄良媛的胸最大，李承徽的腰最细，陈良娣的脸蛋最漂亮！可最最勾魂的还要数王昭训的那一双直溜溜紧绷绷的修长大美腿！

……

当然，三十八天也足足可以改变一个人的言谈举止。

说话由干脆爽快改成了细声慢语。

走路由大步流星改成了弱柳扶风。

坐着由大马金刀改成了状似鹌鹑。

……

唉，真是一言难尽啊，就连和宫女内侍们一起玩蹴鞠，球向我直撞过来的时候，我都已学着不再去捂裆，而改成了护胸……

唉！真是悲哀啊！

太子齐晟再未见过，据说是那日从兴圣宫直接去了江北大营。

这样也好，我也实在没有准备好怎么面对这个老板，甚至都想这样一辈子不见才好。真想对那兄弟说上一句：你且放心去吧，我定会替你照顾好这一宫美人。

说到美人，顿时又勾起了我的伤心事，这些个如花似玉般的美人，只能眼巴巴看着，连摸上一把都不能，实在苦煞我也。

殿里燃着香，我默默地倚坐在贵妃榻上，表情很淡定，内心很狂躁。

宫女绿篱端着碗药轻手轻脚地从殿外进来，走到我身旁蹲下，柔声道：“娘娘，该进药了。”

我低头看一眼那黑药汤子，顿时头大，其实喝药我倒不怕，只是一想到这药喝下去我那胸更大，小腰更细，声音更软，我就怕了。

于是，我真诚地瞅着绿篱，商量：“能不喝吗？”

绿篱只当我嫌苦，忙把手边上的蜜饯小碟往我面前递了递，“有新进的蜜汁小枣，您喝了药，吃一颗就不觉得苦了。”

乖乖我的绿篱啊，蜜枣是不管用的啊，不过你若能让我香一个，倒是比一盘子蜜枣都管用啊。

可这话也就是想想吧，再借我俩胆我也不敢说啊。

唉!

终归是被绿篱逼着喝了药，然后继续坐我那榻上，装我的淡定。

其实，我是在考虑“太子妃”这个职业的职业规划，如何能从太子妃一路稳升到太后的宝座，最好还要做个年轻小寡妇，学一学吕后、武后等前辈，搞个垂帘听政之类的，然后醒掌天下权、醉卧美人膝……

呀！好诱人的前景。

就这样一连想了几日，也没能想出个头绪来，眼看着各色美人在眼前晃来晃去，终淡定不下去了，一日饭后便与绿篱商量，道："我今日想私下出宫一趟。"

绿篱不愧是这张氏的心腹，只这一句话，片刻的工夫，两套行头就给我捧了来。直到此时，我才深深地意识到，原来讨好老板这件事，她可比我熟练多了。

可是，绿篱，你给我搞两套衣服来做什么？我说过要带着你一起去吗？

无奈太多话都说不出口，只得蔫蔫地让她帮着我换了装，然后站在那穿衣镜前照了照，看看这欲说还休的眼，再看看那此地无银的胸，我终于深深地叹了口气：绿篱啊绿篱，到底是你们女人是傻子，还是把咱们男人都当成瞎子？就这样一副凹凸有致的小身条装男人，谁能信啊？

唉，还是什么也不说了，先出宫吧。

待出得宫门，绿篱叫了轿子过来，直接就要扶我上轿。

我忙问："这是去哪里？"

绿篱看看我，很是诧异，"不是要回府？"

回府？出了东宫再进尚书府？我有病啊？非要给自己找这不自在！

"不用了，我想自己走走。"我说完，生怕绿篱再追问，连忙向前走去，大步子一迈开顿时觉得神清气爽。绿篱在后面追了半条街，终气喘吁吁地停下了，直喊："娘——啊，公子，您慢点！"

慢点？笑话，我要再慢点，你不就追上我了吗？

我脚下迈得更快，回头对绿篱笑道："你不用跟着了，先回家等着，到时候我自会回去。"

说完，赶紧又紧跑了几步转过街角，彻底把绿篱甩在了后面。

绿篱啊绿篱，不是我不懂得怜香惜玉，只是我要去的地方实在是不能带着你去啊。

一路上连问了几个人，这才问到了喝花酒的地方，可在门口来回走了四五趟，愣是没敢进去。如今这副身体我怎敢随意进去，万一便宜没占到，反而让人占了便宜去，可如何是好啊！

唉，这可恨的司命星君啊！

街上卖糖果的老大娘许是看我在这转悠的工夫有些长了，终于忍不住问道："小娘子，这是过来逮你家官人？"

我一怔，尚未反应过来，便又听那大娘叹道："唉，自古薄幸是男人啊，守着这么美貌的娘子，偏偏还要到这里寻欢作乐，男人啊男人！"

瞧瞧这话说的，咋就让我脸也这么红呢？算了，这里还是不要进了，且换个地方吧，男人嘛，还能不知道哪里能吃到腥了？

我离了那倚翠偎红的地方，又寻了个奢华的酒楼进去，抛给那迎上前来的小二一锭大银，交代道："我要请人吃酒，给弄个好地方，再给我找两个唱曲的姑娘来。"

小二立刻笑得见牙不见眼，朗声应道："好哩！您里面请，里面有临湖的水轩，风景秀丽，环境幽雅，唱曲的姑娘一会儿就给您叫来。"

我还有些不放心，临进去的时候又赶紧叫住那小二，偷眼看了看四周，嘱咐道："呃……要性子活泼的，胆大点的。"说着，又伸出手去拍了拍他的肩头，嘿嘿一笑，"你知道的。"

要说还是人家小二有职业素养，我只这一句话就明白了，冲我也笑了一笑，眨巴眨巴眼睛，回道："放心吧您哪，小的知道！"

我心里顿觉敞亮起来，还是和聪明人说话痛快，真想问问他有没有兴趣换个工作，干脆跟着我回东宫做个内侍好了，绿篱那丫头太不解风情，我说东她偏往西，哪如这小哥一点就透，聪明懂事啊！东宫缺少的就是他这样的人才啊！

在水轩里等了一会儿，菜还没上齐，那唱曲的姑娘便到了。小曲这么一唱，小酒这么一喝，我这些时日里的不快顿时便如同被风吹了一般，散了个干干净净。怎么说呢？论长相这唱曲姑娘自然是不能和东宫里的那些美人比，但是人家胜在风情啊，摸摸小手也不急，喝喝小酒也不恼，只一会儿工夫就把我灌了个晕晕乎乎。

我心里就琢磨着吧，事情做到这样也就够了，毕竟天也黑了，时候也不早了，再进行下去也没什么意思，只能让自己徒增烦恼罢了。思及此，我便打赏了那唱曲姑娘，结了酒钱，趁着小酒的晕乎劲，哼着刚刚听过的小曲往外走。

人才刚走出水轩，突然觉得内急起来，赶紧向小二问了问茅厕的位置，片刻不敢耽搁，直奔那地儿去。

酒楼档次不低，这茅厕倒也算干净，可能是为了防止客人掉坑里去，里面竟然还点着油灯，虽然照不太清楚，却也聊胜于无，我不由得叹道：果真是以人为本。

里面还一个兄弟在那站着小解，我也没太留意，走过去随口说道：“兄弟，让让。”

谁知那人却不肯动地方，只转过头来看我。

我随意地瞥了他一眼，长得倒是有些面熟，不知在哪见过。唉，算了，就算认识也是上一辈子的事了，不想了！

他仍怔怔地看着我，我又低头瞥了他那物件一眼，暗道也不比我的大多少，你牛个什么劲呢？

不过，我这人向来不爱与人争是非，见他不肯让，便只在边上站定了，也不管他为什么还一个劲儿地盯着我，只撩了袍子往外掏东西。可等我掏啊，掏啊，掏了半天也没能掏出物件来，我脑子里有根弦突然嘣地响了一下，只一刹那，冷汗唰的一下子就下来了。

然后，酒劲全无……

眼角余光扫过去，那人还侧头盯着我看。

脑中瞬时闪过几个对策——

一、淡定帝：抽几张草纸，转身蹲下去做大解状，我不信他还能趴地上瞅我有没有小丁丁。

二、冷漠帝：系好裤带转身就走，我掏不掏出来物件、掏出来什么物件来与他何干？

三、抽风帝：同情地看着他，问，还没解决呢？这是尿频、尿急、尿不尽吧？

茅厕君在看我，我在看墙……

正在这难言时刻，茅厕外突然有人喊："九哥，你掉进去了？怎么还不出来？"

过了片刻，身旁的茅厕君才轻声应道："哦，就来了。"

说完不再看我，淡定地收鸟入笼，转身离去。

我长吐了一口气，连裤腰带都来不及系好，先腾出手来抹了把汗。唉，原来茅厕君才是真正的淡定帝。

外面两个人的声音渐去渐远，"九哥，快点，人都等着呢，说今儿找了个妙人来，要唱十八摸的，咱也去听听。"

茅厕君笑着应道："哦，好，去听听。"

十八摸？不就是刚才我嘴里哼的小曲吗？心中顿时不屑，真是两个没见过世面的小子，听个小曲还高兴成这样。

经这一吓，我酒意尿意全无，便就系好裤腰带，整好袍角，继续哼着我的小曲，大模大样地出去，心中却纳闷儿，只听说酒能吓醒的，还没听说尿也能吓没的，真真那个奇怪啊！

待回到宫门外，绿篱正急得在那里绕圈子，见我回来赶紧迎过来，压低着声音道："我的娘娘啊，您怎么才回来啊！这宫门眼看着就要进不去了！"

我笑笑，"不是还能进去嘛，急什么呢？"

绿篱无奈，取了披风刚给我系好，这头脸还没遮上，我这里却忽又急了，只夹紧了双腿对绿篱急道："快，快，快，赶紧回宫！"

绿篱颇为不解，直愣愣地瞅着我。

唉，绿篱啊绿篱，你让我如何说得出口？尿意毕竟不同酒意，攒不得啊！

第二章

太液池畔的月色

腊八粥熬得又香又糯，我双手捧着碗吸溜得正欢，就见绿篱急匆匆从殿外进来，二话不说劈手夺下了我的粥碗，然后纤纤玉手一挥，身后呼啦就进来了一群宫女，上来就把我围住了。

吓！难不成我偷看她们洗澡被发现了？

绿篱却说："娘娘，太子殿下已经到了宫门外，您得快点了。"

有宫女赶紧上前用热毛巾给我净面，净手。

"绿篱，我——"

绿篱打断我，"娘娘！您必须得去！"

又有宫女把我摁在凳子上，前后左右地围住了，上妆的上妆，梳头的梳头。

我从人缝中找绿篱，"绿篱，我——"

"娘娘！您不能再使性子了！"绿篱又说，亲手执了洒金绣凤的宫裙在一旁等着。

跟女人抢话说话，我也是晕了头！我叹一口气，乖乖地闭嘴，任由她们把我上上下下、里里外外地收拾了一遍。直到扶着绿篱的手迈出殿门的时候，我突又想起我那被打断了无数次的话，赶紧转头看看绿篱，欲言又止。

绿篱连忙低声问："娘娘，还有什么事？"

我才终得把话说全了，"绿篱，那腊八粥且给我留着，我回来再喝。"

绿篱的嘴角动了两动，到底是没能说出什么来。

我回过头，瞥见等候在殿外的东宫众嫔妃，顿时眼前一亮，嗬！真个儿是千娇百媚，各领风骚啊！

我压制着激动的心情走上前去，先亲热地给黄良媛整了整领口，又好心帮李承徽顺了顺腰间的流苏，再仔细替陈良娣拢了拢鬓角的发丝……正欲蹲下去给王昭训理理百花裙的裙边，绿篱终于看不下去了，一把拉住了我，强笑了笑，“娘娘，快些吧，太子殿下就要到宫门了。”

我看看绿篱眼中的急色，再转头看看诸位美人眼中的讶色，只得点头道：“那好，这就去吧。”

心中却只在想豆腐不是一日能吃完的，且放着吧。

带着这些大小美人迤逦而行，到了宫门口却不见那太子齐晟的身影，才又想到女人向来是爱夸张的物种，绿篱的话尤不可信，于是，只得又领着一伙子娇娇嫩嫩的美人们在宫门口等着，直候了个把小时，那齐晟才远远地来了。

这是我第三次见齐晟，貌似是比上一次黑了些，我那厌烦之情顿时少了些，男人嘛，还是黑一点更像男人。

领着一群莺莺燕燕行完礼，说完两句场面话，回身时看到诸位美人眼中的贼光，我心中很是不爽，真想好好教育一下这些女同胞：你们这些颜控啊！从来不知道男人的内涵要比外表重要太多！

同时又忍不住怨恨司命星君，如果给我安排的肉身是这太子该有多好。

好在齐晟这人不管对谁都是冷着一张脸，不假辞色，几句话就把各位美人都打发走了。我心里暗自欢喜，忍不住转头看绿篱一眼，不想竟然在她眼中也看到了一抹喜色。我先是一怔，随即便是大喜。

绿篱啊绿篱，原来你也是同道中人，真想握住你的双手叫一声同志，原来，你也不忍心看到这些美人遭齐晟毒手啊。

实在没忍住，手上还是用力攥了攥绿篱那只扶着我的手，冲她挑了挑嘴角。

绿篱回了我一个微笑，手上用力回握了我一下。

齐晟冷着脸瞥了我一眼，目光落到我和绿篱紧握的手上时，嘴角似冷冷挑了一挑，吓得我心里一虚，差点当场就把绿篱的手给扔了，只想高声表明：你这东宫的美人，我可一个都没沾过！

谁知那齐晟却没说话，只转身向东宫内走去。待看到他一路走进我那殿中，我这才突然明白过来，这小子放着那许多美人不睡，不会要过来睡我吧？

绿篱使劲捏了我一把。

我转头看她，就见她嘴角微微翘起，给了我一个鼓励的微笑，眼神却往齐晟那边飘，我下意识地顺着她的视线看过去，那齐晟已转回了身，正面无表情地看着我，缓缓地抬起了两个胳膊。

这是要我过去抱一抱？

感情与理智在我脑中激烈地斗争着，最终，我还是用“韩信尚忍受胯下之辱”说服了自己，然后就在众位宫女美眉的注视之下，闭上眼，咬紧牙，走上前去给了齐晟一个紧紧的兄弟抱。

“辛苦了！”我故作镇定，沉声说道。

我真无耻，我真贪生怕死，我真没尿性，我真……

齐晟却是动也不动，双手仍张着，只淡漠地说道：“更衣。”

啊？原来不是要抱一抱啊！我讪讪地松开手，心里琢磨着这位兄台到底是想换衣服呢，还是想去方便呢？

齐晟垂着眼皮看我，嗤笑一声，轻蔑地问：“就如此等不及了？”

我一怔，琢磨了一下才明白他的意思，只觉得脑门子一热，差点当场破口大骂。你才等不及了呢！我一大老爷们儿，每天对着眼皮底下的波涛汹涌过日子都熬住了，至于对你等不及吗？

许是看出我要不淡定了，绿篱连忙从一旁过来，一边给旁边的宫女递眼色，一边去给齐晟解披风。旁边的宫女见状也都围了上来，有过去给绿篱帮忙的，还有过来给我换衣服的，顿时把这尴尬遮掩了过去。

我稍一冷静，也明白了此刻的处境，我才不过是个小小的太子妃，离太后还太远太远，没什么资本耍威风，且忍着吧。

于是，也学着齐晟的样子，把两只手微微一张，任由宫女美眉们帮我宽衣解带。

嘿！还别说，只要闭上了眼不去想我这副身体，那感觉还真不错！

待换上了常服，殿外有内侍进来传膳，我这才想起那碗腊八粥来，忍不住转头瞅绿篱，用口型问绿篱：粥可还留着？

绿篱颇为无奈，小心地瞥了一眼齐晟，赶紧冲我点了点头。

我终于放下心来，只安心地在椅子上坐着，淡定地等着我那碗腊八粥，谁知齐晟却突然冷笑了一声，站起身来甩袖就走。

他这一走，莫说是绿篱，就是我也愣了，好半天才缓过神来，再低头见绿篱已是在我身旁跪下了，仰起小脸看我，美目含忧，关切地唤道："娘娘……"

我抬头看看殿门，再低头瞅瞅绿篱，十分不解地问她："我那碗腊八粥怎么还没端上来呢？"

绿篱："……"

太子虽然走了，可是菜却一个也没少上，对着一桌子丰盛的佳肴，我吃得很嗨皮，一想晚上不用和男人一起睡，腊八粥又多喝了一碗。

绿篱却一直红着眼圈在旁边看着，等我又把碗递给她，让她再给我盛点的时候，绿篱扑通一声就跪在了我的脚边，抱着我低声哭道："娘娘……您就别再苦自己了！”

我被这丫头搞得很无语，只得用手轻拍拍她的背，安抚道：“乖绿篱，快起来和我一起吃饭！”

绿篱却哽咽道：“殿下他……总有一天会回心转意的。”

我又说：“行了，别哭了，把那碟辣子鸡丁端近点，放这么远哪够得着啊！”

绿篱狠狠地抹了把泪，抬头看着我，“娘娘，咱们一定要整得江氏那贱人生不如死！”

得！整个一个鸡同鸭讲。

已近年关，宫中也忙了起来，自从初八那日齐晟在我这殿里拂袖而去之后便再未进过我这殿门。只快过年那几天才叫人传了我，领着我出去遛了一大圈，在太后、皇后以及各宫娘娘面前应了应景，除此以外便对我不闻不问了。

老板既然放水，我乐得逍遥。

绿篱的神情却是一天比一天哀怨，到后来我实在是看不下去了，只得同她讲道：“小绿篱啊，这都过年了，咱能乐和点吗？你这整日苦哈哈的，别人不知道的，还以为我多亏待你呢！”

谁知我无论怎么说，绿篱却只是默默地看着我，眼中的同情显而易见，明白白地写着：您不用说了……我……都懂的……

我仰天长叹一声，终于放弃。

于是，我依旧逍遥我的，绿篱依旧哀怨她的。

日子就在这半是明媚半是忧伤中过着，直到正月十五元宵节那天，绿篱才终于一扫脸上的哀怨之色，从早上起来就开始翻箱倒柜地给我找晚宴上要用的穿戴。我见她忙得欢快，也不忍心剥夺她的这点乐趣，便随着她在我身上脸上捯饬。

其实，我一大老爷们挺烦整日里穿红戴绿的，可一想大过年的就应该图个喜庆，只得老老实实地换上了绿篱准备的大红宫裙，外面又披了件大红斗篷。

为了自欺欺人，我连镜子都没敢照，只有些不放心地问绿篱："我今是穿定了红了，太子不会穿一身绿来配我吧？"

绿篱扑哧一声笑了起来。

我忍不住也跟着笑了，"傻丫头，大过年的，就该多笑笑。"

谁知绿篱听了这话却突然不笑了，飞快地瞄了眼殿门口，然后就低下头去小心地行了个礼，恭声叫道："太子殿下。"

我转头，就见齐晟不知什么时候来了，正在殿外站着，沉默地打量着我。

我也上下打量了他一下，幸好，穿的不是一身绿，我终于大松了一口气。

除夕那天，皇帝在大明宫中已是办过了百官参加的国宴，今日延春殿的晚宴算是宫中的家宴。

延春殿外，齐晟停下了步子，转回身向我缓缓伸过手来。我见他这次只伸了一只手出来，琢磨着应该不是更衣之意，又思量了一下才突然反应过来，哦，这是要在人前和我秀恩爱，执手进去了！

我强压下身上的鸡皮疙瘩，把手伸过去虚虚搭在了齐晟的手上。

门口的内侍伸长了脖子扯着嗓子喊着："太子殿下、太子妃娘娘到——"

齐晟执了我的手，带着我缓缓步入延春阁大殿。

皇帝和皇后、太后等大 Boss 们还未到，来的都是些什么王爷王妃、公主驸马之类的小辈，还有些郡王啊郡主之类的远房亲戚。偌大的一个大殿，竟然挤得满当当的，可见这皇家的繁殖能力真是强劲啊！

那齐晟领了我进去，殿中诸人忙都起身向我们行礼，我一面随着齐晟做做样子，一面细看这殿中各色的美人，还有美人们脸上神色各异的表情。赵王妃江氏依旧是一身白色素裙，俏生生地立于赵王身侧。

我不由得感叹：果然是若想俏一身孝，若想美露大腿啊！

江氏的目光在我身上打了个转便闪开了，只落到了齐晟的身上。

我转头，齐晟那火辣辣的目光果然也正在盯着江氏。兄弟，作为男人，虽然我很理解你，也想支持你把妹，但是，你能不能也顾及一下你那兄弟赵王的面子呢？这终归是他的老婆啊！就是给人戴绿帽子也不好在这大庭广众之下，这么明目张胆地戴吧？

赵王显然也是发现了自己老婆和自己兄弟的眼神交流太热烈，看了看齐晟之后，突然向我看了过来。

你的眼神，我懂。可是，那是你老婆不是我老婆，不该我管啊！什么？管我身边的齐晟？他又没泡我老婆，我为什么要管他？

于是，我就淡定地和赵王对视着。

这情景很怪异，齐晟和江氏热烈地盯着彼此，而我和赵王淡定地彼此盯着……

直到旁边有个声音突然响起，“三哥、五哥，父皇和母后就要来了，咱们出去迎着吧。”

我闻声转头看过去，只见一翩翩佳公子含笑立在一旁，第一眼看觉得有些面熟，再仔细一看，终于有点淡定不下去了。

茅厕君啊茅厕君，只愿那日茅厕中灯光昏暗，你又醉眼昏花，未能看清我那模样……

心里正念叨着，茅厕君就往我这里看了过来，依旧是淡定地叫道：“三嫂。”

说完又微微转头叫了江氏一声五嫂。

我见他神情毫无异样，这颗心才往下放了放，还来不及庆幸茅厕君果然眼神不太好，又听得茅厕君温文尔雅地说道：“三嫂，你那日要的三六曲我已找人寻到了，改日就给三嫂送过去。”

我闻言不由得一怔，三六曲？哪里来的三六曲？看看茅厕君那淡定的眼神，突然明白过来，三六一十八啊！他给我说的是上次在酒楼听的那个小曲啊！

哈！这小子不只是淡定帝，更是腹黑啊！

只可惜小爷也不是吃素的，我面上顿显喜色，装模作样地冲茅厕君谢道：“那可多谢九弟了。”

茅厕君客气道：“三嫂客气了。”

我两人在这里你谢我辞的客气，旁边那几位却是听糊涂了。齐晟碍着面子，冷着脸不肯相问，赵王却没什么顾虑，问茅厕君道：“九弟说的什么曲？”

茅厕君脸上总算露出些笑意来，又看了我一眼，这才答赵王道：“哦，是几首民间俚曲，三嫂无意间听到了，要我帮忙寻一下。”

茅厕君说得一本正经，我却听得颇是无语，不过想想他说得倒也不算全错，那可不就是民间俚曲嘛！

齐晟本在一旁一直没说话，这会儿却冷眼瞥了瞥我。

旁边那一直沉静温婉的江氏这时也突然开了口，轻声问茅厕君道：“不知是些什么曲，九弟可否也给我一份？”

此言一出，我又差点不淡定了，“给不得”三个字立刻脱口喊出两个来，幸得嘴皮子利索把这最后一个字给截下了，赶紧又把面皮子扯淡定了，看着茅厕君问道："给不——给得呢？"

茅厕君面上的笑容更甚，答道："既是五嫂要，自然是给得，改日我让人多誊一份，给五嫂也送过去。"

江氏冲着茅厕君点头致谢，柔柔地微笑，我看着江氏那嫩白的小脸，内心突然就不纯洁起来，想她若是也唱起民间俚曲来会是何滋味呢？

许是我想得太过于入神，看向江氏的目光难免太过热烈了些，江氏扫了我一眼，赶紧侧头避开了我的视线，伸手轻轻扯住了赵王的衣袖。

赵王忙安抚地冲她笑笑，伸出手去握住了她那小手。

这下可了不得喽！齐晟的脸色立刻便又冷了三分，我被他那强大的气场震得头痛，暗忖这齐晟也忒沉不住气了，你说你一太子，至于为了个女人在大庭广众之下如此失态吗？不就是个女人嘛，等你熬成了皇帝，想要什么样的没有？这天下的美人还不都是你的嘛！

唉，太子还是太年轻啊！我们得允许年轻人犯错误，犯错误不可怕，只要改回来就还是好同志嘛。本着治病救人的崇高目标，我终于咬着牙向齐晟伸出手去，也抓住了他那袖子，用自己听着都觉恶心的腔调，娇声细语地说道："殿下，该去迎父皇、母后了。"

幸好这齐晟还未抽到痴呆，没当着这一殿的皇子皇女皇孙皇孙女们把我那手甩开，只是冷声道："好。"

说完终不再看江氏一眼，率先转身大步向殿外走去。

他这一走，我那手自然就落了个空，只得收回来若无其事地整整袖口，跟在齐晟身后往外走。无意间向旁边瞥了瞥，正好瞥见茅厕君正似笑非笑地看着我，我怔了一怔，心中顿时明了。

你……你……你不会是想泡我吧？

我还是有些不确定，不禁又多看了茅厕君两眼，果然，这表情太熟悉了，想当初我可是对着镜子练了无数遍的，广大妇女同胞们都喜欢的勾人绝技——似笑非笑啊！

撩妹之必杀绝技——似笑非笑，像笑又不笑。这一面部动作难度极高，尺度极难把握。动作大了吧就笑裂了，那叫傻乐；动作过小吧，那叫面部肌肉痉挛。综上所述，练成绝技者极少，更是有不少人走火入魔而成了皮笑肉不笑的典范。

很明显，茅厕君这似笑非笑练得是很到家了。

只可惜啊，你用错对象了，还没听说太子妃有跳槽成功的呢，你有那么大的庙能盛下我这尊佛吗？难不成你还想夺嫡不成？还是都省省吧！

于是，我视茅厕君如无物，淡定地转过头去，跟在齐晟身后去迎接皇帝皇后等人。刚走到殿门处，内侍的声音也恰如其分地响起，皇帝和皇后一边一个扶了太后林氏，后面跟了一大群穿得花花绿绿的嫔妃，从外面缓步而来。

齐晟一撩袍角率先跪迎下去，后面一殿的人也都呼啦啦地跪倒一片。太后看到如此多的皇家子弟显然高兴，连声叫大伙起身。

我这才跟着众人站起身来，刚起来就听那太后叫我道："太子妃，你过来。"

我已是和这林太后打过两次交道，老太太虽看着慈祥和蔼，却是个十分精明厉害的人，听她现在又叫我，我不敢大意，忙小心地凑过去，恭声道："皇祖母。"

老太太执了我的手，上下打量了我一番，温声问道："身子可大好了？"

我做鹌鹑状，轻轻地点了点头，"好了，多谢皇祖母惦念。"

老太太笑了笑，伸手又拉过旁边齐晟的手来覆在我的手上，笑道：

“夫妻两个就应该相亲相爱，相互扶持，以后可不得再松手了。”

我听得心里跟长了毛一样，可又不敢把齐晟那手甩开，只得低着头装害羞样。

老太太又笑了笑，伸手用力拍了拍我和齐晟的手，终于放过了我们，走到正位上坐好。我长松了一口气，回到座位上赶紧抓起绿篱的手正正反反都摸了一遍，这才把刚才长毛般的感觉压了下去。

皇家的晚宴，无非也就是那老四样：吃个小菜，喝个小酒，听个小曲，瞧个小舞。吃，我不敢放开了吃；喝，那就更别提，同一个错误只犯一次就足够了；听曲吧，代沟太深，欣赏不来；看舞吧，舞姬们穿得太多捂得太严，一点风光也看不到。

于是乎，我也就只剩下了打量这一殿千娇百媚的美人打发时间。

正百无聊赖，身边突有人轻轻扯了扯我的袖子，我转头，见原本齐晟的位置上不知何时换上了一个小美人，看年岁不过才十五六，正是活泼可爱的时候，笑嘻嘻地扯着我的衣袖，叫道：“嫂嫂。”

唉，如果她叫的是“哥哥”二字该有多好，我忍不住叹了口气。绿篱这时恰恰又不在身边，我也不知道眼前这小美人是哪个，不过听她既然叫张氏嫂嫂，估计是个什么公主之类的了。

小美人又扯了扯我袖子，把嘴凑到我耳边央求道：“好嫂嫂，我在这里待得闷了，你陪我出去看花灯好不好？”

因今天是元宵节，围着太液池一圈都挂了各地进贡来的花灯我是知道的，如今听着小美人软语相求，我仔细权衡了一下在这里看多个美人与陪一个小美人看花灯两者之间的得失，干脆地从席上站起，拉着小美人的手悄悄地从殿中退了出去。

太液池四周都已用彩绸扎了花枝，一盏盏造型各异的彩灯围着湖挂了足足一圈，远远看去甚是漂亮。小美人拉着我一路避过宫女内侍往湖边而来，到了彩灯处却不看灯，只是拉着我向那灯火幽暗处走。

我心中好一阵惊喜，真差点以为我就是小美人拉的一个情郎。

许是太兴奋了些，一时脚下没看到，踩了块石头，害我踉跄了好几步才站住，低头看见自己胸口那太过发达的“胸肌”，顿时一盆凉水从头浇下。我哪里是她什么情郎，我现在只是太子妃张氏。

头脑刚觉得清醒，身上顿时也觉得冷了起来，抬头看看，原来已转到了湖边树木深处。身边的小美人早不知去了哪里，我心里一凛，这才察觉到有些不对劲来。刚才一直被那小美人的美色诱惑，只知道跟着她走，现如今想来她怕是另有图谋，不然外面明明有那许多的彩灯，她为何偏偏要拉着我来到这黑灯瞎火的地方？看的是何灯？

正惊疑间，不远处树林里突然传来低沉的说话声，我侧耳仔细一听，顿时明白过来，小美人哪里是领我来看灯啊，她这是要我来捉奸啊！

哎呀呀！美色误人啊！

那说话声渐行渐近，我一时无处可藏，只得胡乱找了棵合抱粗的树奔了过去，只想着在这树后躲上一躲，谁知撩着裙子跑过去了，才发现树后竟然已是躲了一个人。再换地方显然已来不及，我一时也顾不上那许多，只好挤了挤那人肩膀，小声道：“哎！先挤挤！”

那人倒也好说话，闻言问都不问一句，赶紧向旁边让了让，不但给我腾出个地方来，还好心扯了我一把，我感激万分，连忙小声说了句：“谢啦，兄弟！”然后赶紧回身去理我那山鸡尾巴似的裙尾。我这刚把裙尾都扯怀里，身后那声音已是到了。

“……你应该好好对她，这样对她太不公平了。”

“对她公平，谁又对我公平了？”

“……”

“映月，离开老五！”

“……他对我很好。”

“我可以对你更好！”

“你不能！他能给我一生一世一双人，你能吗？”

“……映月，你不能这样苛刻……你等我一段时日，好不好？”

“唉，齐晟，我们放过彼此吧，好不好？你过你妻妾成群的生活，我守着我自己的心过我平平淡淡的日子，闲暇时偶尔思念一下，这样不是很好吗？”

呀！好一个声情并茂啊！那两人竟然停在不远处不走了，只因我是站了下风口处，所以那声音很清晰地传了过来，一个字都不漏。我听得内心澎湃，身旁的那人也听得入神，待听到“齐晟”二字时还轻轻碰了碰我，低声说道：“哎！是太子！”

我点头，“不错！”

那人又念叨：“老五？这女的是老五媳妇，赵王妃！”

我心道你小子脑筋转得不慢嘛。

后面那齐晟和江氏仍对同一个话题磨叽着，估计还得有好长一段台词。身旁那人显然也是意识到了这一点，用肩膀轻轻碰碰我，问：“哎，有瓜子吗？”

我摇摇头。

那人低声叹道：“可惜了。”

说完伸手从怀里摸了半天，递过来个纸包，又问：“有桂花糕，要吗？”

我摆手，“不要，我不喜欢吃甜的。”

“哦，可惜了……”那人听我说不吃，干脆自己吃了起来，一边吃一边口齿不清地小声说道，“你说这太子也是的，天下这么多女人，要哪个女人不好，非得抢自己兄弟媳妇，于私德多不好啊。”

我赞同地点头，不说别处，光是东宫美人就数不过来，一个个胸大腰细脸蛋漂亮，这齐晟脑袋的确是不太好用，怎么就看上了这么个寡淡无味的江氏！

那人又小声说：“听说那太子妃也是少有的一个美人，偏偏赶上这么一主儿，也够倒霉的！”

这一点我也十分地认同，于是赶紧答话：“倒霉的可不止太子妃一个，你是不知道，那东宫里美人多了去了，都陪着一块儿守活寡呢，唉，真真可惜啊！”

那人道：“你无情我无义，要我是那太子妃，才不守什么活寡，我爬墙上做红杏去！”

我忍不住叹一口气，接道：“其实她更想爬墙上摘红杏去。”

那人总结道：“不管怎么说，那太子妃都够可怜的。”

哎？说倒霉我认了，我怎么就可怜了呢？

我这里正欲反驳，又听树那边江氏也说道：“其实……她不过是个可怜人而已，连孩子也没了。”

那齐晟却低低冷哼一声，道：“还不是因要陷害于你！”

江氏低低叹息一声，“这世上怎还会有这样狠心的人？竟然连自己的孩子都要利用。”

齐晟冷声道：“那孩子有没有还两说。”

没有！绿篱曾不小心说漏过嘴，那个被流掉的孩子压根儿就不存在，全是她和张氏假造了出来陷害江氏的。

齐晟停了一停，又道：“若不是那日她在我饭食中做了手脚，我岂会宿在她殿中？只不过一次，哪里就那么巧有了！”

我听得真是既惊讶又汗颜啊，原来张氏竟然是用药才上了齐晟的？

“真是丢人啊！”身旁那人低声叹道。

我跟道：“确实丢人。”

勾引个男人都得用下药的手段，还落人口实，张氏啊张氏，你真是白瞎了你这副好身材啊！

正感叹着，身边那人已是吃完了手里的桂花糕，顺手就拍了拍手上的碎屑，啪啪几声脆响，我顿时风中石化了……

树那边立时传来齐晟的冷喝，“谁？”

我张着嘴，眼睁睁地看着身边那人突然猴子一般灵巧地蹿到了树上，再然后，就是齐晟身姿迅猛地出现在了我的面前。

今日虽是十五月圆之日，不过因是在树林深处，月光被树冠遮去太多，所以人也只能看清个影子，齐晟用手钳在我喉咙处，低头好一阵瞅才认出是我来，手指头总算是松了松，压着怒气问道：“你在这做什么？”

我用手摸着脖子抬抬眼皮翻了翻上面，再看向齐晟，试探地问：“如果……我说在这看月亮呢……你……信吗？”

夜色太黑，我看不清齐晟的眼神，不过就看这情形他是不信的，我心里正思量间，他的手却是放开了，冷声对我说道：“回去！”

哎呀！巴不得有你这句话呢！我赶紧就撩着裙子往回走，刚走两步无意间瞥见另一棵树后的白色裙角，忍不住一时又犯了好心，停下身来对齐晟说道：“哎！你告诉她一声，以后要是来这种黑地方，就穿个深色的衣服，白色的忒显眼！”说完，也顾不上看齐晟的表情，连忙撩着裙子小跑了出去。

谁承想事坏就坏在多嘴上！就因多了这一句嘴，本来都没什么事了，就又给自己招了祸根来。

当晚结束了宴席刚回到东宫，齐晟便宣布我被禁足一个月，当时他这一说，大伙都愣了，我更是愣愣地看了他半天，心道好你个齐晟啊，你小子过河拆桥这手玩得倒是熟练啊！你当我在东宫里容易吗？也就剩看看美人过过干瘾的乐趣了，就这一点，你还给我断了！

再说，凭什么你能和兄弟媳妇在湖边看星星看月亮，我一个人看看月亮就不行了？天理何在！

大伙都不明白我为什么会突然被禁了足，我自个儿肚里清楚却又不能说，于是只能让大伙先闷着。

绿篱更是替我委屈得不行。绿篱小同志本是抱着极大的革命热情陪着我去参加晚宴的，中途只不过去了趟茅厕的工夫，回来就发觉我和齐晟都不见了，后来见我和齐晟一前一后地从外面回来，还道我和齐晟是一道出去的，心里白窃喜半天，谁知刚回到东宫便迎来了如此噩耗，于是，小同志稚嫩的心灵就有些受不住了。

因为被禁足，就连殿里伺候的宫女美眉们都一下子少了许多，无电、无网、无美人，我无聊地真剩下看着月亮打发时间了。

坐在殿外台阶上，望着那滚圆的月亮，真想放开嗓子长号一声，可等张开了嘴，又觉得没劲了，这要在以前还能号出俩西红柿、一盆洗脚水之类的东西来，而现如今，号又能号出什么来呢？唉，想想就无力，只能长叹一声了事。

绿篱本一直在我旁边默默地陪坐着，见我叹气又哽咽起来，“娘娘……”

“打住！”我赶紧伸手，和绿篱商量，“咱能别再哭了吗？”

绿篱一边用手抹着眼泪，一边用力地点头。

月光之下，绿篱小模样倒也招人，只是……唉，太熟了，不好下手啊！我瞧她半天，最后也只得说道：“绿篱啊，会唱曲吗？给咱唱一个吧！”

绿篱眼圈还是红的，十分羞愧地摇了摇头。

我叹气，“唉！要不我给你唱一个？”

绿篱受宠若惊地点头。

我本想给她唱个撩人小情歌，可一看绿篱望着我那饱含崇拜的眼神，突然就有些不好意思欺负小姑娘了，想了想，干脆从台阶上站起身来，私下里寻摸了半天，这才从墙角里抓了把扫帚过来，往前走了几步在绿篱面前站定，做了个怀抱吉他的样子，手指虚虚一扫，张嘴给她唱起了歌。

开始只是绿篱一个人听着，后来殿里其他的几个小宫女也凑了过来，兴致勃勃地围观。我看大伙这么捧场，一下子就发了人来疯，越唱越欢乐，好像又回到了从前，大中午的不睡觉，抱着把破吉他站在女生宿舍楼下放声唱歌，有时候能讨到女孩子的笑脸，更多时候却是从楼上浇下来的洗脚水……

一曲终了，我笑嘻嘻地看着绿篱她们，等待着大伙的欢呼与掌声。

可惜，场下却是一片的寂静。

好半天，绿篱才怯怯地问道：“娘娘，您的脖子和手这是怎么了？抽筋了吗？”

我呆住，只觉一道霹雳从天而降……果然，装帅是要遭雷劈的……

又听得绿篱问道：“娘娘，您从哪学的这样的小曲啊？以前从没听您唱过啊。”

是啊，我现在是太子妃张氏啊，这样的曲子，我是从哪里学的呢？为什么贴身侍女绿篱都未曾见过呢？

我张着嘴，一时答不出话来。

我正愣愣地站着，却又见面前的几个宫女，连带着绿篱都蹲下身去，娇滴滴地齐声叫道："太子殿下。"

我回过身，齐晟正站在不远处看我，那表情似悲似喜似怒似怨……总之，很难形容！

哎呀呀，撩人家马子被抓了个现形，这可如何是好！

正思量着齐晟会和我说些什么，就闻得齐晟突然低吼一声，"荒唐！"

说完拂袖就走。

"真有那么……荒唐？"我回头问绿篱。

绿篱忧愁地看着我，一直含在眼中的热泪终于流了下来，哽咽着，"娘娘……您这是怎么了？"

娘娘……这是怎么了？你家娘娘是早已登极乐了，可是我呢？我到底是怎么了？

"绿篱，你进去吧，我想自己坐一会儿。"

绿篱仍在一边跪着，眼泪汪汪地看着我，就是不肯走。不知怎的，我心中突然莫名地烦躁起来，冲着绿篱吼道："你离我远点，行不行？"

绿篱用手掩了嘴，瞪大了眼睛看着我，一时吓得哭都哭不出来了。

看着她这副可怜模样，我突然就觉得浑身无力起来，好好的冲人家一个小丫头发什么火。想到这里，我缓了缓声音，对绿篱轻声说道："我没事，你先回屋里吧，我就是想一个人坐一会儿，好好想想这些事。"

是的，我就是想自己好好想想而已。太子本就强敌环伺，又不讨老皇帝欢心，竟然还敢在宫中大宴之际幽会弟媳，说出"一生一世一双人"的混账之话，这离他被废还差多远？一旦太子被废，身为太子妃的我又能何去何从？怕是连借居这个肉身浑浑噩噩过日子都不成了。

我在殿外坐了半宿，齐晟将禁足一个月改成了三个月。

宫里宫外都私下传着，那自从落水后就性格大变的太子妃，元宵节那夜又在太液池边撞了邪，于是，回到东宫终于半显疯癫了……从那以后，宫里再无人敢穿红衣夜行……生怕撞邪。

哎呀呀，这回可冤枉了红衣了，分明撞的是白衣的邪嘛！

禁足三月，我不能出去见人，别人也不能进来看我，憋得我每日里都要发疯，一大早就赶着蹲殿檐外面晒太阳，生怕一天没晒到就会长了毛。

这些时日里，绿篱明显见瘦，看向我的眼神也更加哀戚悲凉。我几次听见她曾在半夜里对月而拜，低低祝祷："愿我娘娘早日康复，信女绿篱自愿减寿十载。"我这里听得正感动，便又听绿篱音调一转，怨毒地诅咒道，"愿江氏那贱人不得好死，早日夫离人弃，信女绿篱自愿减寿……二十载……"

哎呀呀，我说丫头，你这就不对了嘛，太不和谐了！

就这样天天熬着，等我再能出去的时候已是春暖花开，宫女们那厚重的冬衣都换成了单薄春装，更显得是杨柳细腰风姿楚楚。我扒着东宫的宫门，看着夹道里来来往往的美貌宫女们，眼圈终于忍不住红了。

足足三个月啊，终于熬到头了！

绿篱从后面给我披了件披风，柔声道："娘娘，天还有些寒，您别冒了风，今儿时辰不早了，咱们先回去吧，明日再来。"

"等等吧，再等一等吧。"我央道，刚才过去的那个有着桃花眼水蛇腰的小宫女还没回来，我得再等上一等，最好问清了她是哪个宫里的才好。

绿篱声音听着就有些苦涩，低声哄道："娘娘，都这时候了，想是太子殿下不会回来了。咱们明日再来等，好不好？”

我听着有点不对劲，咂摸了一下明白是绿篱想岔了，转回头想要纠正一下她的错误，却看到了绿篱水汪汪的杏核眼，唉，解释了，她又听不进去，费这个唇舌干吗呢？还不如就让她误会我是在这里守着等齐晟，起码明天还能再光明正大地来这扒门框看美眉。

绿篱又低声劝道：“再说，过不几日便是女儿节了，无论如何，太子殿下必要陪娘娘回尚书府的，到时候见了老大人，万事都可从长计议。娘娘三个月都等得了，这几日就等不了了吗？”

绿篱虽说得声小，可入了我耳却不亚于惊雷，过不几天齐晟竟要陪着我这冒牌货回娘家？哎呀呀，这可如何是好啊？

我这里惊得是目瞪口呆，绿篱看着却以为我是惊喜难掩，苦涩地笑了一笑，伸手替我拢了拢鬓角发丝，像是安慰我，又像是在安慰她自己，“虽然殿下三个月没露面了，但是，女儿节，他一定会陪您回府的，一定的！”

好事往往不成双，坏事却是一来一串串的，我这里还没从女儿节齐晟要陪我回“娘家”的震惊中缓过劲来，就又等来了茅厕君给我送民间俚曲的信使……

看着殿中那人，我淡定地转过头，吩咐正要上茶的绿篱：“不用上茶了，去拿些桂花糕来待客吧。”

绿篱不明所以，但仍是听话地去了，她这里前脚出门，那信使就笑着冲我作揖，道：“哎呀呀，那日不知是太子妃娘娘，实在是冒犯了，还请太子妃娘娘原谅！”

正月十五夜里光线太暗，我并未瞧太清他的模样，现在看来倒也是个眉清目朗的英俊少年，多说了不过十八九岁年纪，正是爱油嘴滑舌的时候。

我没理会他那明显敷衍的道歉，只是问：“贵姓？”

他明显一个愣怔，“呃，免贵姓杨，杨严。”

“哦，还要瓜子吗？”我又问。

“……谢了。”

绿篱已是端了一碟桂花糕上来，我让她端给杨严，说道：“那尝尝我这里的桂花糕，可比你的那些好吃些？”

杨严乐呵呵地拿起一块来，尝了尝，点头，“不错。”

“那就多吃点。”我转头又问绿篱，“咱们这里备得可还有别的时兴小点心？就是这糕那糕的。”

绿篱掰着手指头数道：“还有栗子糕、莲子糕、糯米凉糕、鸽子玻璃糕、翠玉豆糕、小豆糕、双色豆糕……”

“行了，都端上来给杨……呃……杨什么？”我转头问杨严。

杨严连忙接口，“严，杨严。”

“呃，对，杨严，赶紧都端上来给杨严尝尝。”

“哎！不用了！”杨严连忙阻止绿篱，可绿篱已经去端了，片刻工夫，就领着几个宫女端了十几个碟子回来了，一流水地摆在了杨严面前。

我十分热情地对杨严道：“尝尝，都尝尝，别嫌不好。”

杨严盛情难却，只得又伸手拿了一块栗子糕，咬了一口。

我问：“甜吗？”

杨严点点头，“还行！”

我又问：“那莲子糕呢？快尝尝。”

杨严用力地咽下口中的栗子糕，有些无奈地又拿了块莲子糕。

“这块怎么样？”

"……"

绿篱见杨严噎得难受，连忙想要去拿水，被我一个眼神给止住了，她同情地看了看杨严，又站了回去。

杨严噎得直顺脖子，捶胸叫道："水……水……"

我转头叫绿篱："绿篱，赶紧的，灌水！"

真是个好绿篱啊，不愧是我放在心窝窝里的人啊，不用我把话说透，绿篱端了个茶壶就上去了，又叫几个小宫女上前把杨严摁住了，掰开嘴就是一阵猛灌。

杨严连噎带呛，一阵猛咳，半天捯不上来气。

我忙又叫："哎！哎！这是呛住了，用力捶背，用力捶！快点！"

绿篱连忙丢了茶壶去捶杨严的后背，无奈小姑娘力气太小了，我越看越心急，终于耐不住了，索性自己撸袖子冲了上去，对着杨严后背就是一顿猛捶。我让你吃瓜子，我让你吃桂花糕，我让你拍巴掌，我让你上树，我让你上树……

还是绿篱心软，看不下去了，小心地问我："娘娘……不会打……那个……什么了吧？"

我停手，见杨严只低着头没了动静，心里也是悚然一惊，吓，报复是正当的，搞出人命来可就不大好了。

正忐忑间，杨严似动了动，又咳了两声，然后才缓缓回过头来，满脸的水渍，也不知道是眼泪还是刚才被绿篱灌下去的茶水，只默默无声地瞅我半晌，然后抹一把泪水，嘶哑着嗓子问我道："多大的仇啊？您能下这狠手……"

我被他问得语噎，一时不知该回些什么。

杨严又感叹道："古人果然说得极对啊！宁得罪小人，莫得罪女人啊！”

这句话正正当当地踩到了我的痛脚，我心里刚升起的那点内疚之心，被这个“女人”打散了个干净，气上心头，立即急声叫道：“绿篱，再喂他桂花糕，灌水！”

“别！别！可别！”杨严吓得立刻从椅子上挣了起来，几步蹿到殿门外，嘴里嚷道，“先告辞了，勿送！”

他突然造访却又匆匆逃走，看得我有些怔怔的，片刻之后才转头问绿篱：“他今儿来干吗？”

绿篱还未回答，杨严却又去而复返，也不敢进殿门，只扒着门口处探进脑袋来，伸手递过几张纸，叫道：“送曲谱，曲谱，九哥让我把这三六小曲的谱子给娘娘送来。”

他不提曲谱还罢，一提这个，我立刻又想到了那日茅厕之中我站在茅厕君身旁的尴尬，于是也不多说，只高声叫道：“绿篱，桂花糕给他打包！”

杨严惨叫一声，叫道：“你还是不是个女人啊？”说完也不等宫女去接曲谱了，扬手一扔转身就跑，下一句传过来时已是在院中，“我这辈子都不吃桂花糕了。”

绿篱走过去把曲谱一一拾起，转回来交到我手中，轻轻咬了咬唇瓣，看得出内心很是矛盾了一番，才说道：“娘娘，奴婢有话不知该不该讲。”

我见她很少如此模样，不由得问道：“什么事？说吧！”

绿篱小心地看了我一眼，低声说道：“九殿下虽和太子殿下是亲兄弟，但九殿下毕竟已经成年，娘娘实不该要他这曲谱，免得落人口实，说您和九殿下私相授受。”

我知绿篱说得有理，连忙点头道：“记下了，以后少和他们来往就是。”

绿篱见我如此好说话，像是很欢喜，脸上立刻带上了笑容。

我却还惦记着杨严刚才的那句话，不由得有些气闷，独自在殿里转了两圈，气还是不顺，忍不住回头问绿篱道：“你跟我说实话，你看我像女人吗？”

绿篱立刻又用手掩了嘴，杏核眼瞪得大大的，眼圈唰地又红了，柔声安慰道：“娘娘，您为何会如此问？您可是这世上最最温柔和顺的女子，不仅模样好，性子也好……”

哈，绿篱，你真会安慰人，安慰得我连死的心都有了。

许是绿篱见我脸色更加阴郁，忙又加道：“若您还不像女人，这世上就只剩下粗莽汉子了。”

神啊，还是让我死了吧！

第三章

带着太子回娘家

五月女儿节，系端午索，戴艾叶、五毒灵符。夏俗自五月初一至初五日，饰小闺女，尽态极妍，出嫁女亦各归宁，因呼为女儿节。

一连几日，我都因要跟着一伙子大姑娘小媳妇过这女儿节而郁闷着。

沉入水底三个月多的齐晟终于冒出了水面，说是要陪我归宁。

归宁，归宁，归乎哉，宁乎哉？

归宁的前一夜，绿篱满心欢喜地替我整理着行装，我默默地坐在榻上，手托着腮看着她花蝴蝶一般地忙活着。绿篱不放心我，时不时地回身看看我，见我无甚动作，才又转回身去忙碌。

我心中却想，齐晟好歹也是有妻有妾的人了，女儿节短短不过几天，他这么多老丈人，转得过来吗？本想问问绿篱，可一想我现在已有半疯癫之名了，再胡乱问些东西，怕是离痴傻也不远了，算了，还是不打击绿篱了。

虽然都明白，可是这心里一旦存了疑问便如同关了数十只闹春的猫一般，痒得百爪挠心。后来实在忍不住了，我便想着旁敲侧击，问道："绿篱啊，咱们这是归宁去了，黄良媛和陈良娣她们怎么办？"

"她们？"绿篱回身看我，"自然是在宫里待着了。"

"她们不回娘家？"我奇道，"我这都回去啊。"

绿篱撇了撇嘴，答道："她们怎能和娘娘相比？您是妻，她们是妾，您是主，她们是仆！"

我看出绿篱在提到黄良媛等人时脸上露出的些许不屑，哎呀，小绿篱，若是一直这样，早晚会惹了祸事来啊，你还太年轻，太不了解我们男人，什么主啊仆的，新鲜才是王道啊！正所谓妻不如妾，妾不如偷啊！

我本想好好教育一下绿篱，可转念一想又怕自惹麻烦，赶紧又老实地坐好了。

绿篱嘴里的话却多了起来，边忙活着边念叨着："自从去年女儿节，娘娘都一年没回府了，老太太和夫人必是都想坏了，这次回去了可是得好好说会子话。家里的姑娘们也都是许久没见过了，小小姐也不知道又长高了没有……家里的园子花木最是好的，也不知今年发得如何……"

绿篱低低念着，面容祥和，语调温柔，听得我心中也渐渐沉静了下来，不知不觉竟觉得困了，正眯瞪间，突听得绿篱音调一转，兀地怨毒起来，"只可恨江氏那贱人也要回去，少不得又要勾引太子殿下！"

我听得悚然一惊，下意识问道："回哪儿？"

绿篱恨恨答道："那贱人娘家是个破落户，哪能回得去，必是要涎着脸回咱家园子的。"

我顿时一脑瓜子糨糊，想问又不敢问，吭吭哧哧如同便秘一般，憋了老大一个红脸。

绿篱只当我是气愤，忙放下了手中活计，蹲我身边开解道："娘娘您千万不可动火，那贱人现在虽有了王妃之位，可到了咱们家依旧是一个破落亲戚，您是咱们家里的嫡生大小姐，身份岂是她一个表了几表的表小姐可比的！"

好个绿篱，你总算是说了几句我爱听的话。

只是想不到那江氏竟然还是张氏的表亲，搞了半天还是姐妹争男人？我囧啊。

绿篱以为我还为江氏的事情想不开，又柔声劝道："娘娘，您是太子妃，是将来的一国之母，何必为了江氏那个贱人和太子殿下置气，再怎样您才是殿下明媒正娶回来的正宫娘娘，江氏已成了赵王妃，是殿下的弟媳，就是再狐媚，又能兴起什么风浪？”

我眼望着绿篱，心道姑娘啊，你还是太嫩了啊，不明白男人的心思啊，刚咱们说哪了，妻不如妾妾不如偷，你可知道这偷后面还有一个偷不到？这最后一个才是放在人心窝窝里的啊。

再说了，弟媳又怎么了？杨贵妃还是唐明皇的儿媳呢，不照常也成了贵妃了吗？这辈分都不是问题，那名分还能是问题吗？更何况，这齐晟也对江氏说了啊：你等我一段时日，好不好？

等一段时日做什么？自然是等老皇帝翘掉了，齐晟成了新帝，然后再想方设法把江氏夺过来呗。

真是一场狗血宫廷戏啊！偏偏我还是一个里面最最恶毒的炮灰女配！

司命星君，你让我悲剧没关系，起码给我个男配做做也好啊！

我低下头用悲愤的目光看着我那饱满的“胸肌”半晌……这要长我媳妇身上，多好！

再抬头，绿篱又在用忧愁的目光看着我……

算了，还是洗洗睡了吧！

许是对司命星君的怨恨感动了天地，夜里做梦竟然梦到了他。这厮模样依旧，看到我先是扭捏了一番，这才说道：“果然还是这副肉身更衬你，比原来模样强多了！”

我本已是用双手卡住了他的脖子，听他这样说又松开了，改揪了衣领，眯着眼睛道：“听你这意思是说我原来那肉身不够英俊？”

司命星君连声道：“英俊，英俊，十分英俊。”

我这才满意地松了手，转念一想不对，又双手上去卡住司命星君的脖子，怒道：“你这是给我报恩吗？我上辈子挖你家祖坟了吗？你不给我太子做也就算了，为何还要给我个女身戏耍我？快点，你要识相就赶紧送我回原来的肉身去！不然……别怪我不客气！”

司命星君被我卡得直咳嗽，连忙道：“快松手，对我动粗，你会遭报应的！”

“我都这样了，我还怕什么报应？”我手上更用了力，直对着司命星君吼，“送我回去，回去！”

“回不去了！”司命星君憋红着脸叫道。

我一怔，手下不由得松了松，他连忙挣了出来，赶紧退后几步，双手护着脖子防备地看着我。

“为什么回不去了？我那肉身没了？烧了？”我怔怔地问。

司命星君见我没再动粗，这才抽空子整了整容装，答道：“没，肉身没事。”

我奇怪了，“那我怎么就回不去了？你不是要报恩吗？把我送回去才叫报恩啊，你现在把我搁这叫报仇！你懂吗？”

司命星君犹豫了一下，说道：“你来这里用了那张氏的肉身，张氏阳寿未尽，自然也是要肉身投生的，便用了你的了。”

我愣怔了片刻，有些不敢相信地问：“听你这意思是说我原来的肉身现在是张氏用着？”

司命星君点点头，又摇摇头，思量了一思量，才说道：“其实话也不能这么说，应该是你原来用了她的肉身，而她用了你的肉身，现在是你用着她用了二十来年的你的肉身，而她用着你用了二十几年的她的肉身，算来算去，是你多用了好几年她的肉身，还是你占便宜了。”

我咂摸了一咂摸，又咂摸了一咂摸，一下子火更大了，怒道：“我，我，我……没听明白，你再说一遍！”

司命星君翻了个白眼，“简单来说，你原本就是该投这个肉身的胎，阎君那里出了点小错，这才叫你和张氏错投了胎。可你这一世命格极重，若是错了怕是要误天下苍生，阎君这才央了我偷偷将你们二人的肉身换回来。”

我已是听得目瞪口呆，好半晌还有些反应不过来，有些痴呆地问:“这么说……这个……才是我的正牌……肉身？”

司命星君颇为同情地看着我，点了点头。

我有些不敢相信地低下头去，摸摸自己的胸口，再顺顺纤细的小腰，然后再抬起头看司命星君。

司命星君更为同情，伸手拍了拍我的肩膀，“认命吧，这肉身算是极品的了，你也说过的，你喜欢这样的小妞。”

我那是以为我还是个男人，好不好!

突然间，我只觉得浑身乏力，头痛无语，心中仅存的一点希望也被司命星君断了个干净。

忽闻得耳旁有人急声唤道：“娘娘，娘娘……”

我睁眼，那司命星君早已没了踪影，面前绿篱一脸焦色地看着我，问道：“娘娘，您怎么了？可是发什么梦了？”

发梦？是啊，就当我是做噩梦吧，我安慰自己。

我的心思还沉浸在噩梦之中收不回来，绿篱已是取了衣物来给我穿，我有些浑浑噩噩的，绿篱许是以为我是因今天要回娘家的缘故，柔声劝道：“娘娘今日要和太子殿下同车，千万莫要再任性，言语上多顺着殿下些，殿下待娘娘也自会不同……”

我顿觉五雷轰顶，伸出去穿衣的手都僵在了半空中，只是转头问绿篱：“和齐晟同车？”

绿篱毫无察觉，犹自点头道：“殿下既肯陪娘娘归宁，自是不会让娘娘独乘一车惹人闲话的。京中行车必快不了，待到郊外园子，怎么也得小半天工夫，车内就那么大块地方，娘娘可得抓住了这个机会，和殿下好生亲近一回。”

头顶的雷一个接一个炸，把我轰得三魂出窍七魄离体，绿篱再说了些什么一点也进不了耳朵，眼前只有一个赤裸的脊背上下晃啊晃啊……

我，我还是死了吧！

外面有内侍来禀，车驾均已备好，太子齐晟也已在宫门处等着我了。绿篱顾不得再细雕我那妆容，连忙拖了我就往外走，我手伸得慢了些，没能抱住梁柱，出得殿来又得顾及脸面，只得老实地跟着绿篱向外走去。

待到宫门处，果见外面已是停了太子的仪仗，偌大一辆皇家牌豪华马车就堵在门口。

东宫诸位美人虽不能同回娘家，却也打扮得花枝招展地站在门口等着相送，我心里烦乱异常，也没了细看美人的兴致，只四处找着那齐晟的身影。

小内侍见我四处扫量，忙凑过来低声说道：“殿下已在车中等候娘娘，还请娘娘上车。”

绿篱哪里知道我此时已是被雷得外焦里嫩，赶紧仔细地替我整理了一下妆容，又嫌我那唇色不够红润，一个劲儿地小声提醒道：“娘娘，咬咬唇瓣，用力咬咬。”

咬唇瓣？我咬舌还差不多！

小内侍替我放下金澄澄的踏脚，我一脚都迈上去了依旧不死心，回过头问绿篱：“能换辆车吗？”

估计绿篱也是太紧张了，竟不闻我的问题，只是着急地低声催促，“咬下唇瓣，快咬一下呀，用力一些！”

她的紧张终于感染了我，我竟然也忘了问她的问题，只依着她的话，用力地咬了一下嘴唇，顿时惊觉唇上一阵刺痛，伸手一擦赫然见血，竟是咬破了。

绿篱也是看傻了，待了片刻才急道："娘娘，破了！破了！咬破了！"

她这一叫嚷，我反而冷静下来，我又不是那张氏，一大老爷们和另外一个大老爷们一起坐个车而已，我紧张个什么劲呢？于是乎，我十分豪爽地撩起裙角，甩开绿篱相扶的手，很有气势地就迈上了车！

车内，太子齐晟正倚着软枕坐得舒服，见我进来，撩起眼皮淡淡地看了我一眼，目光在我嘴唇上略一停顿，随即便就移开了，只又低下头去继续看手中的书卷。

我伸手摸了摸还在往外渗血的嘴唇，咝咝吸了几口凉气，然后便在齐晟对面寻了个舒适的位子，也坐了下来。

外面小内侍询问是否起驾，齐晟轻轻嗯了一声，我这里还没发表点意见，那车就开始缓缓动了起来。

车外是礼乐齐奏，车内是一片寂静，我想了想，这齐晟对张氏向来话少，等着他对我开口是不太可能了，干脆，还是我开这个头吧。

"齐……殿下？"

齐晟终于从书卷上抬起头来，淡然看向我，依旧是无话。

我把语气调整得尽量友善，"有时间没？咱们……聊两句？"

齐晟面无表情，问道："杨严是怎么回事？"

我："咱们总这样僵下去不是办法，抬头不见低头见的。"

齐晟："你以后少和老九他们来往。"

我："那杨严到底是什么人啊？"

齐晟："少生是非！"

好吧，我闭嘴，总行了吧？

我一闭嘴，齐晟也停了，车里又静了下来，我忙假笑了笑，冲他伸伸手示意，“您先请。”

齐晟颇为意外地看了我一眼，说道：“杨严父亲杨豫本是麦帅长子，被麦帅过继给了忠烈公杨墨，因忠烈公早亡，说是过继却是随麦帅长大的，后来不知怎的又和北漠崔家有些牵扯，那杨豫早些年也曾闹出些事端，不过先帝在世时对他甚是恩宠，众人也奈何他不得。”

我听得奇怪，不是因杨严背景如此复杂，而是纳闷儿齐晟怎么有这个耐性和我说这些了。

齐晟又道：“杨严是杨豫幼子，之前一直在江北，年前才来盛都，不知怎的就和老九混到了一起。”

因为“志”同“道”合？毕竟是一个酒楼听过小曲的人……我揣测。

齐晟停了下来，看着我。

我张了张嘴，没说话。

齐晟看我如此模样，以为我有什么顾虑，淡淡说道：“有什么话就说，不用顾忌。”

我又张了张嘴，还是没敢。

齐晟眉头皱了皱，干脆拿起书卷，低下头不再看我。

我看着他，心中想到底要怎么和他对话呢？是委婉的呢，还是直爽的呢？是推心置腹谆谆教导呢，还是当头棒喝振聋发聩呢？

他比较爱吃哪一套？

唉，我这人可不太会劝人。

我清了清嗓子，问：“你……还有得说吗？”

齐晟没答话，仍专注地看着书。

我端坐了，摆出一副正式模样，又道：“你既然没得说了，那该我说了。”

齐晟依旧没反应，只眉梢微微挑了挑。

好吧，我当你一直在听好了。我思量过后，决定选择“当头棒喝振聋发聩”这一款，先把要说的话快速地在脑子里过了一遍，这才很严肃地问道：“我问你，你到底还想不想当皇帝？”

齐晟终于抬头看我了。

我等着他问一句“想做如何，不想做又如何”。

结果等了半天，没等到。

于是，我只得继续严肃地自接自话：“如果还想，就听我一言；如果不想，那么就趁早让贤，也好让别人承你个人情。”

齐晟眼珠动了动，总算有了点反应，依旧是淡淡的口气，“听你什么言？”

我郑重说道：“你现在处境已是十分艰难，外有强国觊觎，内有兄弟争储，哪一步走错了都会是万劫不复的境地。”

齐晟不说话，我怕我讲得太过笼统，他没听明白，干脆又直言道：“男子汉大丈夫应以事业为重，天涯何处无芳草，何必单恋一枝花！”

齐晟忽笑了笑，“哦？然后呢？”

“先把江氏放一放，”我说道，“尤其是那些什么‘一生一世一双人’的傻话，这岂是一个帝王应该说的话！”

齐晟默默看着我，眼神很复杂。

我又趁热打铁，“你知道这世上最不缺的是什么吗？”

齐晟这回还算配合，轻声问：“什么？”

我一拍大腿，“女人啊！你是要做皇帝的人啊，后宫三千佳丽，环肥燕瘦千娇百媚，要什么样的没有？何必非要在一棵小柳树上吊死呢？就你这条件，日日挺银枪，夜夜做新郎都行啊！”

齐晟的嘴角隐隐动了动，不过还是没说话。

我见齐晟仍是不为所动，只得又换了个方式，决定推心置腹谆谆教导，“其实你就是喜欢那江氏也好说，哄一哄，骗一骗也就行了，别太较真。这女人啊，千万不能宠，你宠她一日，她就会对你撒娇，宠她两日，她就敢撒泼，你若是连宠上她三日，行了！她上房揭瓦的胆也就有了。再说了，你现在还是个太子，江氏是赵王妃，你就是再喜欢又能怎么样？只能是让人抓你小辫子，把你从太子位上薅下来！你得先隐忍着，等当了皇帝，这天下的女人才都是你的。兄弟媳妇又怎么了？找个借口把赵王外调，一年半载回不来的那种，赵王妃还不得可着劲地任你偷了？只一点你得注意，就是日子得算对点，一旦江氏肚子大了，你可得赶紧把赵王召回来一趟，就算糊弄不了赵王，也好歹糊弄糊弄外人……”

齐晟脸色渐黑。

我觉得他对江氏可能是动了真感情，容不下那赵王，赶紧把话锋往另一边转，“如果你实在稀罕那江氏，那干脆就直接让赵王因公殉职便成了，赵王妃江氏也紧跟着假作殉夫自尽。然后，你把那江氏往别的地方一藏，过个一年半载，再假作某位封疆大吏的侄女孙女干女儿之类的，往你宫里这么一送，连名分都有了，贵妃淑妃德妃的，可着你心意给！你都是皇帝了，宠个把女人，谁敢说个不字？”

齐晟脸色更黑。

我琢磨着，难不成这话还不中他的心思？要不再换一换思路？赶紧又加了一句：“不过呢，我劝你，最好还是别把江氏往宫里弄，这女人啊，一弄家里去就变味了……”

啪！

齐晟突然把手中的书卷往矮几上一砸，铁青着一张脸看着我。

我吓得一缩脖子，顿时噤声。就说吧，我这人不会劝人。

齐晟寒声问道："你到底是谁？"

这个问题可是惊了我一身的冷汗。如今我是谁，是个人都知道要隐瞒实情，以免被当作妖邪烧死。

我还是像司命那厮一样告诉他：其实吧，我才应该是真正的张氏，原来吧，我一直用着张氏的肉身，而张氏用着我的肉身，现在吧，是我用了她用了二十来年的我的肉身，而她用了我用了二十几年的她的肉身，算来算去，我还多用了好几年她的肉身，占了不少便宜。

这样我用她的，她用我的，就是我讲得清，齐晟他能听得懂吗？

这人吧，最容易犯两个错误。

一是高估自己的智商。

二是高估别人的智商。

齐晟还在冷冷地看着我。

我赶紧轻声慢语地说道："殿下，我是您的太子妃啊。"

齐晟嘿嘿冷笑两声，却不言语。

我脑门子上有点冒汗，努力保持面部表情淡定。

齐晟盯着我看了半天，估计是没看出什么来，只是嗤笑一声，抬起上身车厢壁上的抽屉从里取了本书出来，随后丢给了我，"尽快背过！"

我接过来翻开一看，里面赫然是张家上上下下老老少少一门九十余口的人物小传！

我抬头看齐晟，再低头看人物小传，然后再抬头看齐晟……

难不成是我看走了眼了？还是我犯了第三个错误——低估了齐晟的

智商?

齐晟目光凌厉地盯着我，冷声说道：“若这次你出丁点纰漏，回去后我只能让你继续禁足。”

我赶紧点头，“好。”

齐晟又道：“他日我做皇帝，你便是我皇后，我若做不成皇帝，你……”

我立马接话：“我做寡妇！”

齐晟面无表情地看我良久，却没说出话来。

我暗忖，我都如此明志了，难不成还讨不得他欢心?

齐晟低下头专心看书，不再理我。

我便也低头翻看手里的小抄，还好，不算太厚，百十来页，有前言有后语，主要人物还配有彩色的小像，画工细致，栩栩如生……嘿，真正的手绘本，制作相当精良。

这种手艺拿来做小抄还真是可惜了……

咳咳……我说的……你明白的……

我忍不住“嘿嘿”干笑了两声。

齐晟抬眼瞥了我一眼，我连忙收了笑，低下头装模作样地看起小抄来。

齐晟眼睛看着书卷，口中却慢悠悠地说道：“此刻离到张园估计还有一个多时辰，足够你背下来了。”

我先在心中将“时辰”与“小时”换算了一下，一个时辰就是两个小时，琢磨着要想把这几十页小传都背顺了是有些困难，不过，既是小传，记个大概也就够了，只要别认错了人就好。

我翻开那书册细看，第一页画的是个武将打扮的老头，画旁只用小字标注着：护国大将军张生已卒。

好，既是都过世了的，估计这次回去是见不着了。

直接翻过去吧。

第二页上是个诰命夫人打扮的老太太，估计是张生媳妇——张府的老太太了。我转向对页细看她的小传，一眼看过去就有点蒙圈了。

言氏護國大將軍妻出自河西言氏成祖言妃之族亲貌美性妒忌初有婢見生入笑言望見謂生私婢女即鞭殺之……

繁体字也就算了，连蒙带顺的也能认个七八，竖排版也可以忍受，用手遮着两边看倒是也能不串行。

问题是：标点符号我不奢求你全对，有个停顿也是好的啊。

它全没有。

满满一篇子的蝇头小楷，竖版，繁体，没标点符号，文言文……

哎呀呀，怎一个头大了得啊！

当句子读实在困难，我只能一个字一个字地往外蹦，不知不觉中就念出了声，“言氏……护国大将军……妻出……出自河西……河西言氏成祖……言妃之……族亲貌美性妒忌……初有婢见……生入笑言……望见谓生私……婢女……”

生私婢女？私生婢女？

莫不是写错了？

齐晟突然冷声说道：“言氏，护国大将军妻，出自河西言氏，成祖言妃之族亲，貌美性妒忌，初，有婢见生入，笑言，望见，谓生私婢女，即鞭杀之。”

我抬头，颇惊讶地看齐晟。

齐晟看着我，问：“到张府前，你能看完这一页吗？”

我低头认真地看了看字数，抬头看齐晟，“也差不太多。”

齐晟眉头似紧了紧，把手中的书卷随意地一扔，向我伸手，“给我！”

说实话，我挺烦这哥们这种说话的语气，于是就客气说道：“不用麻烦了，我自己看就行。”

齐晟一怔，眉梢挑了挑，道：“那好，别读出声。”

说完双眼一闭，竟倚着软枕在那儿眯上了。

你大爷的，你拽什么啊？不就是我看不习惯吗？我给你搞篇英文过来，你小子还不如我呢！

我低头，开始奋发图强……

一个时辰后……

看着还剩下多半本的小抄，我急得有些红眼。

齐晟睁开眼，“把书给我。”

这回，我乖乖地用双手把书呈给了他。

他随意翻开，只把有小像的那页彩绘对着我，问：“这是谁？”

原来不是辅导，是课堂抽查啊！

我心里顿时虚了起来，仿佛又回到了课堂之上，地理老师拿着张某省区域图片问我：“这是哪个省？”

我满头汗地站着，琢磨着这是辽宁？河南？还是湖南？反正都长着个把，看起来模样差不多少。

地理老师有个不良嗜好，他总喜欢在教室里转悠着讲课，然后站到你桌子旁提问你。

还有个更不好的嗜好，那就是你若答不对，他总喜欢随意地拿起你桌面上的任何东西，来敲你的脑袋……

所以，那个时候，地理老师走近哪里，哪里的同学都会提心吊胆。

每每他快走到我那里时，我那同桌总是会用低而急促的声音提醒我："傻叉！还不快把你铅笔盒放起来！傻叉！小心一会儿他拿铅笔盒拍你！"

于是，一到地理课上，我就把桌面收拾得空前的干净，恨不得连地理书也放进抽屉里去，只留张纸在桌面上就好了……

齐晟拿着书在我面前晃了一晃，又问了一遍："她是谁？"

我用手抓抓脑袋，试探地，"二大妈？哦，不，是二伯母？"

齐晟闭紧了嘴，没说话。

我赶紧又改口，"哦，我想起来了，是三姑妈！"

齐晟挑眉。

我于是又改了口，"那……您看着像谁？"

齐晟看着我，好半天才轻飘飘地说道："许是你大堂嫂……" 我一拍脑门，"可不是，你这么一说才想起来，画得可是有些面老了……"

齐晟脸色一变，啪的一声把书砸到了我身上，"这是你亲娘范氏！"

好嘛，我这可真算得上是连亲娘也不认识了！

被他这么一摔，我脸上便有些挂不住，讷讷道："我这不是……还没看到她这嘛……"

齐晟怒极而笑，"好，好，好……可她却是你一会儿就要见的！"

我捡起地上的小抄，心里也有些恼火，我一会儿就要见的，你早干吗去了？有临上考场才给小抄的吗？

我也沉下脸不说话。

齐晟情绪反而冷了些下来，停了片刻，突然冷声对我说道："你还不过来！"

我不解，看向齐晟。

齐晟用手揉着眉心，颇为无奈地说道："我先把你等会儿就要见的人和你讲一下，你赶紧记住，一会儿若是记不清了，就闭嘴别说话，反正没人敢问到你脸上去。”

目前看来，也只有临时抱一抱他这个臭脚了。

我虽很不情愿，不过还是向齐晟那边挪了挪。

齐晟皱眉看着我，不说话。

无奈，我只得又向他挪了挪。

说实话，空间这么小，我真不习惯和一大老爷们坐那么近。

齐晟虽有些不满意，不过勉强算是通过了，从我手里拿过小抄本，从头翻起，对着人物小像给我简单地讲解起来。前面都是张家的主要男丁，齐晟只简单说了说名字，和我的关系之类的，待到后面的女眷，他反而讲解得细致起来。

我诧异，不由得看向齐晟，暗忖这小子对我这些七大姑八大姨倒是很熟嘛。

齐晟见我看他，停了下来，颇为无力地解释道：“这些女眷才是你主要要接触的，万不可叫混了。”

我奇道：“你怎么都这么熟？”

齐晟眉头又跳了跳，强忍着脾气道：“这书我提前看过一遍！”

哈，难不成这就是传说中的过目不忘？

车驾在张园正门外停下之时，齐晟正好给我讲解到张氏的嫡亲的大哥的嫡生大女儿那。

齐晟啪地把书一合，随手扔到车厢的抽屉里，嘱咐：“说是这小丫头和你最亲的，一会儿见了，莫要露馅儿。”

我不在意地摆了摆手，“放心吧，一小丫头片子再糊弄不了了，我回去就自挂东南枝去！”

齐晟本正要出车厢，听到这反而停了下来，转回身看我，“你殿后西侧那棵，高低粗细正合适！”

我没想他还会这种冷幽默，一时有点接不上话。

齐晟看着我轻轻一哂，转身出了车厢。

我一时顾不上琢磨他的表情，只是抬手摸了把冷汗，心有余悸。

原来，装傻和装女人同样不易。

女同胞们，你们也忒不容易了。

跟在太子屁股后面出得车来，绿篱早已经在旁边候着了，趁着扶我下车的空当，贴近了低声说道：“那贱人来得倒早！”

我闻言抬头，在一伙子衣装严整的老爷们儿身后看到了那依旧是一身俏白的江氏。

唉！这姑娘怎么天天一身白啊？

这多不经脏啊！

我忽地又想到那齐晟，他那大脑不会又临时供血不足吧？

转头看过去，只见齐晟的眼神果然是在江氏身上流连了片刻，然后这才转到了江氏身旁的赵王身上。

万幸，万幸，大头只是临时性供血不足，没全跑小头上去。

作为兄弟，我理解他，毕竟这人指挥枪还是叫枪指挥人，不过是一念之间。

繁复冗长的礼仪完毕，齐晟和赵王留在了外院，而江氏则跟着我向二门而来。本是备得有软轿的，可一想得让女人抬着走，我这心里就不舒服，干脆弃了不用。

太子妃既不坐轿，赵王妃便也只得跟着步行了，一路上，她都很安静。

我忍不住回头看了她一眼，不承想却被她看了个正着，江氏轻轻笑了笑，叫我道："大表姐。"

我立刻回过了头……这个称呼真打击人啊！

又忍不住有点好奇，齐晟到底喜欢江氏什么？

脸蛋？只能算是清丽，东宫里比她美的有的是。

身材？这都春装了，依旧没看出有什么料来。

性格？可女人的性子无非就是那么几种，能差得了多少？

我还真就奇了怪了，齐晟到底喜欢她什么？以至于让一宫的美人都跟着守活寡一般……

我又回头打量了一遍江氏，依旧是参不透原因。

总不成是……内涵？

可一想到这儿，我自己倒是先笑了。

江氏一直很淡定。

二门处，老张家一门女眷都候着了，我终于见到了那貌美善妒的言氏。

唉，大失所望，比画上的还不如，真是美人迟暮啊。

还有张氏那娘亲，范氏，只看着我眼圈就已经红了。

众人见了我来便都依礼跪下给我行礼，我实不忍心看着这奶奶跪孙女，老娘跪女儿的，赶紧让绿篱招呼大伙免了吧，一伙子女人这才都站起身来。

我又装模作样地要给张老太太和范氏行礼，老太太一把托住了我，拉着哭腔喊道："大丫头啊！"

四周的人连忙都配合地掏出了帕子来，顿时哭了大半，没哭的，也都用帕子虚沾着眼角。

我只觉头大，一个劲儿地说："快别哭了，别哭了。"

谁知一说，原本哽咽着的竟然放出了声。这下好，连我身边的绿篱也跟着哭了起来。

一个女人对着我哭，我或许还能哄上一哄，可一伙女人都对着我哭，我只觉得头大，无计可施。正干瞪眼间，一个五六岁的小丫头从大人身后探出头来，瞪着圆溜溜的大眼睛盯着我，我看她长得可爱，忍不住弯下腰去逗她，"小丫头，你好吗？"

小丫头甜甜地笑了笑，叫我："大姑姑！"

我顿时囧了。

张氏的大嫂赶紧把小丫头拉过去，低声向我赔罪道："娘娘恕罪，清儿年幼无知。"

我摆手，笑道："又没叫错，恕什么罪呢？"

众人也都跟着笑了，经这一打岔，那些帕子们总算收起来不少。

唉，女人，果然都是喜怒无常、说哭就哭的生物。

张老太太算是哭过了，转头劝范氏："你也别哭了，大丫头回来一趟不容易，一会儿你们娘儿俩好好叙叙。"

范氏点头应是，转头慈爱地看向我。

我被她看得有些发毛，毕竟不是人家女儿，实在受不起这样的眼神。

正心虚的时候，不想倒是江氏解了我的围，一直躲在人后的江氏终于走上前来给张老太太行礼。张老太太又激动了一把，握着江氏的手好一顿念叨。

我这才听明白，原来江氏是张老太太娘家表姐家的孙女。

绿篱果真说得没错，轮到张氏这一辈，的确是表了几表的表妹了。

这一天，我很无聊。

古代的女人聚会，无非就那么点事，吃点酒，听听戏，还都得捧着我，一大套折腾下来已是天黑，范氏只来得及拉住我，体己话还没说得一句，外面小内侍便来禀报太子齐晟已经歇在凤仪院了，传我过去伺候。

齐晟啊齐晟，我在东宫待了八个多月了，你都没传过我一次，这回张氏娘家来了，你倒开始传起我来了。

范氏连忙抹了抹眼泪，道："前些日子只传你身子不好，家里想去看你，偏又进不去那地方，现如今看你无事，我便也放心了。你快些去吧，反正你也要在园子里住上几日，咱们娘俩明日再说话就是了。"

许是见我脸色不大好，范氏连忙劝道："儿啊，万不可再耍小性子了，凡是丈夫都喜柔顺的妻子，你只顺着他，他必识得你的好。"

估摸着是我脸色更沉了些，范氏又低声笑道："殿下黏你，这是好事！你这傻丫头又犟什么？难不成殿下总追着那江氏跑就好了？"

我看着范氏，颇感无语。

唉，如若你要知道我这女儿早已不是女儿，你那女婿也并不是看上你女儿张氏了，而是怕我在这里露馅儿！

你……还笑得出来吗？

辞了范氏，绿篱扶了我慢慢往凤仪院走，谁知半路上竟又遇到了白衣江氏，进的却是凤仪院旁边的院子。

绿篱恨乎乎地说道："也不知道家里谁安排的院子，这样不懂事，竟然让江氏那贱人住到咱们隔壁来了！"

我看了看那两个院子之间的那片紫竹林，暗赞：好一个偷情的好去处啊！

到底谁安排的院子？太有才了！

进了院，小内侍过来禀报说齐晟在书房。

我琢磨了一下，便没让绿篱等人跟着，自个儿跟着内侍过去了。

这有些事情吧，还真不能让女人知道，她们一般都存不住什么话，哪怕她对你再死心塌地的。

书房里灯点得很亮，齐晟又在看书。

我心里反而一松，估摸着齐晟一直看书和保镖戴墨镜的目的差不多。

一、他并不希望被我看到他的眼神，也就是不想暴露他的情绪。

二、这小子在装淡定。

果然，齐晟眼睛不离书卷，只淡淡地问道："如何？"

"还成。"我答道。

齐晟抬头瞟了我一眼。

我立刻自我检讨，语气太欢快了，以后一定要注意。

齐晟没说话，又很专注似的看着书，时不时地还翻翻页。不过，从翻页频率来看，他显然也走着神呢。

见此我也淡定了，找了张椅子坐下来，沉默地看着齐晟看书。

在我淡定的注视之中，齐晟终于淡定不下去了，突然问我道："你可有话要说？"

我想了想，试探地问道："你想听些什么？"

齐晟看着我，"为何连自己家人都不认得了？"

我反问："你又为何连张家人物传都备好了？"

齐晟唇角微挑，答非所问，"《世说奇谈》上曾载有一事，南杭乔氏曾有女一夜而变，不识亲友，不认爹娘，言行举止皆不同以往，俱托辞失忆之故。有术士称此女人身未变，心却换了，乃是邪祟入体，必是方人一命才休，唯用火烧可以化解。"

我吓了一跳，"我可是个大活人，会烧死的。"

齐晟又接着说道："那乔氏双亲却因舍不得爱女，便将那术士打了出去。后乔家倒也一直平安，可世人皆忌乔女克人之命，无人敢娶，导致乔女直至双十仍待字闺中。"

我心中顿觉悲哀，你说我要是早穿来几年也好啊，做个老姑娘也比嫁个男人强啊！

我问齐晟："可我这已经嫁了的，怎么办？还能……休吗？"

齐晟不紧不慢地说道："太子不好休妻的……"他顿了一下，又继续说道，"后来，她不知怎的遇到了靖国公韩怀成，靖国公是个鬼神不惧的人，三媒六聘地娶了此女，婚后夫妻和美异常，正当世人皆称唯有靖国公这等杀气重的人方能降住此女时，靖国公却忽地暴病身亡了。"

我惊讶，"还真克夫？"

齐晟嗤笑一声，"克夫，克夫，不过是些乡野村夫的见识罢了。世人皆看到了靖国公的战绩彪炳，谁人知乔氏在靖国公背后给了多少助力！"

我反驳："可最终还是把靖国公克死了不是？"

齐晟看着我，淡淡道："那靖国公并未暴病而亡，而是死遁而已。"

死遁，死遁，唉，我真的无法理解这事。放我那上一世，人们顶多会来个尿遁什么的，死遁这玩意技术含量太高，一般人都做不得。

我看着齐晟，琢磨着他和我说这些是什么意思。

齐晟看着我，也不说话。

两人就这样沉默地对视片刻，许是都觉得有些不自在，不约而同地都转开了目光。

齐晟又轻轻问我："你可有话要说？"

我想了想，依旧是问："您想听哪方面的？"

齐晟脸色平静，沉默不语。

我伸手打了个哈欠，站起身来，“我今儿是真累了，殿下要没事我就先回去了。”

齐晟脸色终于变了变。

我转身转得更干脆利落，果不其然，人还没走到门口，身后就传来齐晟的声音，他问：“你和乔氏女可是来自同一个地方？”

我脚下顿了顿，转回身看齐晟，笑道：“太子殿下累糊涂了，乔氏是南杭人氏，我娘家就在盛都，怎么会是一个地方的人？”

齐晟默默看我片刻，忽地笑了，点头，“不错。”

我也跟着笑笑，“走了，明儿见。”

小样，想让我承认是穿越的？你还嫩点。

出了书房刚走没几步，突然听到屋里传来啪的一声。我不由得摇头，这一怎么就摔书的毛病可真是不好，得改！

回到睡房，绿篱却是不在，我正想问别的小宫女呢，绿篱就神神秘秘地回来了。她打发走了屋里的其他人，凑到我耳边悄声说道：“都安排好了，这几日太子殿下若是去见江氏，自会有人来先报咱们。”

我听得心里一惊，转头看绿篱，心道这丫头怎么就这么不上道呢，哪里有这样整天惦记着捉老板奸的员工啊，这不是要连累我吗？

又听绿篱说道：“殿下都已陪着娘娘归宁了，却仍不肯和娘娘同房，心里岂不是还惦记着江氏那个贱人？往日里离得远便也罢了，今日离得这样近了，娘娘不可不防。”

我颇感无语，看着绿篱问：“你要防什么？”

绿篱一怔，“自然是要防那江氏。”

我又问：“为何要防江氏？”

绿篱很理所当然地道：“娘娘啊！因为她勾引殿下啊！”

“东宫里哪个不想勾引齐晟？”我问。

绿篱一下子被我问住了，怔怔地说不出话来。

“那么多良媛、良娣的你不防，你防一个赵王妃做什么？”我问。

绿篱终于陷入了思考之中。

我一乐，只觉轻松。这女人啊，大脑和嘴巴一般只工作一样，你让她脑子动了，她那嘴就老实了。

刚得意没两分钟，外面便有人小声地叫绿篱。

绿篱看了我一眼，告退出去了，一会儿后回来，脸色更不好，只急走过来附在我耳边说道：“太子殿下果然又出院了，进了那片竹林子。”

我也不由得惊讶，难不成白天的话都白说了？关键时刻，齐晟还是让枪给指挥了？

那赵王呢，又被什么指挥了呢？

我这里刚想到赵王，就听外面宫女轻声禀道：“娘娘，赵王殿下求见。”

我一乐，好吧，深更半夜，太子私会赵王妃，赵王求见太子妃。好一出情感纠缠的大戏啊！

只是，那赵王来寻我做什么？

是求诉苦，还是求捉奸？

既然来了，又住得这么近，不见不合适。我只得让绿篱再帮着我把里里外外都穿戴整齐了，这才出去。

那赵王正在客厅里坐着，见到我来，起身含笑招呼道：“三嫂。”

嗯，挺随意的样子，估计以前也是和张氏熟络的。

我本有些防备着赵王，生怕他再提出要与我一同捉奸的要求来，可一见他这笑模样，心中又不忍有些同情，这样一顶绿色大帽子，是个男人都不想戴。

正琢磨着怎么开解安慰一下赵王，突听得赵王说道：“三嫂，前日里听人讲了些京中趣事，今夜里睡不着了，便想与三嫂说上一说。”

我摸不透赵王的心思，只得应付，“好，赵王请讲。”

本以为他是话里有话，一直提着精神准备从话里听出些什么来，谁知那赵王却是真真地给我讲起了京中各家宅院的琐屑之事，“林御史家三公子新娶了赵翰林家的大女儿，婚后没一个月，两人便打起来了……有个富商一下子娶了七个小妾，还都是同时进的门，给大夫人敬茶的时候足足排到了门口……”

赵王的茶水一直在续杯……

我想让绿篱去给我端些瓜子来……

直到我上眼皮直磕下眼皮，再也熬不下去了，不得不招过绿篱来耳语了几句，绿篱赶紧出去了，我又接着听赵王讲京中的八卦……

过了一会儿，绿篱回来，凑近我耳边说道：“太子殿下已回来了。”

我精神顿时一振，坐直了身体，看着赵王道：“殿下啊，时候不早了，今日就先说到这里，咱们都回去洗洗睡了吧！”

赵王那张淡定悠然的面孔终于有了丝裂缝，看着我，“不早了？”

我点头，“确实不早了！”

赵王又问：“该回去睡了？”

我又点头，“你若还有谈兴，我可让人请了太子殿下过来，你们兄弟好好……呃……交流一下？”

赵王干脆利索地起了身，忙摆手，“不用了，不用了，改日再来和三嫂闲聊，今日先告辞了。”

我也心急火燎地往外送客，“那就不远送了，慢走，走好！”

我嘴里说着慢走，脚下却一点也不含糊，幸亏赵王走得也不慢，不然非得成了他送我之势不可。前脚送走了赵王，后脚我回房就趴床上了，只觉得累得腰酸背痛。唉，张氏这小身板真是中看不中用，得练！

要说还是绿篱有眼力见儿，没等我开口就过来给我按起肩背来。那小手按的地方都对，就是劲道小了些，我给她纠正了两次，她倒是记住了，可没按了一会儿，我又喊停了。

绿篱颇为不解地看着我。

我想了一想，还是说道："你找个大抱枕来给我垫上一垫吧。"

我看绿篱眼中还是疑惑，只得用双手在胸前虚比了一比，"这……太硌得慌了……"

绿篱脸一红，抿嘴笑了笑，赶紧去拿抱枕。

我长叹一声，以前只看到了大胸美眉胸前的妙处，谁知她们也有说不得的苦啊……且不说下垂不下垂的问题，干活都是个累赘嘛！

唉……都不容易啊！

我感叹着大胸妹的种种不易进入了梦乡。梦中，我被一条菜青蛇引入了瓜地里，然后被瓜蔓绊了个跟头，正好摔在两个大甜瓜之上，硌得胸口生疼……奇怪的是梦里都知道自己是在做梦，琢磨着蛇代表着性暗示，一准是我太性压抑了。

可是，这俩大甜瓜是咋回事呢?

正冥思苦想呢，就听见绿篱的声音从天外传了过来，"娘娘，快起吧，今天是二姑娘的大日子，您可不能迟了。"

于是，我便又琢磨，二姑娘？五姑娘我以前倒是常麻烦的，这二姑娘又是谁呢?

绿篱急火火地把我从被窝里揪出来，我这才醒过盹来，想起来二姑娘是那张氏的妹子，是与我那五姑娘八竿子打不到一起的。

同时也明白过来哪里有什么甜瓜，只不过是不小心又趴着睡，压了自己的胸而已。

绿篱忙活着给我梳洗装扮，我瞅一眼窗外，天都还黑着呢，心里便有了些起床气，嘴上虽没说什么，脸上却是带出些样了。绿篱却浑然未觉般，只边忙碌边给我念叨着："今儿是二姑娘的及笄礼，听说家中准备得很是精心的，也邀了很多达官显贵过来观礼……"

我精神顿时一振，"及笄礼？"

绿篱点头，往我那脑袋上插着凤钗，"办完及笄礼，二姑娘就可以许嫁了，也不知会嫁到谁家去，看看今日都有谁来吧……"

哦，我算是明白了，说什么及笄礼啊，原来是个上市通告啊，当着盛都满城的达官显贵宣布一下：张家的二女儿终于可以上市了……呃，错了，是终于成年待嫁了。

我被绿篱装扮一新，然后作为最尊贵的女宾去出席二姑娘的上市通告，然后发现，张家二姑娘的及笄礼果真很盛大，二姑娘长得果真很美貌，到的宾客果真都很……达官显贵。

济济来宾之中，赫然出现了茅厕君与上树君的潇洒身姿。

我恨不能问一句兵部尚书我的父，您究竟有几个好女儿，为何每个女儿都要嫁给权贵……

二姑娘小模样挺俊，小身条虽未长成，可那前凸后翘的影子已是有了，以后少不得也是个尤物，只是不知道会便宜了谁。

想到这里，我瞧了瞧对面尚未婚配的茅厕君和上树君。

茅厕君也很淡定，我相信他那是真淡定。

上树君的表情看着也很淡定，但我觉得他可能内心跟我一样难以言说，因为他那眼神每每扫过桌上点心盘子里的桂花糕后，都会不由得自主地再瞄一眼我。

你说，你这是想吃桂花糕呢，还是不想吃桂花糕呢?

正走着神，绿篱从后面轻轻地拽了拽我的衣袖，用低低的声音道:“娘娘，您看看江氏那贱人，每次都出幺蛾子，瞧那狐媚样！”

其实，不用她提醒，我也早就看到了江氏。在那片花红柳绿金光闪闪之中，一身水绿色衣裙，脑袋上只斜插了支碧玉簪子的江氏，清新得跟棵水葱一般。

咦？她今儿怎么没穿白呢?

转眼看太子齐晟，他表情虽也淡定着，可那眼神却不大稳当，总是围着江氏飘来飘去的。于是，我的心也便一直随着他的眼神飘着，生怕齐晟控制不住。

唉，都是过来人，谁还不明白啊……

更何况，今儿江氏那小模样的确挺招人的，我的魂都颤了两颤，别说他了。

兄弟，你一定要挺住，挺住!

我，相信你。

就这样一直提心吊胆地等到礼成，男宾女宾分席了，我这颗心才总算全放了下来，开始有心思仔细打量满堂的女人们。

江氏暂且不说了，今天显得格外出色，水葱一般的人物，我见犹怜。

二姑娘虽年少，却已见美艳之姿，好苗子一个。

其他的堂嫂堂妹之类的，也大都身姿苗条面容漂亮。

看来，张家的基因确实不错，这是不是要归功于“貌美善妒”的张家老太太?

我转头扫一眼右首的张家老太太，然后毫不犹豫地把视线转向了青春貌美的二姑娘身上。谁知就这样多余的一眼，却引来了张家老太太的注意。

张家老太太突然向我请求说，二姑娘思慕我这个大姐良久，今天又是她及笄的好日子，我晚上能不能下榻二姑娘的院子，由二姑娘陪伴我一宿。

我一听都有点乐傻了，嘿，这老太太，怎么都和我想一块儿去了呢？我愿意啊，我自然愿意啊！

张老太太瞅着我等着我的示下，我连忙点头应允，睡吧，睡吧。

谁知这样一睡却睡出问题了。

我这里美滋滋地赶到二姑娘的闺房，青春貌美的二姑娘没见着，"貌美善妒"的张家老太太却在等着我呢！

张老太太全没了白日里对我的恭敬良淑，只板着那张褶子脸，冷声喝道："跪下！"

我这里一愣，还没反应过来，身后的绿篱却已是麻溜地跪下了。

张老太太看我没动静，怒道："是不是真觉得自己成了太子妃了，是娘娘了，就跪不得我这个老太婆了？"

我心里越发的诧异起来，绿篱却在后面偷偷地拽着我的裙角，小声地央求着："大姑娘，大姑娘。"

这称呼还不如"娘娘"呢，那个起码听了多半年了，都听习惯了。

我勉为其难地撩了撩裙子，在张家老太太面前跪下了。

张老太太龙头拐杖往地上这么重重一戳，气道："绿篱只说你落水受了刺激，脑子乱了，我看你倒不是乱了脑子，而是乱了心！你蠢啊，蠢得都不像是我张家的女儿了！"

我老老实实地垂头听骂着，心里却琢磨，这张老太太唱的这是哪一出？

张老太太义愤填膺地指责我："其一，你向皇家人妄求情爱，此为不明；其二，你竟拿皇嗣之事来陷害映月，此为不智；其三，你与那杨严在东宫之内玩笑，此为不端；其四，你身为太子妃，却放任东宫事务不理，此为不严。你这等不明不智不端不严之女，哪里是出自我张家……"

老太太上了年纪，牙口有些稀了，唾沫星子就在我眼前飘飘扬扬地落着……

我垂着头听着，心道我这个冤哪，我比窦娥还冤呢。只盼着老太太早点骂完，我也好擦擦我这一头一脸的唾沫星子。

谁知那老太太越说越气，说到后面气势非但不减，反而愈加激昂起来。

结果，她这一激昂，差点把自己给激昂过去了。

张老太太刚刚骂到高潮处，忽地没了动静，我这里抬头，正好看到张老太太瞪着眼，直挺着身子往后仰去。亏得我反应快，上前迈一步伸胳膊就把她给接住了。绿篱从后面也紧跟着扑了上来，嘴里叫喊着："老太太——"

我本来已是托住了张老太太，结果被绿篱这么一压，好嘛，三个人齐齐地跌向地上。我就说嘛，这女人，除了坏事，她就做不了别的！

我犹豫了一下，还是把张老太太垫到了最下面。三个人的体重，把张家老太太砸得吭了一吭，嘿！歪打正着，她愣是又缓过来了。

我和绿篱连忙把张老太太扶到床上躺好，这回，张老太太的怒气也摔没了，只伸出手摸着我的手背，轻声说道："傻丫头啊，你怎么就不明白，进了后宫的女人，情啊爱的就只是个虚想了，唯一有用的就是子嗣和娘家的势力啊！”

我手一哆嗦，差点把张家老太太的手给甩出去。

张家老太太却一把死死地抓住了我的手，半撑起身子逼近我盯着我的眼睛，一字一句地说道：“丫头，你必须生下皇嗣来，必须！尽快！”

我强自忍耐着，垂着眼皮装无辜，“那太子不喜我，我有什么办法？”

张老太太不屑地冷哼一声，说道：“他齐晟当我张家是傻子吗，别说是太子妃，就是许我张家后位又能如何？一个无子的皇后，说废还不是一句话的事情，我张家岂是这么好糊弄的！”

张老太太话顿了一顿，我的心跳也跟着停了一停，又听得她继续说道：“我已让你父亲给齐晟过了话，你生子之日，便是我们张家助他齐晟上位之时！”

我刚才干吗要去接你？直接摔死你了多好！

直到晚上睡觉的时候，我都还有点神不守舍。

绿篱也没什么话，一看就是有着心事，我忍不住多嘴问了一问：“绿篱啊，你这样愁眉苦脸为哪般啊？”

绿篱用她那双纯真的眸子看着我，很是忧愁地看着我，“娘娘，您要万一先生了公主，那可怎么办？”

我这刚刚自我建设得差不多的心理一下子崩塌了，满脑子只剩下了前世某位法号“三俗”的大师说过的一句话：“一窝一个公主，一窝一个公主，最后一窝一气生了俩公主……等她想生太子的时候，皇上他……死啦！”

唉！真正的一夜无眠！

归宁第三日，游园。

张家园子依翠山山势逐层升高，园内的景色与园外的自然山林景色融合在一起，那是相当不错的，只是我昨日受的打击着实太大了些，又加上夜里一宿未睡，实是没什么心情欣赏这景致。

齐晟的脸色也不是十分明朗，我琢磨着可能是张尚书已经给他过了话，又或是因为江氏今天没能来逛园子?

赵王一个人落了单，说是江氏昨儿夜里受了些风寒，不能同我们一起游园了。

唉，我也颇有些同情江氏，你说天天大晚上的往紫竹林里跑，风吹露打不算，还要提心吊胆，再好的身体也熬不住啊!

本是张尚书领着大伙一同游园的，可游着游着这人群便分作了几堆，前前后后拖拉了老长。

我回头看看那落在最后面的羞羞答答的二姑娘，再看看蹿在最前面的猴一般的上树君杨严，忍不住对“导游”张尚书深表同情。

带着这么一伙子无组织无纪律的“团员”，您老，辛苦了。

许是那江氏不在眼前，齐晟的眼光没了着落，便时不时地往我身上瞥了。

绿篱在一旁看得惊喜异常，每当齐晟瞥我一眼，她便用手轻掐我的手肘一下，小声提醒我：“娘娘，娘娘，太子殿下又向您这里看过来了！”

我面上仍坚持淡定着……

唉，我说绿篱，你能别掐了吗？我胳膊都要被你掐青了好吗？再者说，他每次看过来我那菊花都忍不住一紧，你说我能不知道吗?

一旁相伴的大堂嫂白氏瞧出我脸色不好，忙低声询问：“娘娘可是觉得乏了？”

我这里还未说话，她又极伶俐地指着西边一处院落说道：“那边是凝翠阁，虽简陋了些，可却胜在幽静，娘娘若是不嫌，我领了娘娘过去歇上一歇。”

我斜着眼睛瞄白氏一眼，长身条白面皮，柳叶眉丹凤眼，樱桃小嘴一点点，长得倒是真不赖，只是这眼睛太晶亮了些，不如纯纯的二姑娘可人心。

转念一想，她就是长成天仙样，与我又有什么关系？

罢了，就随她去吧，总好过在这里被绿篱掐！

趁着张尚书向齐晟等人讲解园中景致，我一手拉绿篱一手拉着白氏，悄摸摸地往凝翠阁方向溜，倒是没惊动什么人，只齐晟淡淡地瞥了我一眼，却没说什么，移开视线继续听张“导游”的解说。

还好，还好！

刚摸到无人处，白氏便捂着小嘴咯咯地笑了起来，笑道：“哎呀，大姑娘还是这样调皮，哪里有点做娘娘的样子！”

我顿时无语。

绿篱忙对白氏说道：“我们娘娘夜里没睡好，大奶奶赶紧让人给打扫个清静点的地方，好让我们娘娘眯一会儿吧。”

白氏又是笑，一迭声地道：“凝翠阁里一早就备下的，我带娘娘过去就行。”

凝翠阁里果然是一早备下的，锦笼纱罩，金彩珠光，诸物精致，就是这香太过浓烈，直熏得我头昏脑涨恶心作呕。我这里刚要开口叫绿篱将门窗都打开散散味，就听白氏娇声说道：“因这香是娘娘出阁前最喜欢的，特意叫人提前熏上了，不知可还合娘娘的意？”

我屏着呼吸点头，暗道：得！既是出阁前最喜欢的，先忍着吧。

当下白氏告退出去，绿篱替我铺好了床铺收拾利索了，也自去门外守着了。

我本想睡觉，可那香熏得我在床上翻来覆去死去活来，愣是睡不着！只得起来，先看一眼前门，再扫一眼后窗，我果断地选择了后窗。窗子只一打开，立刻一股清新之气扑面而来，我深吸了几口气，这才觉得又活过来一般。

屋后不远便是一大片绿柳环绕的荷塘，现在虽未到荷花盛开之时，荷叶却已是婷婷满塘，果然不负凝碧之名。

我探出身瞅瞅四处无人，直接跳窗而出。

荷塘边上还停着几叶小舟，估计是给人游玩用的。可我不会操船，便没敢动那小舟，转而向柳林中去，择了花丛后一隐蔽之处躺了，正打算好好眯上一觉，可老天偏生要搅我安宁，我这里正睡得眯瞪，便听得有人说道："若要看荷，再等一个月来最好，那时才是荷花最盛之时。"

是个女子声音，含羞带怯温柔婉转，我听得心中一动，暗道有这等声音的必然是个美人。

一个男子低低嗯了一声，却未说话。

我肚中暗骂：傻叉，这个时候哪能只"嗯"！

果然，那女子没了下言。

我心中更是气急，哪里有这样泡妞的！好歹也应说一句"人比花娇"。

这样一气，反而醒过盹来，发现自己依旧在那花丛的阴凉处仰面躺着，四周哪里有什么人声！

难不成刚在做梦？

正疑惑间，头顶突然出现了一张人脸，吓得我一惊，细看了看竟然是一脸淡定的茅厕君。

我愣了有那么两三秒钟，这才赶紧不露痕迹地将一直跷着二郎腿放了下来，又琢磨着这样四仰八叉地躺着也不太好，于是就又侧了侧身，可等侧过身来才发觉这个姿势更是不妙……

我也纠结了，这到底要换哪个姿势才能既庄重又文雅?

许是茅厕君也看出了我的纠结，往后退了两步，终于开口道：“还是坐起来吧。”

我从谏如流，立马翻身坐了起来，然后就去抓茅厕君的小辫子，“刚才过去的是你？”

茅厕君点点头，“二姑娘陪我来此处看荷。”

啊！果然是二姑娘!

孤男寡女郎情妹意干柴烈火……别想歪了，我说的是茅厕君和二姑娘。这种情形，他要是都不就地做了她，那一定不是爷们儿!

我开始不露痕迹地打量茅厕君，希望能在他身上找出个树枝草叶什么的来……结果，他身上一点没有，我身上倒是沾了不少。

我赶紧低头摘身上的草叶子，边摘边问茅厕君，“你对二姑娘有意？”

茅厕君在我身旁坐下，答：“还好。”

我又问：“想娶她？”

茅厕君想了想，轻声道：“想。”

我提醒：“那得赶紧下手！”

茅厕君没回音，静默了一会儿，轻声问我：“你在为什么事犯难？”

我一愣，转头看向茅厕君。

茅厕君淡淡一笑，“你睡着了都皱着眉头，必是有心事为难。”

这话说的，好像你看了我多长时间似的！我想了想，反问茅厕君：“你说是性命重要还是菊花重要？”

茅厕君被我问得一愣，思量了片刻答道：“世间有人爱菊胜过性命，可是菊可再开，人无重生。”

我听得有些囧，果然有太多代沟，交流有碍！

干脆也不再理他，只低下头专心地摘身上的草屑花瓣，正已摘了个七七八八，伸手捏腰带上散乱的花瓣的时候，身旁的茅厕君突然站起身来，淡然唤道：“三哥！”

我手一哆嗦，不只把花瓣捏下来了，连带着腰带都扯开了……

抬头，正好迎上齐晟的视线。

我只一看他那眼神就知道要坏事，咱们好歹也做过二十几年爷们，怎么会看不出来，他喜欢不喜欢你是一码事，可你守不守妇道、爬不爬墙却是另一码事了！

就眼前我与茅厕君这情形，看起来像是通奸未遂，还是好事已毕？不会被逮去浸猪笼吧？不过我好歹也是太子妃，估摸着也不会那么野蛮，顶多一杯毒酒了事。

哎，这有什么区别吗？不一样都是死吗？

齐晟眼神虽冷，语气倒是平静，说道：“张放在寻九弟，九弟快些过去吧。”

茅厕君听了，向齐晟告辞，又转头向我揖了一揖，这才离去。

待茅厕君走远，齐晟也转身而走，我明白他要是就这么走了，早晚得灌我一杯毒酒不可，于是赶紧一个鱼跃从地上蹦了起来，上前两步伸手去抓齐晟肩膀，急声叫道：“别走！”

齐晟肩膀微沉，一下子从我手中滑开，转回身冷冷地看我一眼，拂袖再走。

我急忙在后紧跟，也不高呼什么“你听我解释”的废话，不管齐晟听与不听，我只管直奔主题，“我们俩之间没事！不小心碰到的，我想避开人在这眯一会儿，结果撞见他和二姑娘的奸情了……”

齐晟理也不理我，只在前面走着，眼看着前面就要有人了，我一时也急了，叫道："我有那么傻吗？我就是要偷也不偷他啊！紫竹林里那么好的地，赵王现成的人，我犯得着……"

齐晟的脚步终于停下了，我也赶紧用手捂住了嘴。

齐晟转回身冷冷地看我，我想了一想，试探地问："最后那一句不算，我再重来一遍？"

齐晟冷哼一声，"张放已是和我提了，你回去告诉言氏，不用等她临闭眼前，我会尽快让她看到个重孙！"

齐晟说完就走，我立在原地想了又想，一下子明白了，他这意思是要尽快和张氏……

我一时觉得天昏地暗，雷霆阵阵。

魂不守舍地回到凝翠阁，绿篱正因找不着我急得团团转，见到我回来直念菩萨保佑，然后惊喜万分地告诉我："娘娘，殿下刚派人传了话，晚上要宿在娘娘房中……"

后面的话我没听清，只知道在我头顶响了许久的天雷终于劈了下来……

是屈辱地活着，还是庄严地死去？

这事真让我纠结！

我想了又想，纠结了又纠结，终于用司命星君的话劝服了自己。于是，终于痛下了决定，我还是屈辱地活着吧。

司命星君他说："你本就应投了这个女身的……"

回凤仪院的时候碰见了江氏，许是她也知道我今天晚上要失身了，看我的眼神很是怜悯……

我真想抱住她痛哭一场，要是能换成和你睡，那该多好！

要说还是绿篱知我心，知我心慌，不等我吩咐就早早地备好了美酒，又交代我道："娘娘，您等着，我再去端几个小菜来。"

壮胆的酒，哪还用得着什么酒菜啊！

我在桌边坐下，一杯紧着一杯喝着，只想赶紧醉倒了往床上一倒，两腿一分，赶明天醒来的时候什么事也完了。

我这里还喝着，绿篱端了几碟小菜进来，看见我正口对着酒壶喝酒一下子就急了，两步冲过来，劈手来夺我手中的酒壶，急道："哎呀！娘娘，您怎么自个儿喝上了？"

我口齿有些不清，"你这不是老不回来嘛！"

绿篱见我醉得迷糊，气道："您喝这么多酒干吗？！"

她这语气，让我想起了我那上上任的女朋友，每每我喝多了的时候，她也总是这样骂我……

我忽地悲从心来，一把抱住绿篱，喃喃道："我害怕，我害怕……"

有人问："现在不怕了？"

我摇头，"不怕了，不怕了……"

那人又说："那就睡了吧。"

一听见"睡"这个字，我一下子亢奋起来，伸手推开绿篱，猛地从凳子上站起身来，一脚踩上凳子，把手中酒壶用力往桌上一磕，用半拉破酒壶指着那人叫道："睡？我倒看看谁敢睡我！"

屋子里一片冷寂，我觉得头越来越晕，有点天旋地转起来。我用力闭了闭眼，再睁眼，天地照常转着……

一个娇俏的身影向我扑了过来，高呼着："娘娘——"

手里的半拉酒瓶被人夺了去，我转身一把抱住了她的腰，嗯，又香又暖，又细又软……是绿篱，我放了心，闭上眼笑道："绿篱，还是咱们俩……睡了吧。”

说完，我一手沿着绿篱柔美的曲线下滑到她的膝窝，用力一抄，绿篱纹丝不动。

唉，绿篱啊绿篱，你真该减肥了，看着瘦，分量可真不轻。不过，我知道绝不能对着女人说胖的，哪怕丰满也不行，于是，我挺明白地选择了闭嘴，只又努了把劲……绿篱惊呼一声，终于被我掀翻，顺便也把我拉倒在地上。

我哈哈大笑，笑声未止，身体一轻却被抱了起来。

哎呀呀，女强男弱可不好，于是我反攻，趁着绿篱将我往床上放的空当，一个千斤坠把她拉倒，就势翻身将她压在下面，用手摸着她的脸蛋，呢喃：“宝贝，我疼你……”

绿篱初时并不回应，我只当她害羞，俯身从她额头轻轻吻起，流连着往下，时轻时重时缓时急，待吻到唇上时，她终于有了点点反应。我暗笑，十八般手艺轮番上阵，不一会儿工夫就将绿篱扒了个精光。待到两人赤裸相对，我的手抚上绿篱的胸口，顿时大失所望。

哎呀！被这丫头骗了，这哪是水蜜桃啊，分明是葡萄干嘛！

不过，咱们是有素质的流氓，断不可以伤害美眉的心灵。

于是，我趴下去亲绿篱的耳侧……哎？胸部摸起来不大，触感还是很有料的嘛！

起身，再摸……如此折腾几次，我原本就眩晕的脑袋，更糊涂了。

我疑惑地看向绿篱，重影之中，绿篱的脸也大了许多，已是眉头轻皱，香汗淋淋……背上的手忽地用力，一阵天旋地转，绿篱竟然反客为主，将我压在了身下。

我喜欢自力更生的美眉！

被男人压是一种悲惨，但是，被美眉压却是一种幸福，于是，我就幸福地躺下了，冲着绿篱低低地念着："来吧，宝贝儿！"

绿篱受到我的鼓励，更是热情起来，俯身冲我亲了下来……我闭着眼，很享受。只是，绿篱美眉，你是真的该减减肥了……

哎呀，要压死我了！我终于忍不住了，抽了手出来去推绿篱。

绿篱，你太沉了，压得我上不来气了！只得喘息着提醒："轻点，轻点，别激动……唔，唔……别啃，别啃，错了，错了，姿势错了，不是这样……"

世界终陷入了黑暗中。

我又开始做起了梦，这次，没有菜青蛇，没有大甜瓜……只有无边无际的大海和颠簸不止的小船……

再睁开眼时，屋里还是黑的，虽看不清，但凭着感觉我知道身旁是躺了一个人的，我屏住呼吸，伸出手，手指沿着柔滑的绸缎向那人身上慢慢摸去。

先碰到的是手，掌心温热干燥，手指修长，骨节明显……我心中悚然一惊，这不是绿篱的手！

我噌的一下子从床上弹坐起来，惊愕地看向那人。

那人没动地方，依旧静静地躺着。

除了太子，谁还能在太子妃的床上如此镇定？

我还有点不死心，颤着声问："你……"

齐晟没回音，过了片刻后突然叫道："掌灯！"

床帏外传来轻轻的脚步声，紧接着外面就亮了起来，红润的光透过帐子照进来，我看清了床里面躺的果然是披头散发的太子齐晟。

我有点呆了，不知该如何反应。

齐晟缓缓坐起身来，柔顺的长发从肩头滑落下来，遮住些他硬朗的线条，昏暗的光线下看过去，这小子的确长得很俊。

可是，再俊也是男人啊！

我气急败坏地跳下床来，从床边的衣服堆里摸了条裤子就往身上套，待套上了才发觉这裤子又肥又大，这是齐晟的裤子。于是，我又手脚利索地脱了下来往床上一扔，弯腰去翻找我自己的衣服。

我竟然让一个男人……我竟然……一时间，我觉得还不如死了算了。

我实在不敢回头看床上的齐晟，腰带没系好就奔出去了。

一出门就撞到了绿篱身上，那丫头很激动，上来用力地抱住我，把嘴贴到我耳边低语："恭喜娘娘，贺喜娘娘！"

我被绿篱抱着，挣不脱，逃不掉，欲哭无泪。

绿篱脸红红地道："娘娘，奴婢给您备了香汤，您泡一泡身子就不痛了。"

我真想对她喊："老子身子不痛，心痛啊！"

浴室里水雾氤氲，我垂着头泡在浴桶里，表情很不淡定！

绿篱替我轻轻地擦着身体，时不时地就要捂着嘴偷笑一下。我知道她在笑些什么，我脖子上和胸口上都有吻痕，星星点点的，绿篱每偷瞥一眼都会羞得满面通红地低下头去。

齐晟真是个畜生。

绿篱的眼光又一次扫过我胸前，又抿着嘴低下头去。

我实在忍不住了，问："真这么好笑？"

绿篱赶紧跪下了，指天发誓："奴婢绝不敢笑娘娘，奴婢是替娘娘高兴！"

我觉得自己不应该迁怒绿篱，于是闭嘴，闭眼。

泡完澡回到内室，齐晟竟然还在。我下意识地便要转身，却忽地想我为什么要跑啊？我怕他什么啊？反正上也上了，也就这么一次，以后抬头不见低头见的，一个屋檐底下的，我又不是大姑娘，又不是贞洁烈女……好吧，我心里还是有点乱套。

不过，我终究是转回了身，看向齐晟。

他头发也湿乎乎地披散着，看样子也是刚洗完澡，领口还没掩好，露出紧致结实的麦色胸膛，还有斑斑点点的红色瘀痕，比我身上的要多得多……

我愣了一愣，顿时明白过来，好嘛，原来我比齐晟还畜生！就当扯平了吧。

我在椅子上坐下，抬头看向齐晟，问："你打量够了没有？"

齐晟没说话，只沉默地看着我。

我决定和他开诚布公地谈一谈，"殿下，咱们得好好聊一聊，今儿晚上这事呢，那就是一个意外！我想咱们两个都不怎么喜欢，只此一回也就够了……"

"你到底是什么人？"齐晟突然问。

他又回到了老问题上，我真不知道该不该告诉他实话，告诉他实话又会怎样。突然间，我有些恶毒地想，如果我告诉他，太子殿下你刚才上了一个男人……他会是什么反应？

齐晟仍在盯着我，目光鹰隼般锐利，只是再配上胸口的那些斑斑点点的红，突地就没了气势。他见我目光落在他的胸前，下意识地掩了掩衣襟，然后好像又觉得这个动作太没气势了，便又松了手，仍盯着我冷冷问："你到底是什么人？"

我突然间很愤怒，你上完了，爽完了，又来问我这个，你上之前怎么不问清楚呢？一时间我也不想和他来什么开诚布公了，只是答道："张氏！太子妃张氏！"

对待这种傻叉，说多少话都是白费口舌，他只会拣着自己想要的听。

齐晟低低冷笑一声，"你当我是傻子？"

我心中陡然一惊，呀！他怎么知道的？

许是看到了我脸上的惊讶，齐晟的眸子更黑更深，蕴起更多的怒气。

我颇有些无奈，只得问齐晟："你到底想要个什么答案？"

齐晟被我问得一怔。

我又接着说道："我说我是张氏吧，你不信，我若说不是张氏，你就信了？再说，我是不是张氏又有什么关系，只要你的太子妃是张氏不就得了？"

齐晟更愣。

我很想告诉他，兄弟，这胸大呢，不代表就一定得无脑，头发长呢，见识也不见得就短了，你别太小瞧人了。我不由得冷笑，又威胁道："楚王已有意求娶我那妹妹，您别整天琢磨我到底是不是张氏了，琢磨一下该怎么做才不会让张家舍弃了你，不成吗？"

齐晟神色已是恢复了冷漠，嗤笑道："张家舍弃了我，便也是舍弃了你，你又有何得意之处？"

我心道你别吓唬我，我还真不是被吓大的。

我盯着那齐晟，不急不缓地答道："殿下您坐了帝位，我不过一个不得宠的皇后，还时时碍着别人的眼，不见得就能长命。您坐不成帝位，凭张家的势力，保我一条命怕是也不难，不就是寡妇吗？您放心，我一定能给您守住，别的事我不敢说，偏这事我可以和您保证！我都能给您守座牌坊出来！"

齐晟剑眉扬起，显然是已动了怒，我欺他不敢杀我，只是挑衅地看着他。怎么着，兄弟，你现在有胆和张家决裂吗？如果你有这个胆，你至于白天刚听了信儿，晚上就赶着来睡我吗？

齐晟看我半天，却突地笑了，就脸上各处都不动，只嘴角往上挑的那种，又奸又诈，看得我心里一阵发凉。

他从床边站起，走到我身边站定，低头俯视我。

这姿势真让我觉得不爽，于是我便想站起身来和他对视，谁知刚一起身就被他一把搂了过去，用手捏着我的下巴抬了起来。

我一时被雷得蒙圈了，没了反应，眼睁睁地看着齐晟的脸缓缓地贴近，在离我脸只有一指的距离时停下，他先朝我轻轻地吹了口气，一字一顿地问道："你知道我怎么做张家就不会弃我了吗？"

他的手指在我脸侧划过，顺着脖颈缓缓往下，在锁骨处稍稍停了一停，挑起我胸前的衣襟……

他他……他竟然调戏我！

他竟然把老子当女人调戏呢！

我气得晕了，身体都隐隐抖了起来。我想，是先揍他脸一拳，还是先给他下面一脚？

齐晟嘴角却挑得更高，不屑地笑了笑，收回了手，拂袖而走。

我愣愣地站了片刻，提起已经握紧的拳头看了看，有些后悔。

第四章 能屈能伸方为丈夫

第四日，回宫。

齐晟与我不约而同地都穿了衣领稍高、裹得比较严实的衣服，两人见面对望一眼，齐晟冷冷地别过了头，我想过去抽他几下。

绿篱攥了攥我的手，我忍下了，只冲着齐晟的背影竖了竖中指。

张家阖府上下在门外送齐晟与我，当着张家老少爷们的面，齐晟牵起了我的手，我下意识地往回抽，没抽动，这小子攥得还挺紧。

赵王夫妇、茅厕君、上树君等人得在我们后面走，所以也在门口站着送我们，齐晟的目光落在江氏身上时，攥着我的手忽松了一松。我转头也看向江氏，今又没穿白，而是身月白衣裙，春风之中轻柔的衣裙随风摇曳着，翩翩欲仙。

我凑近齐晟，故意恶心他，“哎？你看看，江氏这一身谪仙般的衣裙下面，会不会也是桃花点点？”

齐晟转头看我，眼神凌厉如刀。

我偏不怕死地激怒他，“赵王和江氏眼下都泛着青呢，估计折腾得一宿没睡！”

齐晟的手指发力，将我的手骨几欲攥折，我忍着疼，咧着嘴笑着。

齐晟也凑近我，贴到我的耳边，“你别觉得有张家在，我就不敢把你怎样。”

“那你就把我怎样了啊，赶紧休了我呀，要不就干脆杀了我！”我激他，我昨夜也是想了一夜，对于齐晟，不能总是这么惯着哄着，他本就瞧不起张氏，我若是再伏低做小，即便以后他真让我做了皇后，也非得踩死我不可。

我俩就这样你一言我一语地交锋着，脚下却都是不停，车驾前，齐晟一脚踹开了趴伏在地上当脚踏的内侍，双手一举将我举到车上，自己也跃上车来，这才低声冷笑说道："不休你不杀你，你当我就没法治你了吗？"

说完，手在我胸前一拍，我便仰面倒入了车内。

齐晟也紧跟着进入了车内，我立刻便想，如果你敢再来一次，我就弄死你！

齐晟居高临下地看着我。

我仰面半倒着，用手肘支着上身，全神戒备地盯着齐晟，誓与贞洁共存亡！

结果发现，是我思想太邪恶了，人家冷冷地看了我几眼，就从我身上跨过去了，显然没打算搞什么车震门……

我怔了一怔，随即便扑哧一下笑出声来。想想也是，只要不是心理扭曲兴趣变态，没人愿意玩霸王硬上弓的，咱是男人，咱了解这个，一个不好被伤了根本，那可是一辈子的事情。

齐晟见我笑，微微一愣，又瞥了我一眼，却没说话，只从壁柜里掏出本书来，又低下头看了起来。

我心道这车晃悠得这么厉害，你就看书吧，早晚看成近视眼不可！

嘿！我还偏不提醒你！

车驾又慢慢腾腾地从翠山往盛都皇城走，这一路上，齐晟话又少了起来。我觉得很是怪异，觉得车内的齐晟和车外的齐晟简直是两人一般，难不成这小子还有性格分裂症？

想到此，我又开始戒备起来，生怕这小子一时兽性大发再扑我个措手不及。

我一路提心吊胆地防备着，齐晟却一直没什么动静，只倚在车厢一角悠然地看书。我肌肉紧张太久都有些木了，到后面实在忍不住了，只好小幅度地挪了挪屁股。

齐晟漫不经心地挑了我一眼，扯着嘴角不屑地笑笑，没搭理我。

车驾进盛都入皇城，到了东宫外才停下。齐晟起身下车，走到车门处突回过头来，问了一句："你可知道我若是死了，你这寡会如何守？"

我被他问得丈二和尚摸不到头脑，更别说回答了。

不过齐晟像是也没打算让我回答，只是冷笑一声，迈下车去，待我被内侍扶下车，他的身影早就远了去了。

我这里满心疑惑，刚回到自己殿里，还未来得及问一问绿篱这寡该如何守，院里就来了太医，殿门也未入，只在院里站了站，就给我下了诊断结果。中医术语咱不需再重复一遍，简单说来就是我得在殿里修身养性，外加清淡饮食。

齐晟你大爷的！望闻问切也不是这个望法吧？明显是在整我！

绿篱眼圈又红了，一个劲儿地问我："娘娘昨夜和殿下还那样恩爱，今儿这是怎么了？"

我本没事，一听"恩爱"那两个字，差点被嘴里的一口茶呛死过去。

绿篱看我眼泪都流出来了，只当我是悲苦难言，忙用手绢来替我拭泪，便擦边劝："娘娘且放宽些心，凡事自有转圜的余地。"

我抓住绿篱的手，有苦难言，心道：丫头啊，你怎么会懂，他们这是死活要把我往弯里掰啊！

院门紧闭，我又过上了禁足一般的日子。

只是，这一次比起上次禁足来还要熬人。出不去门便也罢了，反正外面天又热，出去了也没什么好娱乐的……可是，咱能不能别总青菜豆腐的给我上？我不好歹还是个太子妃呢吗？

只不过吃了三天，我脸都要绿了。

老夫子还说过呢，食色，性也。我这副身板色是色不了了，难道还要把我的食也给断了？

我趴在凉榻上，有气无力，“绿篱，我想吃肉……”

绿篱在一旁给我打着扇子，眼泪汪汪地看着我，“娘娘，您再忍得几日吧。”

我想了一想，决定向齐晟服个软，不再和他这么耗下去了，于是吩咐绿篱道：“给我梳个头，找身衣服来穿吧，咱们去找齐晟。”

俗话讲得好，胳膊拧不过大腿，总这么和老板对着干，没好果子吃。

齐晟正在他院中练剑，烈日之下，被汗水浸湿的衣衫贴在了身上，勾勒出他肌肉结实的臂膀，看得我一阵眼红，心里那叫一个羡慕妒忌恨，暗骂果然是傻叉，这么大的日头，练剑也不知道找个阴凉处！

他一套剑法耍完，收了式立定，早就侍立在一旁的小宫女们忙都围上前去，接剑的接剑，递水的递水，更有人踮起脚小心地替他擦拭着额头上的汗珠……

雄性荷尔蒙弥漫得整个院子都是，勾得身边的绿篱都要红脸了。

我很生气，想奓毛！

齐晟轻抬了抬手，四周的宫女内侍便都垂着头退了下去，绿篱无奈，也只得跟着下去了，临走的时候还一脸担忧地瞅着我，用眼神无声地告诉我：娘娘，您一定要忍住啊，不然，晚上咱们还得接着吃豆腐青菜啊！

为了有肉吃！我忍！

齐晟这才回头看我，用漫不经心的腔调问：“病可好了？”

我心里骂他千百遍，面上却只是恭敬，“好了。”

齐晟不冷不热地，“只三天就好了？”

我不能抽他，我不能抽他，我不能抽他……

我在心里默念了一百遍，才把这口气咽下去了，点头，“嗯，就三天。”

齐晟终于满意地点了点头，“那就好好做你的太子妃！”

是，我一定会好好做我的太子妃，我以后还要做皇后，然后……总有一天会废了你小子，去做太后！

刚吃上肉不过两日，便到了宫中举行击球之礼的日子。

击球本是军中之戏，是训练骑术与马上砍杀技术的最好手段。成祖起兵夺得帝位之后，便定下了每年五月赛球的规矩，并要求皇室子女皆要参加，为的便是天下承平不忘练武，又说成祖武定天下，本人就是击球高手，乘骑精熟，驰骤如神。

更是有野史记录了一段成祖在军中与将领兵士同场击球的场景，成祖一人一骑来往奔驰间如风驰电掣，破门无数，引得士兵高呼万岁之声震天，就连当时军中统帅麦穗也只能望成祖而自叹不如，唯有其身侧一覆面亲卫能勉强与成祖一较……

我当时看到这一段的时候就想，那麦穗未必不及成祖，只是人家深谙职场之道，不然又怎会做到全军统帅的位置，反而观之，那个连脸都没敢露出来的亲卫，就太嫩了！

说了这许多击球，其实说白了，就是打马球。

要说这项运动，我以前也不是没见过，只是咱以前属于普通小市民阶层的，马在电视上没少见到，要是牵到我面前来让我骑一骑，倒是有些胆战了，更别提让我骑马上和一伙子人追着个球跑了……如果换作是用腿跑的足球，咱们倒是敢上场和他们踢上一场。

绿篱一腔热情地给我精心准备着击球的装备，我很是苦恼，试探地问绿篱："我能不能不上场？"

绿篱回头看我，杏核眼瞪得跟桂圆似的，"那怎么行？娘娘乃是东宫之首，怎能不上场？再说，咱们老太爷可是江北军中赫赫有名的拼命张郎，骑术精湛，一人一骑一刀杀得鞑子闻风丧胆，天下谁人不知，谁人不晓？娘娘是将门虎女，万不可坠了张家的名头！"

万不可坠了张家的名头！

唉，我压力好大！看绿篱这样认真的模样，我真不忍心告诉她，你家娘娘现在连骑马都不会了……

我很矛盾，犹豫着要不要把这个情况汇报给"老板"。他若是知道了这个情况，又会是个什么表情呢？

突然间，我有些期待。

击球赛的前夜，我特意去齐晟殿中寻他，很是琢磨了一番，然后用很是委婉的说辞告知了他这一情况。

齐晟手中还拿着代为批办的奏折，抬眼看着我，脸上波澜不惊。

我不由得叹一声好定力！

他却忽地摔了手中的奏折，从书案后站起身绕过来，二话不说，扯着我的手就往外走！

我最烦大男人之间这样拉拉扯扯的，又被他拉得踉跄，连忙叫道："哎！你撒手！这叫什么样！"

齐晟头也不回，只是低声不耐烦地吼道："你闭嘴！"说完又转头冲院中的小内侍喊："备马！"

那内侍见齐晟面色不佳，自是不敢耽误，连忙在前面一路跑着去叫人备马。

因太子好武，东宫内专辟了块场地给他用，待齐晟将我拉到东宫内角的练武场之上时，已有两匹骏马候在了那里。

内侍都被齐晟打发了出去，练武场上空无一人。

我立刻便明白了，这小子要玩夜训啊！

夜半天黑，马已困乏，这太容易出事故了啊！

我看向齐晟，劝他："能不能明早再学？"

齐晟冷着脸，只一个词，"上马！"

我无奈，牵了缰绳，正想学着电视里那样上马，却又被他叫住了。

"把外裙脱了！"齐晟冷声说道。

我一怔，脱裙子？你这是要我上马，还是想上我？

许是我的眼神把内心的感情透露得太明显了些，齐晟黑了脸，怒道："穿得这样麻烦，如何骑马？"

我恍然大悟，连忙跑到场边，麻溜地把身上碍事的都脱下来丢到地上，只穿小衣与小裤又一溜小跑着回来，抓着缰绳，扳着马鞍就要往马上爬。

姿态虽然不够潇洒，不过也总算坐上了马，我挺直了腰背，得意地回望齐晟。

齐晟呆呆地看着我，脸上的表情很精彩，难以描述。

我琢磨着，他是没见过我这么……爽快的？

我抖了抖缰绳，问齐晟："咱们……开始？"

一夜苦训，终换来骑术精湛……这是做梦呢！没听说学骑马一晚上就能这样的，我自问体能技巧都不差，也达不到那个高度。不过，倒是也能纵马跑上一跑了，但是纵马奔驰与弯腰击球这两种高难度动作，分开了做是都会了，但若是结合在一起，我就没那个胆量了。

毕竟，临阵磨枪磨出来的也是银样镴枪头，中看不中用！

齐晟心中虽急，不过面上却没说什么，毕竟我这一晚上能速成这样子也算是十分难得了。

临天明，他才说道：“暂且这样吧！明日找个借口不要上场了！”

我自己没本事，没什么好说的，老实地听话。只是下马的时候才发觉不只腰和屁股都麻了，两条大腿也是磨得生疼，摸了摸竟然沾了一手的血。

竟然磨破皮了！

我连吸了几口凉气，叉着腿往场边走着去穿衣服，刚走没两步，身子突觉一轻，便被齐晟从后面抄了起来，然后身子在空中被他一转，大头往后一趴，竟然被他扛肩上了。

我急了，这又玩哪一出？

我喊：“你……”

“你闭嘴！”齐晟冷声道。

我本着好汉不吃眼前亏的原则，选择了闭嘴。

齐晟将我脱地上的外裙用脚钩起来，往我身上一盖，大步流星地往外走。

我撑起身来辨了辨四周的景物，他这是往我寝宫走？

绿篱在殿里守着灯还没睡，眼看着我被齐晟扛进来，吓得小嘴都结巴了，“殿、殿……殿下！”

齐晟二话没说，把我往床上一扔，扭头走人。

绿篱待他走了才回过神来，飞身扑到床边看我，见我裙上都沾了血，眼泪哗地一下子就下来了，咬着唇哽咽着，“太子殿下，太、太、太……”

愣是没说出齐晟太怎么来！

我猜测地问："太好？"

绿篱泪流满面地摇头，跟拨浪鼓一样。

我又猜，"英俊？"

绿篱还是摇头。

我又试探，"禽兽？"

绿篱抱着我哇的一声哭了起来，边哭边说："娘娘，我这就去给您备水，你先净身会好受一些。"

得！看来就是这个词了！

绿篱哭着从床边爬起来，双手胡乱地抹了抹脸上的泪水，急忙要去给我备热水，我自己也觉得身上汗湿湿的确实难受，便由着她去了。没一会儿，绿篱便叫人抬了浴桶进来放在帐外，自己又进来搀我。

我忙摆手，"不用搀我，去给我找些伤药来，一会儿我擦擦。"

大浴桶里热水这么一泡，嘿，这个舒服啊，我泡着泡着都迷糊起来，只是想睡。

绿篱还时不时地抹抹泪，我几次想哄哄她，不过见小姑娘眼圈红红的样子甚是可爱，再加上的确是累了，还真没劲哄了。

洗完澡出来擦了药，爬床上睡了没一会儿天就亮了，绿篱趴床边温柔地问我："娘娘，今儿不去了吧，就说夜里受了风寒好了。"

我却是一个激灵清醒过来，大叫："去！当然得去！"

不去，怎么对得起我一晚上的辛苦？

球场设在宝津楼前，老大一片绿茵地，东西两边分别竖大木为球门，门高一丈有余，顶尖刻有金龙，下部设石莲花座，看起来很是气派。

皇后陪着太后，带着后妃们都在宝津楼上，而大臣兵士等则围在场地四周。

场中球队分作两支，各有十六人，一队黄衣，一队绿衣，除了皇子皇女、天潢贵胄就是朝中俊才、军中新贵。球场之上，那叫一个群星闪烁。

我瞅着身上的这一身黄衣，再瞅瞅对面的茅厕君与上树君的一身绿色，心中颇感欣慰。

这等场面，自然是由皇帝开球。

皇帝骑马上场，鼓钹齐鸣，众人策马各至其位。

上树君专门从一边跑过来，笑着告诉我道："嘿，可要好好露一手，让咱们瞧瞧娘娘的本事！"

我没说话，默默点头。

茅厕君与我错身而过，微微一笑，温声嘱咐："小心些。"

我依旧是点头。

齐晟从我身边走过，冷着脸低声吩咐："跑上一圈就下场！"

我还是点头。

赵王与那江氏并辔而来，路过我身旁时还未有所表示，我已是习惯性地先向他们重重点头。

赵王稍一愣怔。

江氏却轻轻地笑了笑。

我一时顾不上这许多，一手提缰一手握杖，只专心等着皇帝开球，然后……策马追着球跑上一跑，再然后就……找借口下场！

正全神贯注间，绿篱忽在场边叫了我一声。我闻声转头，见绿篱用双手拢在嘴边，对我喊了一句："娘娘必胜！"

我顿时无语，再转过头来，那边皇帝却已是开出了球。

就这么一打岔，我连球在哪儿都看不着了。没办法，看哪儿人多就往哪儿跑吧。好容易追到球附近，球却被齐晟得到了，他连击几下，然后一个大打将球击向远处，从我身旁经过时压低声音怒道：“下场！”

我点头，刚往旁边一让，恰好与旁侧疾驰的人撞了个正着，那人再急忙勒缰却已是不及……

我滚落下马时还在想，得！这回总算可以名正言顺地下场了！

那人急忙从马上滚落下来，护着我躲至一旁，一张棱角分明的俊脸已经吓得有些发白，只急声叫着：“娘娘，娘娘！”

我咬着牙忍着疼，仔细地打量了下这人。

左翊卫将军贺秉则，人说“少骁锐，便弓马”，其父贺良臣，曾因军功位而至上柱国，现任中书侍郎。其祖父贺言昭更是当年跟着成祖打天下的江北名将，与张氏祖父名气不相上下。

名副其实的高干子弟，真正的官三代！

贺秉则单膝跪在地上，双臂张开在我身侧，想护卫却又不敢触碰，只一脸紧张地看着我，问：“娘娘，可有伤到了哪里？”

我肩膀子先着地，摔得生疼，这会却是强忍着，只面带痛苦地说：“没事，胳膊碰了下。”

贺秉则一听面上更显紧张，连声告罪。

我这里正欲张嘴说一说拉拢人心的话，那边齐晟已是策马驰回，就在近旁跃下马来，弯腰看了我两眼，手都没伸一把，只扬声唤道：“来人，将太子妃抬下去！”

一直等在场边的紧急救护队终于派上了用场，几个内侍很是迅疾地抬了一锦彩兜子过来，极其专业地将我抬了上去，然后直接往场外送。

我嘴里那句话还未说出，极不甘心地回头望过去，就听见齐晟安慰贺秉则道：“是太子妃的责任，与秉则无关。”

唉！你说这人，他怎么就非得和我抢台词呢？

等我被抬到场外，顿时被人群呼啦啦围住了。太医拎着个小药箱颠颠地跑过来，挤到我身边来给我切脉，他半眯着眼，一手捻着下巴上的几根胡子，装模作样地说道：“娘娘气血亏损，兼有瘀滞，宜吃些八珍益母丸，补气养血调经。”

我歪着脑袋，一时没听明白。

只见四周围的诸人表情各异，皆是默然无语，唯有站在身后看热闹的上树君突然扑哧一声笑出声来。

我向后仰头，拿眼角余光瞥他。上树君见我模样，笑得更加欢畅。

旁边茅厕君手虚握拳，挡在唇边轻咳了两声，低声提醒道：“宋太医，太子妃摔到了肩膀。”

宋太医闻言眼睛猛地睁大，连连告罪：“娘娘恕罪，娘娘恕罪，擅外科的邱太医告了假，小臣临时过来顶替，一时说顺了嘴。”

我这里总算大概明白了些，难怪说得驴唇不对马嘴，搞半天是个替班的。

偏生那惹人嫌的上树君又多问了一句：“宋太医擅哪一科的？”

宋太医微低了低头，很是不好意思地说道：“小臣……善诊妇科。”

众人顿时皆绷紧了嘴，貌似无意地转过了头，不再看我。

我一时很想杀人。

齐晟从场上下来看我，冷着张脸先将我上下打量了打量，这才转头问宋太医：“她肩膀可有事？”

宋太医赶紧转头看我，商量：“娘娘，要不您动动手臂，看看是否碍事？”

这就是皇家太医？比江湖卖野药的还不如！我心里一边恨恨骂着，一边甩了甩膀子，疼是挺疼，但不至于动不了。于是很利索地从地上爬起身来，说道：“没事，就是扭到了点，骨头没事，大伙散了吧。”

有宫女内侍忙去宝津楼回太后、皇后等人，剩下的人也都散了，齐晟、茅厕君等人登马上场，暂停了的比赛复又开始。

宋太医抹了把汗，临走的时候又转回身看我，十分地语重心长，“娘娘，您真该吃些八珍益母丸调一调。”

我抬了抬脚，终忍下了没踹过去，只弹了弹靴面上的尘土，没搭理他。

我既因伤退出了比赛，便极雀跃地登上了宝津楼，陪着一群老少美人们观看比赛。

场上，比赛正是激烈时分，齐晟一身黄衣往返驰骋，颇具王者之姿，可茅厕君一身绿衣如劲柳迎风，更显洒脱飘逸。两者之争，已是十分明显。正紧张间，忽闻一声娇呼，场上又是一人落马，我好事，立刻站起身来往下巴望，没想到这次坠马的却是那娇滴滴的赵王妃江氏。

我皮糙肉厚的，摔一下也就摔了，江氏那小嫩葱般的人，这一栽下去岂不是成了“倒栽葱”？我心中一惊，第一个反应竟是下意识地去找齐晟的身影。可场上穿黄衣的十好几个，还真不容易一眼就把他认出来。

正心急间，就见一骑黄色人影果然冲着江氏疾冲而去，我不忍再看，忙别过头用手遮上了眼。

赵王的声音从球场上遥远地传过来，如嘶如吼，“映月！映月！你怎么了？你不要吓我，你怎么了？”

还好，还好，不是齐晟。

我心里刚一松，放下手又往球场上看去，却见赵王正抱着江氏肩膀摇着。江氏看上去更显弱柳扶风之姿。

只是，这风也着实太大了些。

赵王摇得很狂放，我看得很惊心。

又见齐晟也已纵马而至，有些惶急地从马上翻滚下来，几步迈到赵王与江氏身旁，一把将江氏从赵王怀里抢过来，手一抄将其打横抱起，疾步向场外而走。

宝津楼里顿时一片静寂，美人们不约而同地都转头向我这里望了过来。

我愣了两三秒，只得又别过头，用手遮上了眼。

齐晟啊齐晟，你还可以更蠢一些吗？

又闻皇后娘娘在高座上急声叫道："快去看看，今儿这是怎么了？一个紧着一个地往下摔，那马刚还好好的呢，怎么就突然惊了呢？"

内侍忙领命而去。

在诸位老少美人的注视下，我很是淡定地端起了茶水，不紧不慢地喝了一口放下，眼角瞥见一旁的沈美人还在眼巴巴地看着我，犹豫了一下，把手中的茶杯往她面前送了送，"您也想来两口？"

沈美人脸上一红，连忙摇了摇头，掩饰地端起自己的茶杯喝了两口。我伸手过去，在她惊愕的注视之中，将她嘴角上的一片茶叶拈了下来，手指顺便在她那小豆腐一样嫩滑的脸蛋上擦了一下，把手中茶叶示意给她看，笑道："沈美人，渴坏了吧？喝得这样急。"

沈美人脸一下子红得更透，竟羞得连脸都不敢抬了。

我状似无事地转头看向楼下，心里却是大乐，果然还是美人调戏起来有味道。

江氏离得太远，在楼上看不真切，只见一伙子穿黄着绿的人围在四旁，那宋太医又拎着个小药箱疾步从人群夹缝中挤了进去，在江氏身旁跪下给她诊脉。

我突然很想问一问宋太医：赵王妃阴阳调和不？夫妻生活过得可好？

绿篱侍立在我侧，双目微垂，神色虔诚，正双手合十地默默祷告着什么。我倾耳听了一听，只听见“菩萨保佑”之类的几个字，实在没忍住，便转头低声问她：“你向菩萨求什么呢？”

绿篱睁大了眼，极小心地观察了一下四周，然后把嘴附到我耳旁，“我求菩萨保佑，摔江氏一个生活不能自理！”

我一惊，抬眼看向绿篱。

绿篱却冲我得意一笑，复又严肃了面容，低下头去诚心祷告。

这丫头！我、我……我很无语。

那边皇后派过去问话的内侍又小步跑了回来，向太后、皇后禀道：“赵王妃性命无碍，不过胳膊却是折了一处，腿上折了一处……”

我听得心惊，吓，同时落马，这江氏咋就这样倒霉呢？难不成因她身上肉太少了的缘故？又闻皇后问道：“可知因何落马？”

内侍答道：“已是查到了，马鞍下不知何时被人偷放了钢针，赵王妃俯身击球时，那钢针扎了马，惹得马儿受惊，这才把赵王妃掀下马来的。”

我这心又是一惊，这就是说是有人故意害江氏了？可她为啥早不摔，晚不摔，偏偏赶在我刚摔了以后紧接着就摔呢？到底是谁趁着我摔下马来，众人都下马过来查看的这段时间，对江氏的坐骑做了手脚？这岂不是要连累我？

“马鞍下竟有钢针？可之前不还好好的吗？”皇后仍在质问内侍，颇有些包黑子问案的气势，“皇家的马匹，怎会让人在马鞍下偷放了钢针？”

那内侍正欲回答，一直沉默的太后却突然开了口：“自己主子的马都照看不好，赵王府的马奴也太不得力了，留他还有什么用，直接杖毙了得了。你出去告诉他们，先把江氏好生地送回赵王府养着，赵王待赛完了再走。”

那内侍闻言小心地看一眼皇后，然后赶紧俯头应了声“是”，转身又向外小步跑去。

我这里听得是一怔一怔的，脑子里还没转悠明白，又听那高座上菩萨一般的太后慈祥地叫我道：“芃芃啊，坐过来，让皇祖母看看，刚才伤得重吗？真是吓死皇祖母了。”

我有点囧，芃芃，没错，这就是张氏的闺名，张芃芃，一听就是个幼稚的，再听听人家江氏的，江映月，你说说，这能比吗？

太后终极大 Boss 发话让我过去，我自然不敢不从，只得趁着起身的工夫深吸了口气，将嘴角用力扯向耳朵方向，然后挺胸，抬头，夹屁股，一步一步地向太后处走了过去。

还离着老远，太后就从高座上向我伸出手来。

我在心里做着心理暗示，美人就是美人，活到九十九也得叫美人，人嘛，要善于穿越时间的厚度发现美的存在。我那嘴角便又扯得更开，将没受伤的那侧手臂向太后伸过去。

太后将我扯到她身旁坐下，轻笑着叹道：“这击球本就不是女子该玩的，先帝在的时候我就几次劝过，偏偏先帝是个定了就不会改的倔性子。”

我实在应付不来这种场面，只能继续低头做鹌鹑状，倒是旁边的太妃跟着凑了几句趣。太后又转头看我，用手轻拍着我的手背，柔声道：“太子性子像了先帝九成，芃芃没少和他置气吧？”

傻叉才向老婆婆告丈夫的状呢，再怎么着也是你们一家子近。我心里回忆着刚才沈美人的表情，也垂下头去，细声慢语地回道：“殿下待我极好。”

太后笑眯眯地看了看我，向旁边的众美人赞道：“还是芃芃懂事，先帝果然没看错。”

终极大 Boss 既然都这样说了，下面自然又是一阵附和之声，顿时便把张氏夸得天人一般，有说张氏性子温顺的，有说张氏贤淑的，有说张氏面相端庄富贵的……

哎？咋就没说张氏前凸后翘的呢？这才是优点中的优点嘛！

话题既被太后岔开，楼上注意球赛的人便不多了，不一会儿工夫忽听外面士兵呼声震天，这伙早已谈论到衣装打扮的女人们这才惊觉球赛竟然结束了。黄队在太子齐晟的带领下，虽然痛失了两员“大将”，不过还是胜了绿队一球，问鼎冠军。

球场上，两支球队分列两旁，皇帝骑马登上高台致辞颁奖，齐晟策马出队，身姿潇洒地跃上高台，从皇帝手中接过锦旗，然后策马来到台前，一手勒缰驭马直立，另一只手举着大旗迎风而舞，引得四周将士百官高呼“威武”之声震天……

此情此景，我不得不承认，齐晟人虽然傻叉了些，不过武力却是足够彪悍。

太后看过齐晟，又转头看我，在众人的欢呼声中低声对我说道：“我十六岁初见先帝，先帝说会娶我，直到我二十三岁，他终娶我为后，其间足足隔了七年。女子年华，能有几个七年，众人皆劝我不要等了，可我偏不听，他既说了要娶我，我便信他等他。虽然后来他心中有过他人身影，可我知他心中也一定有我，所以我不怨不艾，只默默等待，而先帝也终究没有负我。先帝曾说晟儿最为肖他，性子虽倔心却聪敏，我信先帝。芃芃既嫁了晟儿，就要信他。”

太后推心置腹的一席话，说得我几欲流泪。

老天啊！你对我何其不公啊！我做男人的时候，你不肯让我遇见如此贤惠懂事的女人，而如今我要做女人了，你却要让我做这样贤惠懂事的女人了……

太后仍期盼地看着我，问：“芃芃，你可肯信他？”

我眼含热泪，点头，“我信。”

我信……我信他个球啊？你为什么不先去问问齐晟会不会信我？

江映月马鞍下被人偷放了钢针，这一场子的人都知道就我和她不对眼，现如今她都受伤骨折了，我就能好得了吗？那傻叉齐晟能好好地放过我吗？

我想哭，太后啊太后，你为什么不能把齐晟先叫过来嘱咐几句？叫你孙子也信一信我！

球赛完毕，皇帝陪着太后，领着大小老婆们回宫，大伙收拾收拾也都跟着散了。

赵王人虽在，心早已跟着江氏飞回了王府，现如今终于可以散了，连声招呼也不打直接纵马飞驰而走。

茅厕君临走前很是同情地看了我一眼，上树君更是直接过来小声骂我：“你真傻，干吗不找个借口去太后那住上几天再说？”

我欲辩无词，欲哭无泪，怎么就都认定了是我害那江氏了呢？

回过头，齐晟正阴沉着个脸看着我，见我看他，冷哼一声拨马就走。我琢磨了一琢磨，还是提着小心跟在齐晟后面回东宫。果然，到了东宫门口，齐晟还坐于马上等着我，见我到了这才翻身下马，然后连马鞭都来不及交给内侍，只扯着我的胳膊就往东宫里走。

我一面费力地跟着他的步伐，一边用力地甩着胳膊想挣脱他，心里还一边庆幸他没扯受伤的那只胳膊。

齐晟一路走着，我一路只挣扎不发声，心里只念叨一句话：你若和傻叉讲道理，你就比傻叉还傻叉！

齐晟扯着我走了一段，可能是恼我走得太慢，又或是我挣扎得劲道太大了些，终于不耐烦了，干脆将我往肩上一扛，大步流星地向我殿中走去。

我大头朝下，终于淡定不下去了，放声大骂道："齐晟你个傻叉，你将老子放下来！那江映月不是老子搞的，你信不信？"

齐晟已将我扛进了殿里，哐的一声反脚踢上了门，从谏如流地将我扔到了床上，手中马鞭一挥，只听得啪的一声脆响，床边上摆着的瓷瓶就被齐晟抽到了地上，我吓得下意识地闭眼，然后又听齐晟气定神闲地吩咐道："脱衣服。"

我一怔，哎？这语气和这内容着实不搭了点！

我睁眼看过去，齐晟手里把玩着马鞭，斜着个眼角看我，不急不缓地吩咐："脱衣服。"

我心跳一时快了几拍，他这是……要家暴？

齐晟已等得不耐烦，手中马鞭一扬，得！床另一边的瓷瓶也追随着它的另一半而去了。

有如此激励，我手脚立刻麻利起来，宽衣解带，片刻工夫就将身上衣服脱了个干净，然后用双手提着仅剩的那条短裤，抬头询问齐晟的意见，"这……还脱吗？"

齐晟的表情……呃，很……精彩？

我就不明白了，同样一个鼻子俩眼睛的，怎么他就能传达出这么多的含义呢？

惊愕，恼羞，愤怒……

我一时也不明白这位同志是怎么了，不是你让我脱的吗？我利索地脱了，你咋又是这个表情呢？难不成是嫌我脱得太……爽利了？还是说我应该先揪着袄领子喊几声，“呀咩碟，呀咩碟……”

咱好歹也是做过老爷们的人，那不是忒矫情了点吗？

齐晟的眼神还落在我的身上，我顺着看过去，顿时醒悟，立刻抬臂把胸前的两点给捂上了。

这个动作一出，一直定格着的齐晟终于动了动。

问题果然是出在了这里！

不过，这也不能都怪我不是。二十多年来，我这两只手已经习惯了只护一个点，你又突然给我多出俩来，总得给点时间适应一下，是不是？

齐晟还默默地看着我。

我暗自庆幸着，幸亏脱裤子前先问了他一句，不然这要是都脱光了，我一个人两只手，一时还真没法把这相距甚远的三点都护周全了，也只剩下捂脸这一条道了。

唉，女同胞们，你们也太不容易了。

我这里正感叹着，一直沉默的齐晟却突然有了动作，两步跨上前，一把扯过床上的棉被兜头扔在了我身上，恶狠狠地说道：“围上！”

我无语，觉得这爷们也忒虚伪了点，又不是没见过，上都上过了，至于还这样遮遮掩掩吗？

我颇为吃力地将脑袋从棉被下钻出来，看了一眼齐晟，见他还横眉怒目着，只得老实地将棉被往身上一围，问齐晟：“然后呢？还干吗？”

齐晟额头上的青筋很欢快地跳了两跳，也不说话，将我一把摁坐在床上，然后又伸手出来扯我身上的被子。

这一回，我是真糊涂了，同时，我也很矛盾，他扯我的被子，我是应该嘴里叫喊着“呀咩碟，呀咩碟”挣扎躲闪呢，还是干脆痛快地松开手？

我真的纠结了，以前一直以为只有女人的心思是猜不得的，现在，我承认我错了。

我手中紧紧地抓着被子，镇定地问齐晟：“你到底想要干吗？”

我心里琢磨着吧，他要是真要动鞭子，我这被子就还是抓紧点的好，他若是想打架，我轻装上阵反而胜算会更大一些。

齐晟手抖了一下，然后咬着牙将被子扯落一截，露出我的肩膀来。

我从马上滚落时用的是肩膀着地，顺势一个前滚翻才卸掉了下落的势道，虽然没折了什么胳膊腿的，不过肩膀却是撞青了老大一块，胳膊也扭了一下。

齐晟仔细地看了两眼我肩上的瘀青，然后又抓起我的胳膊抻了抻。

我疼得吸了口凉气，齐晟见我如此模样，低低地冷笑两声，一边给我活动着筋络，一边讥笑道：“现在知道疼了？摔的时候怎么就不怕摔断脖子呢？也亏得是撞上了贺秉则，若是再换个人，一时控制不住马，那马踩不死你也得踏折你几根骨头！”

我一直嘶嘶地吸着凉气。

齐晟一直连讥带讽地说着。

他一大老爷们怎么也能这么烦呢？

我忍着，忍到后来干脆连吸凉气的心情都没了，只咬着牙不吭声。

齐晟却突然说道：“若是疼就叫出来。”

哪至于疼成那样啊。再说了，我又不是娘们，我叫什么叫？

齐晟手下突然一重，我顿时疼得失声惨叫了一声。

齐晟却是笑了，凑到我耳边低声说道：“多叫几声，也叫这宫里的耳目听一听，不然前面的戏都白做了。”

我斜着眼看他，不大明白这话的意思。

齐晟又威胁，“你若是不叫，就别怨我真对你动鞭子了。”

我瞥了一眼他放在床边的马鞭，决定还是顺势而为才好，于是便说道：“你先容我想一想。”

齐晟看着我，没说话。

我回忆着前世看过的那些影音资料，恐怖片看得不太多，爱情动作片倒是不少。

我转头又问齐晟：“你要高音的还是低音的？”

齐晟依旧没说话。

我想他可能也是矛盾，便替他做了决定，“挨鞭子应该是高音的。”

说完，我用手捏了捏嗓子，学着恐怖片中的女主角，猛地尖叫了一声。

齐晟身上又是一震。

我转头问他：“行吗？”

齐晟额头的青筋又跳了两跳，深吸了口气，说道：“稍微低点。”

老板既然都提出了要求，我一个打工的自然不敢违背，连忙又将那音调降了一个八度，抑扬顿挫地喊叫起来。

齐晟仍给我揉着受伤的肩膀，突然问道：“为什么要撞贺秉则？”

我没好气地回答：“我背后没长眼，赶上谁算谁了。”

齐晟没说话。

我暗暗琢磨齐晟问这话到底是什么意思，难不成还以为我是故意去撞贺秉则的？这般一寻思，我那嘴上叫喊得便不那么上心了，也不那么卖力了，只漫不经心地嗯啊应付着差事。

自小，老师就教导我们说做事要专心，绝不可以一心二用，我以前还总不当回事，结果这会儿一个不注意一心二用了，立刻就悲剧了。

待我反应过来的时候，齐晟的手掌已经离开我的肩膀，下滑到了后背。

这是一个很微妙的位置，下可攻，上可守。

我身体一僵，压下浑身的鸡皮疙瘩，扭头看齐晟。

齐晟的唇微微抿着，眼神有些幽暗。

我扭头看一眼自己的肩膀，再看齐晟，很镇定地说道："我后背上没青，不用揉了。"

齐晟面上表情没什么变化，只额角的青筋很有活力地蹦跶了两下。

我不说话，看着他，眼神尽量纯洁，就像一个不谙情事的少女，天真无邪，叫人不忍亵渎。

齐晟的手，就静静地停在我的后背上，距离我的脖子大概有八寸，离腰八寸二分。我静静地看着他，心里还是有些紧张，不知道他这手是要向上还是继续向下。

齐晟的眸光终又变得清亮，手也离开了我的后背，嘴角讥讽地挑了挑，一言不发地起身离去。

我总算松出了这口气，趴倒在床上。

绿篱从殿外急急忙忙地进来，看到地上的碎瓷瓶片子面上更慌，几步冲我扑过来，也不看我身上到底有没有伤，只带着哭音叫："娘娘，娘娘，您怎么了？太医，我去叫太医！"

我赶紧伸手一把拉住绿篱，"回来！"

绿篱眼泪巴巴地看着我，想哭又不敢哭。

我对这丫头彻底无语了，只好虎着脸说："那太医是能随便叫的吗？你这丫头怎么这么沉不住气了？也不先看看我伤口再说！"

绿篱抿着唇屏住气，抖着手将我身上的被子轻轻掀开，半天没有动静，脸上表情很呆，瞪着大大的杏核眼，微微地张着个小嘴，一副惊住了的模样。

呃，小模样倒是很诱人……

绿篱脸上的惊都变成了喜，低呼："太子殿下，他，他，他……"

我用手捂上绿篱的嘴，很正经地告诉绿篱："因着认定江氏是我暗算的，太子殿下他用鞭子狠狠地抽了我一顿，太医自然是不敢叫的。我腿上磨破的地方又出血了，你端水来给我擦洗一下，然后端着水盆进进出出地多走几趟装装样子，再把咱们昨天用剩下的药膏在殿里各处抹抹，弄大点味，最后再把我今天的这身衣服偷偷地抱出去找个僻静地方烧了。"

绿篱眼中一片迷色，却仍是一一点头。

我又交代："这几天，殿里不用别人来伺候，只你一个。"

绿篱又用力地点头，然后又急忙起身往外走。

我赶紧又拽住她，"先不忙这个，你先过来帮我揉揉后背。"

齐晟手虽已不在我背上，可那温度似乎还在，这让我感到心里很硌硬，总得想个法子让这感觉没了才好。

绿篱的小手在我背上不轻不重地按揉着。

我暗自琢磨着明天谁会先来探病呢？是赵王？还是上树君？

皇后会派人来吗？这老娘们虽然是齐晟的后娘，可却是茅厕君的亲妈啊。就今儿她问的那些话明显是要找碴儿啊，幸好被老太后挡住了，不然那把火非得烧到我身上来不可。

烧着了我，还愁燎不到齐晟身上吗？

我想得有些出神，身旁绿篱却是突然停下手来，我转过头看她，只见她轻咬着唇瓣，面上很是纠结矛盾了一番，这才轻声说道："娘娘，改日让家里给送些八珍益母丸来吧？”

我怔了一怔，反应了一下，眼前晃过宋太医那张瘦脸，这才明白过来绿篱的意思，顿时想死。

绿篱在一旁仍苦口婆心地劝着：“娘娘，太子殿下对娘娘与以往大不相同了，娘娘可得抓住了机会，尽早诞下皇嗣才好啊！”

我抬起身来，指着殿中的红漆描金的柱子威胁绿篱，“你若再提这事，我便立刻撞这柱子给你看看。”

绿篱吓得赶紧用双手掩了嘴，含糊不清地嘟囔：“奴婢再不敢了，不敢了！”

我满意地眯了眯眼，复又趴下身去，漫不经心地问绿篱：“哎？你说赶明儿谁会先来咱们这？最先沉不住气的会是谁？”

绿篱很是认真地想了一想，“奴婢不知道，娘娘说呢？”

“其实我也不知道。”我答道。

绿篱与我对望一眼，相互鄙视。

翌日，果然有人来探病，先到的却是贺秉则的亲娘，中书侍郎的夫人，一代名相林贤的孙女，太后的内侄女，能将老公打得夜宿马棚的母老虎——林氏。

真真可惜了这么个柔弱的姓氏啊！

我向来怕这种彪悍至极的女人，听闻她来，愣是吓得从床上爬了起来，规规矩矩地坐在殿内见她。

论亲戚辈分，我还得喊她一声“表姑”，但是论身份地位，她得尊我一声“娘娘”。

我久闻此人大名，自然不敢坐着等她给我磕下头去，一见她有那行礼的意思，连忙招呼绿篱把这母老虎扶了起来，让到上座，端上茶来。

我抽空子打量这母老虎，虽是青春不再，模样却是真不错，不由得又叹果然人不可貌相，估计那贺良臣娶她的时候也是被她这个长相给糊弄了，等再要后悔却是晚了，谁敢休林家的姑娘？官还要不要做了？

林氏对儿子将我撞倒的事情深表歉意，我装模作样地安抚了几句以示大度。

两个人正虚情假意地应对着，外面又有宫女禀报杨严来见。

我倒是没觉意外，茅厕君自恃身份不能亲来，必然是要派这个心腹弟兄过来看看的。

我叫宫女传杨严进来，片刻工夫杨严便一阵风一般从外面刮了进来，待见到座上的林氏却是一愣，原本轻快的表情立时一肃，老老实实地给我和林氏两个都行了礼，这才又找了个离林氏最远的地方坐下。

林氏借机告辞，我叫绿篱送她出去。

待林氏的身影出了殿门，杨严这才用手抹了把额头上的冷汗，直叫道："嘿！这母老虎怎么也来了？真是吓死我了！"

我奇道："你干吗也这样怕她？"

杨严一惊一乍地，"哎呀，你是没见着过这母老虎的厉害，她可是真把贺良臣往死里打啊，有次竟是都追到我们家里去了，可是吓死我了，从那我就发了誓，以后就是去当和尚也不娶这种婆娘。"

我听得心有戚戚焉，顿时对杨严的印象改观不少，能有如此觉悟，想来不会是个太傻的小子。

心中刚转过这个念头，忽闻杨严小声问道："哎？你果真……挨鞭子了？"

我顿时无语，暗叹好个直爽的小子，直爽得都二起来了。

殿中还有别的宫女内侍在，我只得将人都打发了出去，还不及和杨严说话，又见他探着脖子问道：“这么说是真的了？他也忒不是男人了，你也是真傻，我就说让你去太后那躲躲，你还偏不听。”

我沉着脸不说话。

杨严将手伸入怀中掏了掏，递过一个白瓷小瓶来，“喏，九哥让我给你的，说是用了不会留疤。”

我将瓷瓶接过来，随手放在了桌上。

杨严又道：“你多用些吧，早点好了，还能赶上去行宫避暑。”

行宫避暑这事我倒是听说过，不过没打算去。跟着皇帝、太后、皇后一伙子凑热闹一般都凑不出什么好来，哪如独自关了宫门和一群小美眉们清凉戏水的好！

我正暗自思量，却见杨严的眼神一个劲儿地在我脸上打转悠，时不时地还顺着我的脖子往下走，恨不得扒开我衣领子也看一看。

吓！想当初我好色也没敢像他这样，这小子难不成出门的时候把脑子落家里了，只带着胆子出来了？

杨严突然偷偷摸摸地凑近了我，嘿嘿干笑道：“哎？齐晟鞭法还真是好，你露出来的地方竟然是一点都没抽到！要不是这一殿的药味，我还真不敢信你挨了鞭子呢！”

我恼得立刻想变脸，以前只道齐晟是傻叉，没想到杨严竟是傻叉中的战斗机！

杨严许是看出了我眼中的恼意，赶紧把身子往后一缩，笑道：“你还别急，那江氏可比你惨了千百倍，这会子怕是还没能醒过来呢，齐晟竟能忍住没抽你的脸，可见他真是长进不少！”

我想抽他，忽地记起我昨夜刚被人“抽”过，身手哪能再那么利索，于是又强行忍下了，只在座上老实坐着，半天不换一个姿势。

杨严眼光从我脸上移开，表情略有些失望，不过这表情却是一晃而过，随即又换上了吊儿郎当的笑容，双手冲我一拱，笑道："先走了，过些日子行宫里再见！"

我唤绿篱送客，自己却是依旧端坐在椅上不动。

绿篱送了杨严出去，顺便又给我带了皇后身边的宫女进来。

我心里直想骂娘，这太子妃真不是个人干的行当，只要你一天没当上皇后，就算你屁股后面也插了两根长尾巴，你照常连只山鸡都不如！山鸡好歹也能在野地里撒撒欢呢，我能吗？我敢吗？

我深吸口气，把小腰又挺得笔直，接着应酬……

就这样，直到日上头顶，这各怀心思的人才走了个干净。

绿篱关上殿门进来，我仍挺着个腰，忙叫她："快点过来，快点把这些针都给我拔了，要扎死我了！"

绿篱慌忙过来，小心地将我衣领后背上暗藏的几个细针一一取下，红着眼圈说道："娘娘也是，何苦要受这罪？都扎出血了，直接称病避不见客多好！"

我一边活动着僵滞的脖颈和小腰，一边说道："这样才逼真嘛，不然怎么能糊弄过去这些人精！"

若是直接卧床避不见客，那些人指不定还得怀疑我在造假，不如就叫他们过来看看放心得好。

待到晚间，齐晟才从宫外回来，绿篱劝我借着今天的事把他请过来商量一下。

对于绿篱的这点小心眼，我表示了郑重的鄙视，什么商量不商量的，不就是借商议之名行苟且之事吗？我犯得着以"带病之躯"讨老板之欢心吗？邀功也不是这个邀法好吧？

再说了，绿篱的职场经验还是太少，老板是喜欢勤勉积极的员工没错，但是却不喜欢积极到上蹿下跳的。我的职业是太子妃，不是太子谋士，身兼数职不代表老板对你的重视，只不过是老板想将你骨头榨出油来而已。

可惜，绿篱总是不懂这个道理，于是一听我说不去请齐晟，那小脸就拉得有些长，就差把“恨铁不成钢”几个大字写在脸上了。

我劝绿篱：“绿篱啊，这男人呢，都不喜欢对自己指手画脚的女人，咱们还是省省吧，有这闲工夫还不如去做点别的！”

要说绿篱还是个爱动脑筋的孩子，歪着头想了一想，立刻语带三分激动地低声向我说道：“奴婢明白了！听人说江氏那贱人摔得挺重，赵王把歇假的邱太医都请了去，足足接了半日的骨，今儿傍晚刚才醒了，咱们想个法子在她药里做些手段，叫那贱人……”

我惊叹于这女人思维的跳跃性，赶紧摆手，“你这丫头，快省省吧！”

绿篱眨着一双清澈见底的眸子看着我，半是惊愕半是不解。

我也纳闷儿了，这丫头怎么就能用如此纯真的口吻说出如此卑鄙恶劣的事情呢？我是该说她善良呢，还是说她狠毒？

女人啊，真是一种奇怪的生物！

绿篱以为我恼了，吓得赶紧抽身跪在了床边，一连声地告罪：“娘娘莫气，奴婢不去惹那贱人了。”

我颇感欣慰，忙点头，“就是嘛，江氏离着咱们那么远，闲得去惹她呢！还不如……”

绿篱眼睛一亮，立刻接道：“还是娘娘明白，现在最先收拾的该是那陈良娣，昨夜里她还装模作样地端着碗莲子羹去找太子殿下呢，明摆着是趁娘娘身子不好去勾搭太子殿下！”

我张着嘴好半天说不出话来。

绿篱只道我是气的，又愤愤不平、咬牙切齿地说道："娘娘这些日子不理会她们了，这群狐媚子便都坐不住了，变着法地去勾引太子殿下！"

我从惊讶中回过神来，缓缓合上了嘴，可一个没忍住，还是问道："哎？你怎么就知道陈良娣送的是莲子羹，而不是八宝粥呢？"

绿篱瞪着一双杏核大眼，终于默了。

第五章 行宫里的危机

齐晟又是几日未露面，直到五月十九，皇帝带着太后并大小老婆们去阜平行宫避暑，齐晟这才不得不带着我一同出行避暑。

茅厕君、上树君，并带着曾在元宵晚宴上诳我去捉奸的那个小美女，一个没落地都来了，只除了赵王夫妇。听说赵王妃江氏至今卧床不起，所以，爱妻心切的赵王日夜不眠地在王府照顾媳妇，不肯跟着老爹去避暑。

皇帝一看如此，索性就叫他留守盛都，在照顾媳妇之余，顺便也帮忙理一理朝中的闲事。

没了江氏的身影，太子齐晟的脸色有些阴沉。

众人看向我的眼神中不禁充满了同情。

没法子，我面上也只能哀怨着。

贺秉则负责此行的护卫工作，时不时地带着些年少英俊的骑士在我车驾旁经过，那嘚嘚的马蹄声就像踏在了人心上，直惹得车里伺候的几个宫女魂不守舍的。

我听着有些烦躁，心中更有些愤愤，如果老子也有那个身板，戎装亮甲，扬鞭放马，吸引一众小美眉的眼球，那该多好！

心里一旦起了这个念头，就越觉得车里憋屈。其实这南夏风气颇为开放，并不限制女子骑马，只不过我对自己的骑术实在没有信心，真没那胆子出去露脸。

正纠结时，车外又有阵轻快的马蹄声传来，路过我车旁却慢了下来，然后就听见一个清脆娇俏的声音从外面叫道："太子嫂嫂，太子嫂嫂！"

这个称呼让我很是无语，直有要便秘的感觉。

绿篱看我一眼，替我打起了车侧的帘子。

朝阳郡主娇艳如花的小脸蛋出现在外面，冲我笑嘻嘻地说道：“太子嫂嫂，外面风景正好，别乘车驾了，出来和我一同骑马吧！”

我下意识地抬眼看了看外面的天空，真真算得上青天白日朗朗乾坤。不知道这小妞这回又要把我带到哪里去捉奸，江氏没来，难不成齐晟在前面又勾搭上了别的弟媳？

小美人仍冲我笑着，“好嫂嫂，快点出来吧，好容易出来一趟，整日里憋在车里多没意思啊！”

我这人记吃不记打，对美人最没抵抗力，心中明知道这丫头不是什么好人，可一听她这样软语相求，骨头一时都觉得酥了，忙不迭地应道：“你等我一会儿，我换了衣服就出去！”

小美人在外面喊：“好啊，我让他们给太子嫂嫂备马。”

我在车里一边换衣服一边嚷：“还备什么马啊，我和你共骑一匹就得了。”

绿篱手脚利落地给我整理着身上的骑装，口中却压低声音说道：“无事献殷勤，非奸即盗。娘娘防着她点。”

我暗暗点头，将脚上马靴一提，撩开车帘走到车外。

车驾还未停，小美女骑着高头骏马并行在侧，笑着向我伸出手来，“太子嫂嫂，别让他们再停车了，我直接拉你上来吧。”

我答：“好啊。”

说完扯住小美女的手，借力一跃，直接从车驾上跳到了她的身后。

小美女的手软，腰更软，抱起来很是受用。

小美女咯咯笑了起来，“太子嫂嫂身手果然还是那么利索。”

我笑了笑，凑到她耳边调笑道：“不如你。”

小美女鞭子一扬，直接打马向前驰去，行不多远，茅厕君与上树君的身影已经赫然入目，我心中的疑团顿时解开，小美女果然身属茅厕君的阵营。

而茅厕君，怕是也对我这个“张氏”很感兴趣。

小美女冲着茅厕君招手，极欢快地叫道：“九哥！”

茅厕君勒马回望，面上的笑容温文尔雅，却是先冲我说道：“三嫂。”

我却莫名地打了个寒战。

身前的小美女察觉到，很是怪异地回头瞥我。

我掩饰地冲她笑笑，“天有点冷，哈？”

小美女表情僵了一僵。

杨严仰头看了看天上的太阳，迷惑地道：“不觉得冷啊，今儿天多热啊！”

唯有茅厕君仍是面带浅笑，替我解释道：“三嫂刚从车里出来，乍一吹风会有些不习惯。”

小美人听了一笑，说道：“太子嫂嫂在宫里养久了，都快养成赵王妃嫂嫂那般弱不禁风了。”

我一直没说话，因为我真是不知道该说些什么好，又生怕不知哪句话就落了圈套，所以干脆闭嘴。身前小美人的腰还是那么细软，典型的水蛇腰，滑不溜丢，怎么抱都不如绿篱的舒服。

我正琢磨着怎么能不露痕迹地动一动手，小美人却忽地侧开身子，嘻嘻笑道：“哎呀，太子嫂嫂你手不要乱动，抓得人家好痒。”

我顿时僵住，无语汗流，这小美人说话着实是口无遮拦，这样的话可是能乱说的吗？更何况，我这只才动了个贼心，没动贼手呢啊！

哎哟我的司命星君，可冤枉死我了！

偏生杨严还幸灾乐祸地对我笑道："朝阳最怕人呵她痒了，你呵她的腰侧！腰侧！"

此话一出可不要紧，我这里手都明明松开小美人的腰了，小美人愣是咯咯地笑了起来，手一按马鞍从马上飞身而起，直落到了杨严的身后，伸手抓着杨严的腰间，笑着威胁，"你敢！先让你尝尝这滋味！"

杨严显然比小美人更怕痒，左右躲闪了一番，干脆一抖缰绳策马向前奔驰而去。

这样一场大戏，直把我看得目瞪口呆，这是古代好不好？古代好不好？你民风敢不敢再开放点？奸情还敢来得更猛烈点吗？

一旁的茅厕君轻抖缰绳和我并行，笑了笑，解释道："朝阳和杨严从小一块儿玩大的，情分不比别人。"

"嗯。"我点头，从小一块玩大的奸情自然不比别人。

茅厕君斜睨了我一眼，停了停，忽然低声问道："身上的伤可好了？"

我心里一惊，一个不留意就把心里想的话给说出来了，"就算是从小一块儿玩大，也该避着嫌，毕竟都这么大了，是不是？"

茅厕君怔了怔，勉强笑了笑，然后和我拉开了些距离。

场面一时有些冷，可嫂子和小叔子凑一块儿就得避着点嫌不是？好歹我现在也是一太子妃，未来的国母候选人，怎么也得端庄些不是？

这样想着想着，我心中不由自主地就有些得意起来。

这心思还没上嘴脸呢，便突然听得茅厕君不急不缓地、轻飘飘地说道："芃芃，你变了好多，一点也不像儿时的你了。"

我一时怔了，只觉得下巴有些沉。

不是说古人都很重视男女之防的吗？不是说男女七岁不同席吗？他一皇子，张氏一闺阁千金，两人就是上幼儿园都不一个校区的啊，怎么就能忆起往昔来了呢？难不成，他这是诈我？这是看出我是假的来了？

待再看到茅厕君脉脉含情的一双俊目，脑中却突闪出几个金光闪闪的大字来：天理昭昭，因果不爽。

齐晟啊齐晟，你再去勾搭兄弟媳妇啊，你再去和兄弟媳妇一生一世一双人啊！怎么样？现在遭报应了吧？自家篱笆也有兄弟来钻了吧？

我面容淡定地端坐在马上，内心之中十分激愤！

怎么老齐家的男人都爱勾搭兄弟媳妇呢？就算是爱撩妹，你就不能找个远点的下手吗？你叫宫里那么多年轻貌美的宫女美眉们情何以堪啊！

茅厕君那里却是莫名其妙地轻笑了一声。

我心里就有些莫名地发虚，琢磨着吧，还是找个借口赶紧回车里比较好。

嘴还没来得及张呢，便又听得前方蹄声阵阵，抬眼一看，竟是太子齐晟从远处飞驰而来。我顿时觉得头皮一阵发紧。

哎呀呀！齐晟！你这是来捉奸呢，还是来救场呢？

一人一骑转瞬即到眼前。

齐晟勒停马，先冲着茅厕君叫了一声："九弟！"这才又转头看向我，淡淡问道，"身上的伤好些了？"

这个时候，我充分领会了领导的意图，忙装出一副病恹恹的模样，用半死不活般的语调答道："还是不太好，朝阳郡主拉我出来透透气，不承想只在马上坐了这一会儿就觉得乏得不行。"

诸位看客，你们瞅瞅，这便是说话的艺术了，只短短一句话，把需要向领导解释的问题都说明白了——

第一，是朝阳那个小丫头勾搭我出来的，可不是我主动的！

第二，我只在马上坐了一会儿，所以，我和茅厕君之间是一点奸情也未发生的！

第三，我现在十分想回车里！

齐晟听了剑眉微皱，面带不悦地说道："既然身子撑不住，那还不回车里待着，九弟不是外人。"

我低低应了一声，用眼角余光偷瞄茅厕君，这人脸上又挂了似笑非笑的表情，说道："还是三哥亲自把三嫂送回去吧，下头那些人粗手笨脚的，着实不能叫人放心。"

齐晟略点了点头，竟真的亲自送我回去。

回到我那车驾处，绿篱见齐晟同我一起回来，顿时喜得眉开眼笑，忙命人停了车，把我扶了进去。

紧接着，齐晟竟然也跟在我后面进来了！

绿篱脸上带着春光般明媚的笑容退了出去，我的心里却是拔凉拔凉的。

此时此刻，也顾不得什么男子尊严丈夫气概了，说千道万都不如先保住自己一条小命要紧！说时迟那时快！只等那车帘一落，我立刻扑到齐晟身前，学着绿篱日常哭我的腔调，叫道："殿下啊——"

齐晟用手一把捂住了我的嘴！他自己口中却是懒洋洋地说道："我在马上坐了半日了，身子乏透了，芃芃过来替我捏捏吧。"

呀？这是哪里对哪里？

齐晟松开了手，靠倒在软枕上。

我一时却是迟疑了，琢磨着这小子到底是个什么意思，难不成是害怕隔车有耳？

我暗中狠咬了咬牙，上前跪在齐晟身后，把张氏的那一双小手放到了齐晟肩上，一边揉捏着，一边凑到齐晟耳边低声问道："张氏小时候和九殿下熟不熟？"

齐晟侧了头，轻声答道："张氏是深闺女子。"

他这话答得太过隐晦，我想了想才明白过来，背后立刻多了层冷汗。去你个太后的！茅厕君果然是在诈我！

再看齐晟，他那还侧着头斜睨我呢，我干咽了口唾沫，琢磨着怎么和领导汇报刚才的事情，既不能说假话，又得把责任统统推出去。

齐晟眯了眯眼，突然问我："老九识破你身份了？"

我心中一惊，面上却是一片端庄严肃之色，跪直了身体，十分肯定地答道："没有，绝对没有！他是想勾搭我来着，"眼见着齐晟眼睛眯得更细了，我连忙表明忠心道，"不过已经被我义正辞严地拒绝了！"

齐晟转回了头，半天不语。

我跪在了他的身后，也看不到他的表情，更不知他心中在想些什么。

车中一时寂静得有些迫人。

我暗道齐晟这厮若是认定茅厕君已经看出我这个张氏是个假货，我这个假货就要十分危险了……

事到如今，还不如都敞开了说的好！

"太子殿下！"我转到了齐晟面前，郑重地低声说道，"我现在绝对不能死！"

齐晟扬眉，"哦？"

我直盯着齐晟，"我若死了，便表明是你心虚，要杀人灭口了。"

齐晟："……"

我："我若死了，张家可不会再把二姑娘嫁进来给你做填房。小姨子也不是那么好娶的！"

齐晟：“……”

我：“我若死了，张家就得改投老九那里去了，二姑娘嫁老九，郎才女貌，皆大欢喜！”

齐晟：“……”

齐晟一直是面无表情。

哎哟我个老天，可是要急死我了！

我：“我若死了，你以后再娶的太子妃绝不会像我这般前凸后翘，妩媚妖娆！”

齐晟一直淡定的面容终于有一丝裂缝。

我心中一喜，正准备再接再厉，齐晟却是突然伸出一指抵在了我的嘴前，低喝道：“够了！”

他停了停，坐起身子凑近了看我，“你是我的太子妃，好好的，总是扯着‘死’字做什么？”

我大松了一口气，老子用了这许多排比句，总算是说动了齐晟这小子。

不承想我这口气还没吐尽，却又见齐晟把嘴紧贴到我耳边，阴恻恻地说道：“你终于承认自己是个假的了？”

我身体一下子僵住了。

齐晟低低地嗤笑一声，重新躺倒在软枕上，不咸不淡地说道：“说吧，你到底是什么人？”

我下意识地转了转眼球，琢磨着借尸还魂这事怕是得交代了，可我要不要和齐晟说我其实是个……男的呢？

齐晟微闭上了双目，一副“坦白从宽、抗拒从严”的架势。

可我是谁啊，我是混过和谐社会的人啊！谁不知道坦白从宽牢底坐穿，抗拒从严回家过年啊！

我轻咳了一声，清了清喉咙，决定尽量把神话故事编得靠谱一点。

“我本是天界的一个小仙，因为……”

齐晟突然插嘴，“什么仙？”

我一怔，“呃……散仙。”

齐晟挑眉，“散仙？”

我咬定了青山不松嘴，“对！就是散仙！整日里东飘西荡，无所事事的那种神仙，属于天庭闲散人员，不在编的。”

齐晟终点了点头，“哦。”

我继续往下编，“我本是天界上的一个散仙，因为犯了点事，所以被罚重入轮回……”

齐晟又插嘴，“犯了什么事？”

我被他截话截得一肚子气，也只能强压下了，回答：“小事。”

齐晟又问：“什么小事？”

哎？你们见过这么刨根问底听故事的吗？这人怎么就这么讨人嫌呢？

我有点想挠头，只能现编，“芝麻绿豆大点的事，就是吧，有一天吧，玉帝他媳妇叫大伙儿一起去参加个晚宴，参加晚宴吧，我就多喝了两杯，一不小心就把手里的琉璃盏给打碎了，然后王母就怒了，就要发落我了。”

齐晟嗤笑，“这事是够小的，打破个杯子就受罚，你这神仙做得也够窝囊的。”

我不好意思地干笑两声，“王母娘娘人小气嘛！”

齐晟却没再笑，只静静地瞅着我，等着下文。

我硬着头皮往下编，“我就被罚重入轮回了，结果，因为之前和司命星君那厮闹过点气，那厮便公报私仇，故意将我魂魄多扣了一会儿，叫他一远房亲戚占了我这一世的肉身十几年。后来，天庭里查账，司命那厮怕我这事被查出来，这才吓得他忙将这肉身还给我，我与那张氏二人将肉身换了回来。我来的时候正好赶上张氏落水，再一睁眼，就成现在这模样了。”

我噼里啪啦一口气说完了，然后看向齐晟。

齐晟又是半晌不语。

我猜着他这是没听明白，还是压根儿就不信？

却听齐晟突然问道：“神仙不都是无欲无求的吗？也是这般钩心斗角，公报私仇？”

我不由得嗟叹：“天庭和这人世差不哪去，少不了人情世故。我这事算什么啊，你没见着一伙子这仙那神的整日里扯皮，为了情啊爱的要死要活，都排着队要跳诛仙台殉情呢！”

齐晟眉头隐隐皱了皱，问：“你上一世……可曾婚配？”

我一怔，立刻用真诚无比的眼神看着齐晟，指天盟誓道：“殿下，别的我不敢说，只这一条我却是敢保证的，我上一世绝对没嫁过人，也没喜欢过任何男人！”

许是我表情太过真诚了些，齐晟自感头顶的帽子从未沾过绿色，终满意地点了点头。我心中这块石头总算哐当一声落了地。

齐晟嘴角微微地挑了挑，但很快又扯平了，仰回到靠枕上去闭目养神。我没指望着他能信我的说辞，不过他不再追问我就已经很心满意足了。

我僵坐了片刻，实在忍不住便偷偷地挪了挪已经麻痹的屁股。

齐晟突然轻声说道：“你过来。”

我头皮有些发紧，迟疑地向前挪了一小步。

齐晟伸手一把揽住了我的腰，把我拉倒在他身上，注视着我的眼睛说道：“我不管你以前是什么人，你只记住现在是我的太子妃，以后还会是我的皇后，这便足够了。”

我强忍着没把齐晟推开，心中只默念着：我以后还会是太后，是太后，是太后……

齐晟静静地看着我，放在我腰间的手却慢慢地向下滑去。

我一身的汗毛都竖起来了，这事就是叫我做太皇太后我也忍不了了！

我回手一把攥住了齐晟的手。

齐晟原本有些眯的眼帘微微颤了下，我就看见那里面漆黑的瞳仁极快地收缩了一下。

我推开了他，正色道：“请你尊重我！”

齐晟一怔，看了看我，又往下瞄了瞄。

我顺着他视线看过去，我的一只手还老实不客气地摁在他的大腿根上。

我立刻抬起了手，坐直了身体，很是正经地说道：“虽说我这肉身曾是你的太子妃，可我毕竟还有一部分前世的记忆，你也是知道的，神仙是都讲究戒情戒色、清心寡欲的，所以……”

我没把话说完，只是瞄齐晟。

齐晟弯着唇角笑了笑，半撑起身体，用手扯了我一绺头发在指头上绕啊绕啊的，用低低的暧昧的声音说道：“可我看你上次的表现却不像是戒情戒色、清心寡欲的……”

我是真的想掐死这人啊！

我深吸了口气，保持微笑不语。

齐晟又将唇贴到了我耳边，低语：“而且，我们不行夫妻之礼，怎么才能叫你怀上皇嗣呢？”

行夫妻之礼？行你个头啊！我只觉得脑门子上青筋跳得厉害，只想先弄死这人再说，可等拳头都举起来了，再瞥到齐晟一脸似笑非笑的模样，我头脑一下子就冷静下来了，丫是故意在激我啊！

我不上当，我偏不上当！

我心里默念着，用手将胸口衣襟一扯，就义一般闭着眼仰面倒在了毛毯上，毅然决然地说道："来吧，你上吧！"

齐晟半晌没动静，我掀开一条眼缝瞄他。

好嘛！那脸黑的，都赶上锅底了！

我赶紧又加一把火，"殿下不和我行夫妻之礼了？"

得，锅底燎得更黑了。

齐晟没说话，沉默片刻后突然高声叫道："停车！"

车驾很平稳地停了下来，他二话没说就下了车。

我坐起身来，很是得意扬扬，小样吧，和我比脸皮，你还太嫩了些。

绿篱掀开车帘从外面进来，待看清了我，突然低呼一声扑了上来，低声叫道："娘娘，您这是怎么了？"

我一边整理衣服一边教育绿篱："绿篱啊，我可告诉你，以后在男人面前可别一下子脱得太光了，半遮半掩、欲迎还拒，刚刚好！"

绿篱却一直低垂着头，默默地帮我整理着衣襟。

我有些诧异，侧过头看她，见这丫头竟然又红了眼圈。

我很是无奈，"绿篱啊，这又是怎么了？"

绿篱咬了咬唇，半天才答："娘娘性子这样温柔和顺，竟然还讨不得太子殿下高兴，奴婢替娘娘委屈。"

温柔和顺？我？还是以前的张氏？这都不靠谱啊！

我仔细地看绿篱脸色，一派自然，不像是奉承说谎的模样。

啊啊啊，这丫头到底是怎样的三观啊！

此后几日，很少见到齐晟，据说是经常被他那皇帝老子留下伴驾。于是乎，小道消息便又出来了，太子齐晟重获圣宠，甚被皇帝信任倚仗。

绿篱回来和我说这事的时候，兴奋得眼睛都要冒出光来。

我听了却不以为然，被皇帝信任倚仗？拉倒吧，皇帝要真这么信任齐晟，至于度个假也捎着这国之副君在身边吗？早把他留家里替他暂理朝政了！

这些事和个小丫头也讲不清楚，我干脆也不费那劲，只闭着眼在马车里装死。

这两天，我身体极不舒服，手脚冰凉腰酸腿软小腹胀痛……照女同胞们的话来说，那就是——张氏的大姨妈又来了。

我恨这每个月都要上门来住几天的大姨妈！

绿篱凑过来，轻手轻脚地往我怀里塞了一个小小的手炉。

我睁开了眼问绿篱："你说这大姨妈来之前就不能先打个招呼，说一声再来？能不能少来几次，半年来一次，哪怕一次多住些日子也成啊！"

绿篱满脸迷茫之色，"娘娘，您这说谁呢？哪个大姨妈要来？"

咦？不是叫大姨妈吗？是我记错了？难不成是叫二姨妈？

绿篱可能以为我是疼糊涂了，一边用汗巾给我擦着额头上的汗，一边低声劝道："娘娘，等回去了还是用些八珍益母丸吧，好好调一调，也好早日诞下皇嗣。"

绿篱一说皇嗣，我立刻觉得心脏也跟着抽了一下，眼前只不断闪过齐晟那张脸来。

得！还是叫大姨妈常来常往好了！

又在路上慢慢悠悠地走了十来日，这才总算是到了阜平的避暑行宫。

阜平避暑行宫兴建于成祖初平年间，依山傍水，环境很是不错。不过据说当年成祖选此地建行宫却不是因这里风景好，而是这里面朝宛江，与江北第一大城泰兴仅一江之隔。

刚在行宫里安顿好，我这里还没来得及四处转转看看，销声匿迹了好几天的“战斗机”杨严同志突然又冒了出来。他压低着声音，神神秘秘地说道：“哎？我带你过江去泰兴转转吧，那边有波斯商人开的珠宝铺子，里面很多新奇好玩的小玩意儿。”

哦，原来是邀请我去泰兴一日游啊。

我没理他的茬，只冷眼打量他，跟你去泰兴？怎么着？当我是傻的？

“我家就在泰兴，那里我熟得很，咱们早去早回，不等夜里关宫门就回来了，放心，太子绝对不会知道。”杨严仍不死心地鼓动着我。

我转头低声问绿篱：“绿篱啊，桂花糕蒸好了没有？”

杨严听了一怔，屁股立刻在椅子上坐不住了，起身正色向我说道：“我琢磨着还是不去的好，你身子骨还没大好，还是等全好了再说吧。”

我点头，“也是，反正还要在这里住好些日子，等以后再去吧。”

杨严也跟着点头，“不错，那你先歇着吧，我先告辞了。”

说着转身便向殿外走。

我装模作样地起身留他，“别着急走啊，我叫她们蒸了桂花糕呢，这就要出锅了。”

“不用，不用，下次来了再吃！”

杨严嘴上说着，脚下生风，片刻工夫就不见了踪影。

绿篱见左右无人，忙在我面前跪下了，一脸急色地劝我：“娘娘，您可千万不能跟着他私下出去啊，万一叫太子殿下知道了，咱们有嘴都说不清啊！”

绿篱一说齐晟，倒是突然提醒了我一点，杨严邀我去泰兴怕是别有用心的，恐怕紧接着还会有别的行动，作为皇城股份有限公司第一分公司的总经理生活助理，我是否也该把今天这事知会一下总经理齐晟？

“去请太子过来一下。”我吩咐绿篱。

绿篱立刻破涕为笑，又惊又喜，“娘娘，您终于想明白了？”

吓，看这丫头说的，好像我一直糊涂着似的。

我张了嘴，刚要说话，又听绿篱接着说道：“娘娘早就该向殿下服个软了，若不是您性子一直这么倔，别说生个皇嗣，怕是小殿下都要会跑了！”

我嘴张了半天都没能合上。

哎？我说绿篱，你妇产医院的吗？怎么三句话不离生孩子呢？

得！你还是别去了，回来吧。

我招呼绿篱回来，谁知绿篱脚下比杨严还利索，我这里还只刚说了个“别”字，她人影竟都看不见了。

我顿时有些心慌起来，像是又回到了学生时代上考场的情形，刚出了厕所没三米便又感到了强烈的尿意……

绿篱去得快回来得也快，只不过一炷香的工夫便回来了。

我探头一看，呀？齐晟没来啊！这下好了，尿意立刻全没了。

绿篱一直垂着头不说话。

我纳闷儿了，问：“怎么了？”

绿篱抬起头来，露出明媚而忧伤的神情，迟疑着看向我。

我赶紧给绿篱比画了一个暂停的手势，“停！要么明媚，要么忧伤，别两个一起上，那玩意儿难度太大，你玩不了。”

绿篱立刻换了副神情，口快舌利愤愤不平地说道：“番邦给皇上献了几个舞女来，正好太子殿下伴驾呢，皇上就分了两个给太子殿下。”

我听了不由得一怔，嘿！这爷俩关系倒是铁，有美人都一起泡！哪个番邦送来的美人？欧美系还是日韩系？我只一想，就觉得头上的血一下子全往身下涌了过去……不承想却没能找着能去的地方，呼啦一下子，这满腔的热血又都反涌了上来。

顿时胸中热血沸腾，面上火热如烧，经脉逆转血液倒流也不过如此了吧！

我强压着激动的音调，问绿篱：“你见着那两个美人了？都长什么样？”

绿篱估计是被我面红耳赤的模样吓着了，惊骇地看了我片刻，忙冲上前来扶我的手臂，叫道：“娘娘，娘娘，您可千万别急，都是奴婢不会说话，虽然太子殿下把那两个番邦女人带回了春好居，却什么也没做。”

啊！都把美人带回他寝殿了，还说什么也没做，骗鬼呢！

我抓着绿篱的手便有些止不住地抖，一下子两个啊！还是番邦美人啊，齐晟这小子要玩重口味的啊！苍天啊！司命星君啊！你为什么不叫我穿到齐晟身上啊！

我四十五度仰望房顶，泪流满面……

绿篱急得眼圈都红了，“娘娘，太子殿下真的没动那两个美人，还嫌那两人胸脯子露得太多，叫人给她们拿了衣服换呢！”

啊，敢露的那都是有料的啊！没料的叫她露也不敢露啊！

不过，露胸脯？这么说是欧美系的了？

哎呀！这样的美人你怎么能叫她们穿这些肥肥大大的袍啊裙啊！亮点就在胸和屁股啊！裹这么严实你还看什么啊？

齐晟啊齐晟！你真是扶不上台面，没见过世面啊，你也就配和江氏那干柴棍子混！

我很想捶胸顿足，只恨自己心有余而力不足。

绿篱这小丫头不知道我心中的苦，嘴里还兀自喋喋不休着，“娘娘，殿下现在虽不能过来，可也是说了，叫娘娘好好养着，过两日他空闲了就会来看娘娘的！”

我没心思听绿篱说话，只痛心我的两个“番邦美人”，现在要是还在东宫里多好啊，毕竟我也混了多半年了，好歹也熟了，美人又归我管，少不得能占点便宜。可这是避暑行宫啊！老子第一次来啊！老子连齐晟那个春好居在哪个方向都不知道啊！

“哎？绿篱，你说齐晟会把那两美人捎宫里去不？”我突然问。

“不会！”绿篱回答得既干脆又肯定，生怕我不信似的，拍着胸部保证，“娘娘放心，那两个贱人绝对不会跟着咱们回宫的！娘娘想想啊，那可是番邦献的舞女，都是一些卑贱之人，又是异族，殿下怎么会把这样的人带回宫去！别说是殿下，就是皇上也不会带回去的，咱们宫里就从来没有过番邦的妃子！”

绿篱一番话说得我悲愤无比，这么说齐晟享用完了就要随手丢这里了？老子连个便宜也占不着了？

我这里足足郁闷了两天，做了无数的自我安慰，和一群宫女美眉在水池子里戏水了多半日，这才把那番邦美人撂下了。

然后，齐晟突然就来了。

我还带着好几个美眉在殿后的水池子里泡着。

绿篱从外面轻快地跑进来，又惊又喜地告诉我：“娘娘，太子殿下来了，马上就到了。”

一池子的人都怔住了，我第一个反应过来，赶紧大声叫：“穿衣服，赶紧穿衣服！”

四周的宫女美眉呼啦啦一下子围了过来，二话不说架着我就往池边走，绿篱手里撑着一件薄如蝉翼的纱衣迎了上来。

我大急，哎呀！错了，错了！我是叫你们赶紧穿衣服，千万别露了春光给齐晟那厮看！

还有，绿篱，你手里拿的那是蚊帐布吗？

绿篱给我裹着蚊帐布，嘴里还念念有词：“娘娘身姿可比那俩番邦女子曼妙多了，定要殿下好好瞧一瞧不可！”

哎！绿篱，咱能别哪壶不开提哪壶吗？

我糟心得差点喷出一口血来，不承想嘴刚一张，一块胭脂纸便填到了唇间，绿篱低声催促着：“娘娘，用力抿一下，抿一下。”

抿你妹啊！我推开了绿篱的手，很是冒火。

突闻外面传来宫女娇滴滴的声音，“殿下。”

我转头，见齐晟人已经进了殿门。

绿篱带着一伙子宫女美眉冲着齐晟行了个礼，以迅雷不及掩耳之势退了出去。换句话说就是我这里还没来得及再找件袍子裹一裹，殿里就只剩下我和齐晟两个人了。

我抬眼瞄了一下齐晟，觉得有些尴尬。

齐晟目光在我身上停了一下，有些愣怔，紧接着便是有些幽暗。

哎呀！绿篱害我！我心中警铃大作，身为资深男人，自然知道这样的眼神代表什么，更知道女人在这个时候不论做些什么，看到男人眼里都会有别样的诠释。

把袍子裹紧些吧，那是你娇羞，欲迎还拒；

直接解了袍子吧，那是你狂放，热情如炽；

就连你喊几声“别过来别过来”，他都可以理解你是要玩些刺激的……

你说你浑身上下只裹一薄纱在他面前晃悠，然后高呼“我不是勾引你，我不是勾引你”，谁信啊？啊？谁信？不勾引他你裹一蚊帐布干吗？

总之，事情到了这个时候，基本上已经不取决于你的表现了，而在于他到底想不想。但是，人的血量是一定的，所以，男人大头和小头一般很难同时工作。

同时，鉴于我现在生理上的优势，我的脑供血情况显然比齐晟更好一些，所以，我的反应就比齐晟快了一点点。

“殿下，杨严来过了。”我很是淡定地说道。

齐晟愣怔了一下，轻轻地“哦”了一声，转身在水池旁的竹榻上坐下了。

我心里顿时一松，只要血液还能回流就成！于是赶紧再接再厉，“他邀我去泰兴游玩。”

齐晟那双吊翘眼微微眯了一眯，问：“你怎么想？”

“无事献殷勤，非奸即盗！”

齐晟垂目沉默了片刻，突然说道：“今日父皇忽地问起老九的亲事了。”

我怔了怔，问：“怎么着？”

齐晟轻轻地嗤笑一声，说道：“皇后娘娘说出京前便已经相看好了几家的小姐，只等着叫老九自己挑一个遂意可心的。”

我心中一动，“里面可有张家的二姑娘？”

齐晟斜睨了我一眼，眼神之中略有诧异，答道：“不错，正有张家的二姑娘。”

茅厕君屡次试探于我，杨严又要邀我去泰兴游玩，皇帝忽地提起给茅厕君娶媳妇，这媳妇候选人里又包含了张家的二姑娘……我脑中迅速把这些事情都过了一遍，正常情况下，张家是不可能把两个女儿嫁入两个敌对阵营里去的，除非，他已经不得不舍弃了一个。

而这个要舍弃的人，就是我了？

我忍不住问齐晟道："张家这是要舍弃我？"

齐晟不说话，只静静地看着我。

不应该啊，上次我回张家的时候，那张家老太太还逼着齐晟赶紧宠幸张氏，好生下皇嗣呢啊！这么快就要变了风向了？为什么啊？只因为我现在还没能怀上？

想到这里，我不禁摸了一下肚子，打了个冷战，不由自主地瞥了一眼齐晟。

齐晟忽扯着嘴角笑了笑，说道："子嗣只是一方面，另一方面是老九已向张家暗示你这个太子妃是个假的，真正的张氏上次落水已死，现在的这个是我暗中培养的替身而已。"

我皱眉，"张家就这么信了？"

齐晟摇头，"自然不会轻易地相信，所以皇后娘娘才下旨，宣那候选的几家小姐前来避暑行宫游玩，说是要借机察看众女的品行容貌，实则是为了能叫张家的人名正言顺地前来。"

齐晟这么一说，我心里顿时亮堂起来。

难怪杨严想要把我忽悠出行宫去，若是在这宫内，张家的人便是来了，碍于身份尊卑之别，她们也不敢上前来验我这个太子妃的真假。可若是出了宫……

我问齐晟："张家谁跟着来了？"

齐晟眉梢微微扬了一扬，似笑非笑地答道："你的亲娘，范氏。"

我暗呼一声，"完了！"

若是别人，还能想想法子糊弄过去，可这张氏的亲娘一来，神仙也糊弄不过去了！

我心急火燎地在水池边上转了两圈，回头问齐晟："你说怎么办？"

齐晟这会子却悠闲自在起来，把腿也抬到了竹榻上，半躺在那里问我道："你可是我培养的替身？"

我一愣，摇头道："不是！"

齐晟笑了，"那你慌什么？"

这不是只脱光了在范氏面前转两圈就能了的事！我这个身体是真的有个屁用啊！

我走到齐晟眼前蹲下，指着自己的鼻子，问齐晟："我问你，张氏在娘家的时候最喜欢吃的是什么？最喜欢穿的是什么？喜欢什么颜色？什么香粉？怕冷啊还是怕热？几岁上生过什么病，和几个人吵过嘴，什么时候挨过训？这些你可都知道？"

齐晟没答我，眼神反而有些飘忽。

我一下子火大了。

哎！我指我鼻子呢，你眼睛往下瞄什么！

我强压着火，伸出手挡在了齐晟的眼前，很真诚地对他说道："兄弟，咱能先把眼前这生死存亡的问题解决了，再考虑那骄奢淫逸的事情，成吗？"

齐晟半晌没动静，我怒得想骂人，他突然攥住我的手腕，把我的手拉了下去，没头没脑地说道："我带你去豫州。"

我一愣，听齐晟又接着说道："不等范氏到，我便带你去豫州的江北大营，只留下绿篱应付范氏，绿篱里里外外都是真的，总可以消范氏几分疑心！”

我在心里迅速合计了一下，把货真价实的绿篱小姑娘留在这里的确是个不错的法子。不过这却是个治标不治本的法子，躲得一时却躲不了长久，张家一日不验一验我这“张氏”，怕是都不会彻底放心的。

齐晟似是猜到了我的心思，挑着唇角笑了笑，又道：“他们一日定不了你的真假，便一日不敢贸然把赌注转投到老九身上去。”

这么说就是要拖了？可这得拖到什么时候才算一站？我有些狐疑地瞄了齐晟一眼。

齐晟的视线还在我胸前流连。

我愤恨却无奈，一边用手去遮掩，一边暗自咒骂：看！看！再看就叫这两块肉长你身上去！叫你整日看个够！

齐晟唇角含一丝讥讽的笑意，从竹榻上站了起来，说道：“皇上命了贺秉则回盛都，好一路护卫这几位世家小姐前来行宫。”

贺秉则？我脑子里突然闪现出那个棱角分明的俊脸来，还有被杨严称为母老虎的贺夫人。呀！竟叫了那小子去接人？难不成是别有用心？

齐晟俯下身来逼近我，轻声问：“你喜欢什么样的男子？谦谦君子温润如玉的，还是年少英挺肆意洒脱的？”

呀！齐晟啊齐晟，你这个问题可是问错人了，老子我是什么样的男子也不喜欢的啊！

他的面庞离我极近，呼吸几乎可闻，狭长明亮的眼睛虽微微眯起，可那上扬的眼梢却不带一丝柔意，只有那嘴角轻轻勾着，带出一丝若有若无的笑意。

我直视着齐晟，答道：“我只喜欢殿下这般的。”

“哦？”齐晟扬眉。

我越发地镇定起来，“更何况，我喜欢什么样子的男子都不重要，重要的是张家二姑娘会喜欢什么样子的男人。她与老九本就是旧识，怕是早已芳心暗许，就从盛都到阜平这短短一段行程，可会轻易地叫那贺秉则就撬了过去？更何况一路上人多眼杂，监守自盗的事情也不是那么容易做的！”

齐晟定定地看着我，轻声问：“你有何妙计？”

为了自己的小命，我豁出去了，道德良心先一边凉快会儿去吧！

我用拳一砸掌心，沉声说道：“不过几位小姑娘，路上护送的人必定多不了，少不得会遇到一帮不开眼的劫匪啊、蟊贼啊什么的，然后，贺秉则趁乱救了二姑娘出来，两人便有了独处的机会。”

齐晟微微眯着眼，听得很是专注。

“然后，叫贺秉则一定要记住了，一定要趁着这个机会将张家二姑娘拿下！”

齐晟直起身来，缓缓走了几步，略点了点头，“先私自定情？这主意不错。”

我叫道：“哎呀！都这时候了，还私定什么情啊，要先把生米煮成熟饭才是正道！”

话一出口我就后悔了，只恨得想抽自己两耳光。

果然，齐晟转回身来神色怪异地看着我。

我勉强地扯了扯嘴角，干笑道：“非常时刻行非常之事嘛！”

齐晟淡淡笑了笑，没说什么，转身出了殿门。

直到此刻我才大松了一口气，一屁股坐倒在地上，用手拍着胸口直叹凶险。拍着拍着，我忽觉得有点不对劲，哎？我怎么要拍胸口？为什么会用这么“娘”的一个动作?

难不成是大姨妈来过的缘故?我的性别意识也要被这具身体同化了?

我正呆愣愣地坐着，绿篱从殿外快步进来，跪在我面前小声而急促地唤我。

我抬了眼看她片刻，问：“绿篱，你过来叫我抱一抱。”

绿篱闻言眼圈立刻红了，跪着膝行到我身前，温柔地把我揽进怀里，忍着哭低声说道：“娘娘，您心里难受就哭出来吧，千万别压在心里。”

我搂着绿篱的细腰，整张脸都埋进她胸前的柔软之间，却是哭不出来。

没了，真的什么都没了！美人在抱，我竟然一点感觉都没了。

真正的欲哭无泪啊!

第六章 茅厕君的许诺

六月中，齐晟代皇帝北巡江北大营。

宛江岸边，齐晟头束金冠，身穿玄色暗绣金丝龙纹的窄袖劲装，外罩精钢镀金薄甲，在万众瞩目之中龙行虎步地登上了阜平水师的船舰。

我穿着一身灰蓝色的普通水军衣装，躲在船舰底舱之中，扒在窗缝前贼一般地往外探望着。

差距，这就是差距！

齐晟说北巡大营是不能带女眷的，所以只能安排我变了军装，提前藏身到船舰之上。

其实穿什么衣服，怎么上船我倒是不怎么在意，反正我现在这副前凸后翘的身板就是穿上了龙袍那也不像皇帝。问题是，明明是齐晟叫我一同去江北的，可却要做出一番他毫不知情的无辜模样！

如此一来，这事的官方版本便成了：太子代帝北巡，太子妃张氏竟私自出宫易装随行，直到过泰兴之后，太子才发现张氏竟也在随从之中。太子大怒，狠狠地斥责了张氏一番，可事已至此，无奈之下也只能带张氏随行。

简单地说，太子形象将一直是光辉高大的，坏事都是太子妃张氏做的。

他当我傻？

齐晟当时只刚这么一说，我立刻便举了手反对。

齐晟却是眯了眯眼，不紧不慢地说道：“张氏早已有任性骄纵、肆意妄为的名声在外，再添上这一桩也不算什么，皇后那里看热闹还来不及，顶多是做做样子地斥责你几句罢了，只要我不追究，你怕什么？”

啊——呸！

这事若要是真这么做成了，就将成为张氏太子妃职业生涯上的一个污点，这是要记入档案的啊！你现在说不追究，日后你要是变了卦，我找谁说理去？

“不行，不行！”我赶紧摆手，“就我这模样，穿了军衣也没人信啊，如果有人要查我的身怎么办？我能让他查吗？”

齐晟目光深邃，默默地看了我片刻，说道：“我给你一张我的手令，这样你可是能放心了？”

他如此说便是看破了我的心思，不过这也不怕他什么。我点了点头，笑道：“若是如此，我心中稍稍能踏实些。”

齐晟扯着嘴角嗤笑一声，又沉声吩咐：“一个侍女都不能带，只你一个人。夜里你想法将绿篱支开，我叫人来接你，安排你趁夜登船。”

于是乎，当天夜一黑我就把绿篱支到行宫内的佛堂里去替我诵经一宿。

绿篱问我要向菩萨求什么，我看着绿篱那期盼的小眼神，违心地说那就求齐晟能对我情深义重，不离不弃。

绿篱听了二话没说，带了大把的香烛经卷，精神抖擞地出了殿门。

宫门落锁前，我随着一个小太监模样的人偷偷地溜出了行宫，在宛江边由一艘小舟渡着，上了齐晟的主舰。

在底舱里猫了半夜，终等来了齐晟登船的时刻。

主舰上的炮火轰轰地放了几十响，然后船便缓缓离了岸，往江对面的泰兴城而去。

泰兴，南夏江北第一大城，与阜平一北一南夹击宛江互为依存，跨越宿襄两州，控扼南北，自古以来为兵家必争之地。成祖初平三年，南夏大军岭南平叛之后立即挥军北上，就是在此北渡，困泰兴，攻豫州，与麦帅的江北军一南一北两路夹击北漠南侵大军，终得光复江北。

张氏祖父护国大将军张生就是于此战中发迹的。据绿篱说，时任江北军骑军统领的张生奉麦帅令强攻豫北关塞，两千骑兵几番进退，打得只剩下了几百，这才强攻下了敌营。从那以后，军中再无人敢轻视这个姓张的跛子。

没错，如此一员勇猛神武的战将却是位残障人士，实在让人大跌眼镜。我曾在张家看到过张生几幅年轻时候的画像，都是在马上的，看着是个面容英俊身姿矫健的马上将军。

从他身上也再次证实了老人们常讲的那句话："跛子爱骑马，龅牙爱打扇。"

我正胡乱寻思着，船舱里有人进来了。我回头看过去，发现正是带我出宫的那个姓李的小太监，只不过此时已是换作了侍卫打扮。

李侍卫先小心地冲我行了个礼，递过来一套侍卫衣服，低声说道："娘娘，殿下有令，一会儿到了泰兴码头，叫娘娘扮作侍卫随着小人下船，千万不要叫人识破了身份。"

事到如今我也没得选择，只能听话地再次变装，用白布将胸口缠紧后，小心地将齐晟给我的那纸手令卷成了细卷，塞了进去。

船又行得片刻，便到了泰兴城外。泰兴城守杨豫带领众多官员早已在码头等候多时。鼓乐声中，齐晟被众人迎上了岸，上马往泰兴城而去。

我跟着那李侍卫混在人群之中趁着乱也下了船，刚提心吊胆地走了没两步，忽闻有人在一旁失声惊道："娘——啊！你怎么也来了？"

我抬头，果然见杨严正立在不远处，目瞪口呆地看着我。

我冲着他嘿嘿一乐，问道："你这是管谁叫娘啊？"

杨严明显地噎了一噎，没有答话，抬脚就往我这边走了过来。

身后的李侍卫忙凑近了我身边低声说道："娘娘，此刻万不能多生事端！小人看咱们还是先避一避，不要与他纠缠的好。"

我一时没多想，跟着李侍卫急忙向人群里扎，只想着趁乱躲过杨严去。谁知杨严却偏不肯放过我，一边扒拉着身前碍事的人，竟在后面追了上来，嘴里还兀自叫着："等一下，等一下。"

等你个老母啊！我心里暗骂着，脚下却迈得更快。李侍卫带着我在码头上绕了个大圈子，最后又兜回了江边，眼看着杨严还在后面死咬着不放，干脆带着我跳上了一条停在江边的小渔船，急声吩咐那渔夫道："船家，快些开船！"

那渔夫立刻手脚麻利地扯开了拴船的缆绳，小船顺着江岸顺流而下，顷刻间就划出了老远。

杨严晚到了一步，在江边急得跺了跺脚，还犹自不死心地冲着我招手，高声叫道："回来，快回来！"

我心里大乐，也冲杨严举高了胳膊，比了比中指。

杨严见了精神一振，手挥动得更加卖力起来。

江面有风，船速极快，行了一会儿不见杨严追上来，我终于松了口气，转回身看那李侍卫，问："咱们怎么着？是转回去，还是找个别的地下船？"

李侍卫言辞恭谨，神色镇定，答道："这会子转回码头怕是不太周全，不如找个隐蔽的地方下船，再转去泰兴去寻殿下的好。"

我想想也是这么回事，便点头道："还是你考虑周详，就这样办吧。"

舟子在船后淡定地摇着橹，对我与李侍卫之间的对话充耳不闻。我觉着有几分诧异，不禁又多打量了那舟子两眼，待目光落到他脚上，却是不由得一怔。好一双白白嫩嫩的大脚片子，与他那黑红的面色形成鲜明的对比！

此人绝不会是个整日光着脚的打鱼人！

我心中一突，又抬眼去看那李侍卫，他仍立在船头，手按长剑，抬眼扫量着江边。这样警觉小心的一个人，却对身边的舟子毫无戒心……我想了一想，立时便觉得头皮发紧，后背发凉。

我强撑着走到船中靠边坐下，装模作样地用手扇了扇风，叹道："今儿这天可真热啊！"一边说着一边脱下了脚上的靴子，也不顾李侍卫与那舟子惊愕的目光，连带着脚上的袜子也一并扒了下来，又抬头看李侍卫，"怎么？你没觉得热？"

李侍卫忙转过身避过了视线，摇了摇头。

他这一举动却叫我又犯了嘀咕，齐晟若是想要害我性命，按理说不该派这么一个面皮薄的人啊。难不成是我疑心太重了？又或是他跟那舟子不是一伙的？

我一时有些犹豫，这水到底还要不要跳？谁知这一犹豫可不要紧，差点连小命都丢了。就这么一个面皮薄的人，出手倒是极为又快又狠，我再反应过来的时候，这小子的剑尖已是到了我的面前。也幸亏我坐得靠边，不及多想便仰身向后翻了过去，饶是这样，还是觉得胸口处一阵刺痛，已是挂了彩。

水中立刻泛出红色的水花出来，我顾不上许多，憋足了一口气潜在水下拼命地向远处游去，只隐约听得船上李侍卫气急败坏地嚷道："赶紧把尸体捞出来，她身上还有太子的手令，千万不能落到别人手上。"

我下意识地用手摁了摁胸口，见那卷手令仍在，更加拼命地往江边游了过去。

难怪齐晟那厮突然要带我出宫北巡，还瞒得这样严实，连绿篱都不许我告诉，原来，竟是存了要杀人灭口的心思！

想想，他这步棋下得可是真绝。杨严前几天邀我偷偷出宫绿篱可是知道的，刚才在码头之上，那傻小子四处追着我跑估计也有不少人看到，待我真死在了这宛江之上，日后皇帝追查起来，十有八九会成了杨严骗我出宫予以杀害。

杨严为什么杀我？自然是想张家二姑娘能嫁给他的九哥楚王殿下，好叫偌大的张家势力归入楚王阵营。

好大一盆脏水，都泼去了茅厕君身上！

事后总结：

第一，人不可貌相，齐晟果然不是个好玩意儿；

第二，人不可貌相，杀手也可能是见了女人就脸红的纯情男；

第三，人不可貌相，身为女人，“事业线”深了果真是大有好处！

幸得这段江流平缓，江边还有大片的芦苇荡可以遮人身形。我以前武侠小说看得不少，生怕船上那李侍卫再真是什么武林高手，在我背后再来一镖什么的，所以只闷着头往芦苇丛里钻。

在芦苇丛中东突西拐地转了许久，再跳下了水，小心地逆着江流往上游游去。

我琢磨着吧，经我这番虚虚实实地遮掩，对方定不能再寻到我的行踪，谁知这世上偏有傻人，只知道守着一个地方傻等，可老天偏偏还就眷顾这傻人，就让他等着了。

我没觉得自己是自作聪明了，只觉得是老天真不开眼！

游了这许远，我连上岸的力气都没了，干脆一屁股坐在了水里，冲着岸上的杨严喊道：“过来拉我一把！”

杨严嘿嘿地乐了一乐，利索地脱了靴子挽了裤脚，蹚着水走到我面前，用双手撑了膝盖，弯着腰看我，很是得意地对我说道：“我就知道你还得回来寻我！”

老子要是知道你还在这里，咬牙也得游过江去了！

我还喘着粗气，没理他的茬，只是冲他伸出了手，“拉我起来。”

杨严拽住了我的手，一边拉我一边嘚瑟道：“九哥说得对，做贼就会心虚，不用我们做什么，齐晟自己就会先乱阵脚。就你这女人傻，还把他当好人，傻啦吧唧地换了装跟他过江，他要真想带着你，法子多了去了，用得着……”

我本就因为自己这么轻易地上了齐晟的当而懊恼，听他还没完没了地揭我的短更是恼羞成怒，忍不住使了吃奶的力气扑向杨严，掐住他的脖子就往水里按。

杨严最开始没提防，倒是喝了两口水，反应过来后腰间一拧就把我压到了底下。

我死命地挣扎，却不能撼动杨严胳膊半分，这就是力量的差别，这就是男人和女人的差别。

杨严摁着我，怒道：“你这女人怎么喜怒无常的，又发什么疯？”

我一好好的大老爷们，到这儿竟然就成了喜怒无常的女人！我突觉得心中悲愤异常，似压了一团恶气在胸口，四下冲突却怎么也寻不到出口，只憋得心胸欲裂一般，只能回头吼道：“我就是喜怒无常，我就是发疯，你当老子愿意做这个女人？”

杨严被我吼得一愣，手下的劲不自觉地收了些。

我终于挣脱了他的手，胸中那股气却也翻腾而上，化作一股热浪直逼眼眶。我不想让杨严这小子看轻了自己，干脆转了身一头扎进了水里。

过了一会儿，杨严提着我的衣领把我拎出水面，歪着脑袋看了看我，低声问道："你哭了？"

我默默地瞥了两眼岸上，然后瞅杨严，"和你这么个蠢货搭伙，我能不哭吗？"

杨严皱了皱眉，神色疑惑地看着我。

我冲着他身后抬了抬下巴，问："哎？你一个能打得过他们这许多吗？"

杨严愣了下，急忙回身，岸上那十余个执刀的黑衣人已经散成了扇形，一步步地向着岸边逼压了过来。

杨严眼睛瞅着他们，口中却是问我："你还能接着游吗？"

我想了想，回答："还能游一阵。"

杨严缓缓地点了点头，转过脸来用前所未有的真诚的目光看着我，问："那么再多带上一个人呢？"

我怔了怔，这才明白了杨严的话。你大爷的！

我转身就往后江里跑，一边跑一边叫道："杨严你个傻叉，还愣着干吗？还不快跑！"

杨严几步冲到了我的身边，扯着我的胳膊就往江中狂奔，一边跑一边还不忘嘱咐我："我会点狗刨，就是游不快，你在前面带着我点就行！"

说着就死死地扯住了我的腰带不松手。

我无奈，在空当和他商量："咱能别这么抓吗？我把腰带解了，你抓着一头成不？"

杨严想了想，松了手。

我忙把腰带解下来，一头系在自己胳膊上，一头扔给了杨严。

后面的黑衣人也已下了水，里面似也有会水的，竟然追了过来。

我深吸了一口气，拼了老命地划水，却意外地发现后面的阻力极大，让我几乎动不了地方。

我回头，果不其然地看到杨严也在后面拼命地划着水。

我气急，怒喊道："杨严你丫能装死别动吗？"

杨严身子僵了僵，终于停止了挣扎，身体反而浮上了水面。

我转回身再划水，速度果然快了许多。

待游到江中，水流愈加湍急起来，我双臂似灌了铅，每一次扬起都得使出十分的力气。即便如此，身子还是不由自主地顺着江水往下游漂。

就听杨严扯着嗓子在后面给我鼓劲："坚持，再坚持一会儿！"

我连回头都懒得回了，干脆停下了身，一边踩水一边解胳膊上的腰带扣。

后面杨严的声音一下子高昂了起来，"哎？你干吗？你不带这样的啊，做人得守信用讲义气啊！"

我不理会他，仍低着头和胳膊上的腰带较劲，腰带已浸透了水，又是打的死结，这会子解起来十分费劲。

杨严换了个声调，继续喊："姐姐，姑姑，姑奶奶哎！你不能这样啊，你再咬咬牙，努把劲，我早就给九哥传了消息的，他一定会使船来接应咱们的，你这半道上把我扔了算什么事啊？"

我抽空子回头，"没事，你反正也会狗刨，沉不了的，你先顺着江漂，我要是遇到了楚王，就叫他沿着江找你。"

杨严身体在江面上沉沉浮浮的，一听我说这个立刻急了，"不成不成，没这种玩法，这天眼瞅就黑了，能找着才算奇了！"

我真心实意地劝他："我是真没劲了，再这么下去，咱俩都得玩完，不如你先在江里漂着，我过去送信，再说了，你全身放松点，只把口鼻留水面上，理论上是沉不下去的！”

“真的？”杨严问道。

我忙保证：“真的，真的！”

说着就把解下来的腰带松开了手。

后边的杨严顿时被水流冲出去了一段，杨严大叫一声，“姓张的，你别后悔……”话没说完，人已是消失在江面之上。

我心中终归是有些不忍，忙叫道：“后悔了我再去捞你！”

天色渐暗，我身体的力气也渐渐用尽，即便没了杨严的拖累，怕是也无法游过江去。此刻却有些后悔了，暗道刚才还不如不丢了杨严，不然就是沉了水底，好歹也有个做伴唠嗑的不是?

这样一想，身上的气力立刻又被抽去了两分。

眼瞅着就打算去找杨严的时候，却忽见江面上有艘大船越驶越近，远远地只望见那船上雕梁画栋，流光溢彩，映得船下清波漾漾，人影绰绰。

这样的船显然不会是刺客们用的，我心中一喜，只拼了老命向那船游了过去，还离得船老远，便扬着胳膊高声叫道：“救命啊，救命啊！”

船上立刻有人打了灯笼照了过来，冲着我晃了一晃，便回身冲着船里喊道：“公子，人找到了。”

我一怔，顿时忘了踩水，不小心又灌了两口水。

正忙乱间，眼前有根竹竿伸了过来，我抬眼，顺着竹竿看过去，穿一身天青色锦袍的杨严神清气爽地蹲在船舷处，大红灯笼的映照下，那张脸上贼笑嘻嘻。

杨严冲我抬了抬下巴，“哎？你顺着江漂得也不慢啊！”

我一口气堵在胸口，差点被气晕了过去。

杨严用竹竿敲了敲我面前的江水，问：“想上来不？”

我十分想骂脏话，可身体的力气实在是耗完了，这个时候一张嘴只能是再多喝几口江水罢了。

我不说话，发狠地瞪着杨严。

船舱之中又缓缓走出一人来，白色蟒袍，发束金冠，温声说道："杨严，别闹了，江水中凉，快些拉她上来。"

杨严却是回头说道："九哥，你不知道，这丫头可是在江中央扔了我，心狠得很，我怎么也得叫她多在水里泡泡再说！"

我听了这话觉得十分可笑，忍不住放声大笑了几声，这一笑不要紧，口里又是进了几口水，更是有水窜入了气管，呛得我眼泪直流。

我扬着脖骂道："杨严你个㞞蛋，老子辛苦带你渡江你不记恩，却只记得当时弃你之仇，你分明会水，却叫个女人为你拼得个力竭，你拍着胸口问问自己，若不是受你拖累，老子独自一人能不能游过这宛江？"

越骂越是觉得这世道可笑，我仰头又看向茅厕君，骂道："你也别来做什么好人，齐晟不是好东西，你也不是！你们几个，文不能定国，武不能安邦，只会对着个女人耍点阴谋诡计，你们还算是男人吗？你们身上零件都长齐了吗？老子都替你们觉得丢人！"

我拼尽全身最后的力气，拼力向上跃了一下，冲着船上骂道："啊——呸！"

再沉入水中时，我放弃了踩水，任着身体向江底沉了下去。

老子这个女人做够了！老子不陪这伙子王八羔子玩了！

再醒过来已是在床上，被褥松软，温暖干燥。我长长地叹了口气，转过头看立在床边沉默不语的茅厕君和杨严。

杨严张了张嘴，欲言又止。

我便坦言道："我就知道你们得救我上来。你们哪舍得我就这么死了啊，所以我得趁着那个机会狠骂你们一顿，过了那村就没那店了。"

杨严又张了张嘴，还是欲言又止。

我又爽快承认道："没错，我就赌这一骂一沉，你们心里没准还能觉得我性格刚烈，反而能对我高看一眼。"

杨严又是张了张嘴，终于问道："我只是纳闷儿，你为什么要自称'老子'，你就是称不是也得称'老娘'吗？"

我："……"

看着杨严那一双求知若渴的眼睛，我想了想，有些吃力地坐起身来，很是认真地问道："你不觉得'老子'二字比'老娘'更有气势一些？"

杨严奇道："真的？"

我郑重点头，"不信你就喊一喊试试，气势绝对不一样。"

一旁的茅厕君突然失笑出声，杨严这才反应过来，恼怒道："你耍我？"

"呀？"我惊讶地挑高眉毛，反问，"你才知道啊？"

杨严怔了一怔，眼瞅着就要恼羞成怒。茅厕君却是突然说道："杨严，你先出去，我有话要问她。"

杨严极为不甘，可又不好违了茅厕君之意，只能气哼哼地出去，临走的时候还冲我瞪了瞪眼睛，用食指指着我道："丫头你等着，有你好瞧的！"

对于他这种人，我都懒得用言语羞辱他，只不屑地撇了撇嘴，冲他比了比中指。

杨严手本已经扶到了门上，见此却又转回了身，见茅厕君看他，忙解释道："九哥，我再问她一句话。"

茅厕君没说话。

杨严便指着我问："你这手势什么意思？我见你码头上的时候就冲我比画这个，你说到底什么意思？"

我突然觉得这里的人真纯洁啊，这样浅显易懂的意思都看不明白。我调整了一下面部表情，很是诚恳地答道："这是问候的手势。"

杨严显然不信，"问候？"

我点头，"问候的，听说过诸葛亮和曹操吗？"

杨严想了一想，问道："听说以前有个穷酸秀才写过一本书叫《三国》的，讲几个国家征战的事，这俩是里面的人物吧？"

错不了了！这一定是某位先驱者剽窃了前世的文字来养家糊口呢。既然知道，那就好说了。

我一本正经地点头说："你可能没看过，我看过，诸葛亮和曹操都是里面的大英雄，受万人仰慕的。"

杨严听奇了，问："他俩用这手势打招呼？"

我强忍着笑，绷着脸上的面皮，说道："啊，不，是这么回事，诸葛军师吧，是个极好礼的人，虽然和曹操是敌对阵营的，可每次战场相逢都是先礼后兵。偏偏曹操又是个大孝子，所以诸葛军师就经常问一下曹操老母的身体。你也知道，战场上两军主帅离得又远，大声喊话也未必听得到，所以诸葛军师便想了这么个主意，远远地冲曹操比一比问候的手势，反正就这么个意思，叫他明白了就好。"

我这段话讲得极溜，连个磕都没打，要的就是以快取胜！直到说完了，杨严那里还没醒过味来，只有些惊讶地问道："还有这种事？"

茅厕君却是已沉下脸来，冷声道："行了，杨严！你先出去，我有话问她。"

杨严见茅厕君突然沉了脸，不敢再多说，忙就带上门出去了。

舱中只剩下了我和茅厕君两个，茅厕君不说话，只用探究的眼神看着我。我心里突然冒出一句话来：咬人的狗不叫！

不行！越是这样的狗越得加倍提防，省得叫他冷不防地咬你一口。

正这样想着，突然听茅厕君淡淡问道："要什么条件你才会说出真话？"

我垂下眼皮，漫不经心地打量着身上崭新的鹅黄色绸衫，问："我身上的手令呢？"

"已经被水浸得模糊了，扔了。"茅厕君答道，一撩袍摆在桌旁坐下了，又问，"说吧，什么条件？"

好大的口气啊，说得好像不论我提什么他都能满足一般。我不由得冷笑，反问他："你能给我开什么条件？"

茅厕君默默看我片刻，答道："平安康泰，衣食无忧。"

我原本以为他会许我荣华富贵之类的，不承想却是这几个字，一时不觉有些愣怔。简简单单八个字，却正是我现在苦求而求不得的东西。

茅厕君问："怎样，可能换得你一句真话？"

我点头，"能，但是你拿什么来取信？别和我说你也要给我一纸手令。"

奶奶的，吃亏上当一次就足够了，茅厕君这回就是给我张防水油布的手令我也不信了！

茅厕君笑了笑，说道："既是我给的，我若想夺，无论什么都能再夺回来，你与其信物，不如信我。"

我认真地想了想，看着茅厕君的眼睛说道："那好，我信你，我的确不是张氏。"

茅厕君嘴角含笑，说道："我从第一次见你起便知道你不是张氏，我想问的是，"他话语略有停顿，身子也微微地前倾，看着我的眼睛问道，"你到底是什么人？"

哈！还盯着我的眼睛问这话，小子，你不就是想分辨出我说的是真话还是假话吗？可惜你却要失算了，老子前二十年交了无数个女朋友，别的没做，光练怎么睁眼说瞎话了！

我没躲避他的目光，面上挤上些许凄惨之色，缓缓答道："我小时候的事情不记得了，从记事起就是被一个拐子养着，直到去年初，一个贵人买下了我，关到一处教养了半年多，然后就送进了东宫。"

茅厕君沉默片刻，突然问道："那拐子姓什么？"

我早防备着他问这个，听了神色自若地答道："姓司。"

茅厕君若有所思地看着我。

我想了想，便又说道："你不如直接把我交给张家去辨真假，毕竟张氏亲娘还活着呢，总得知道自己女儿身上有什么记号。"

茅厕君笑了笑，没说话。

多说多错不说不错，我干脆也闭上了嘴。

船舱里顿时又静了下来，只听得外面隐约传来江水击打船舷的声音，船的摇摆渐渐变大，像是江面上起了风浪。

茅厕君见我看向窗口，轻声解释道："前面就要到九曲峡了，江流急一些。"

突听得船舱外一阵急促的脚步声，紧接着舱门便被杨严推开了。杨严几步迈了进来，面带急色地说道："九哥，前面有阜平水师的船舰，把咱们给拦下了。"

灯光之下，就见茅厕君轻轻地挑了挑眉梢，冲我说道："来寻你的。"

我一时更是摸不透齐晟的心思了，太子妃私自出宫，深更半夜的却在九皇子的私船上寻到了。这是给我创造出轨的机会，然后再带人来捉奸？齐晟他这得有多热爱那顶绿意盎然的帽子啊？给别人戴了还不算，还非得自己也试试？

难不成是和留守盛都的那个赵王有着相近的爱好？

脑子里有些乱，捋半天捋不顺，不过却有一个念头一闪而过：这个时候，若是茅厕君把我捆结实了，再坠块石头，然后趁着黑往江里那么一顺，他就彻底清白了。

想到这我不觉有些心惊，忙扫了茅厕君一眼。

他也在看我，似是看透了我的心思，淡淡说道："我既许诺了你，自然就会守诺。"

说完便起身而出。

杨严在后面担忧地看了我一眼，忙跟在后面也出去了。

我坐在床上把茅厕君那句话翻过来倒过去地嚼了几遍，到底不能全信了他，心道与其坐在这里等着最后的结果，还不如自己出去看上一看，好歹也不算是两眼一抹黑了。

这样想着，干脆便爬起身来，又小心地把晾在一旁的那身水军军衣穿好。原本合身的军衣，现在突然觉得上身有些紧，我开始琢磨这是因为泡了水，缩水了？后来低头看了看自己胸前这才明白过来。

因为胸前受了点剑伤，裹胸布早就给剪了，重新绕着伤处包扎了白色绫带，不过看手法一定是没干过女扮男装的事，绑得是极不专业，压根儿就掩不住女子的身形。

眼下顾不上这许多了，幸好又是夜里，估计不仔细看也看不太清楚。

我这样劝着自己，偷偷摸摸地摸出了船舱。

阜平水师的几艘战舰就在这船前面不远处，隔了不过几十丈远。与这画舫似的游船不同的，那战舰上除了照明的灯笼之外，还点了许多的火把，将那甲板上照得如同白昼一般。

就见当中主舰的船头上，太子齐晟黑衣银甲按剑而立，眉宇间冷凝如霜，煞是威武，煞是英俊！煞是傻叉！

哈！这小子绝对没带过水军，上了船还要穿这种甲，这是生怕自己落了水做不了秤砣是不是？等着，你等着，只要老子逮着机会，非得一脚把你也踢江水里泡泡不可！

茅厕君还站在船头与那边打着官腔，那战舰却缓缓地逼压了过来，然后便听到那边船头上突冒出一声撕心扯肺的喊声，“小姐！小姐！”

我身体一僵，顺着声音看过去，就见绿篱从那边船舱之中冲了出来，一边与上前阻拦的士兵撕扯着，一边带着哭音冲着这边喊道：“小姐，小姐！你在船上吗？你在船上吗？”

娘啊！这小姑奶奶怎么也跟着来了？

我气得直想跺脚，哎呀呀，这不是跟着添乱嘛！要不说添上女人就容易坏事呢！

正着急上火呢，杨严不知什么时候摸到了我身后，一手捂了我的嘴，一手勒着我的腰把我悄悄地往后拖了去。一直掩身到船后舱的背光处他才停了下来，凑到我耳边低声说道：“水军要上船搜查，我带着你躲到水下去！”

我一急，冲着杨严的手就狠咬了一口，怒道：“你找死也得拖着我啊？这里江流这么急，下去就得被冲没影了不可！”

杨严很是得意地扬了扬眉，笑道：“那是你，有我在，江龙王也没招。”

我不信，杨严这厮的话绝对没有可信度，他今儿白天还说自己只会狗刨呢，这到了晚上就成浪里白条了！谁信啊！

杨严却不管我答应不答应，背过身去一面飞速地脱着自己身上的衣服，一面催我，“快点，把身上碍事的都扔了。”

杨严赤裸的脊背瘦削却肌肉紧实，这个时候要是被齐晟的人逮住，那可真成了捉奸成双了！

杨严一转头看我还呆站着，奇道：“哎？你想什么呢？”

我想什么？我脑子里想的事多着呢！马上就要乱成一锅粥了！

今天这场大戏到底是谁的总导演？是齐晟还是茅厕君？他二人来得都不慢，分明都是早有准备。问题是到底是谁算计了谁？两边既然都是贼船，我上哪边划算些？

齐晟那边虽是名正言顺的，可众目睽睽之下啊，我若是就这样被人从茅厕君船上搜了出去,这身清白也要不得了,以后的职业生涯也全毁了。

茅厕君这条船呢？又坐不坐得久？一个窝里孵出来的蛋，他又能好到哪里去了？

两条船越靠越近，对面军船上已经向这边伸出了钩索。

杨严把脱下来的衣物胡乱地系成了个疙瘩，顺手就丢进了江里，又回过身低声催我，“快点，别装害羞的了！我带着你游到船底去，万不能让齐晟找到！”

前面船头上，茅厕君怎样应答齐晟的听不清楚，只能听到绿篱的呼喊声依旧能感天动地。

我心中猛地一个激灵，不论待在谁的船上，总比跟着杨严到水里去的好！我趁着杨严一个不注意，向外猛推了他一把，转身就往船头上跑。

那边，齐晟刚踏上了这边的甲板，茅厕君在离他三步远的地方躬身行礼，口中恭敬叫道：“三哥。”

我几步冲了上去，趁着众人还没醒过神来，人已是扑到了齐晟身前，然后也如绿篱一般拉着长音地高呼了一声，“殿下——”

这一句一喊出来，什么心理障碍也没了。

我做出惊慌无比的姿态，用双手紧紧地扯住齐晟衣服，哽咽地说道：“有人要杀我，我落了水，是楚王殿下的船救了我！”

说完，便似再也说不出一句话来，只一个劲儿地发着抖。

齐晟手臂抬起，稍稍在空中停滞了一下，便落到了我的肩上，把我用力地揽入了怀里。

我心里腻歪得直长毛。老子要不是觉得你这艘船还大还稳当点，才不会这般辛苦地做戏。

就听得茅厕君在我身后语带歉然地说道：“三哥，三嫂深夜流落在外，臣弟恐损三嫂清誉，刚才不敢在军前声张，望三哥恕罪。”

齐晟轻轻地点了点头，低声道：“无事，她平安就好。”

都是实力派演员，最佳女主角铁定是我了，只是不知道这最佳男主角会花落谁家。

正这样想着，一直是最佳女配角的绿篱同志跟在后面也过了船，见到我便直扑了上来，又哭又笑地叫道：“小姐，小姐，真好，您没事真好！”

我赶紧趁着这个机会从齐晟怀里挣了出来，转过身真情实意地搂了搂绿篱，低声笑道：“傻丫头，我能有什么事？我命大着呢！”

绿篱边哭边点头，抹了抹眼泪正要张嘴说话，却忽地脸色大变，惊叫一声，猛地将我搡向一边。我被她推了个不提防，一屁股坐倒在甲板之上，再抬脸看过去的时候，绿篱身前已经插了一支黑色短箭，身体正缓缓地向后倒去。

因是刚过了船，她的身后就是船舷，那下边是漆黑而湍急的江水。

我顾不上许多，扑了过去将将拽住了绿篱的一角衣摆。

漆黑的江面上突然冒出来许多轻巧的小船，柳叶一般地漂浮在水上，每艘船上都伏了不少的黑衣人，手执弩箭都是对准了这处船头。身后的甲板上箭如雨下，早已经乱了套，对面的战舰上和这船上的护卫急忙引弓还击，可大船在明小船在暗，敌我伤亡不成比例。

齐晟贴身侍卫早就团团地将他护住，挥动着兵器将弩箭一一挡开，就连茅厕君身前也挡了两三个人。

我独自趴在船头，手中死死地扯着绿篱的衣服，回头冲着人群大喊："快来救人，快来救人啊！"

没人理我，没有一个人理我。

绿篱的身体死沉死沉的，我另一只手死命地抓住了船舷，可自己还是被她拖得慢慢向船外滑了去。

减肥，减肥！若是能活着离开这船，我非得要这丫头减肥不可！

齐晟身边的侍卫一个接着一个地倒下，那圈子渐渐地稀疏了下来，齐晟终能看到了我，他挥剑斩飞一支弩箭，怒声喊道："松了她，躲到我身后来！"

若不是我得咬着牙绷着劲，没法喊出那声"呸"来，我早就啐他一口了。你们能不男人，也当老子像你们一样不男人？

绿篱呻吟了一声，睁眼看向我，喃喃道："小姐，您松手吧，绿篱没白跟您一场。下辈子您还做小姐，绿篱再做丫鬟来伺候你。"

我身子大半都探出了船外，这下连甲板上的情形都看不到了，听绿篱咒我下辈子还要做女人，忍不住骂道："快省省吧，你下辈子才做小姐呢！"

绿篱误解了我的意思，感动得泪水涟涟，哭着说道："不，不！您还是小姐，绿篱还是丫头，绿篱伺候您！”

若不是看在你替我挡箭的分儿上，就凭你这句话，我真想松了手！

再往下滑，我那只扒着船舷的手上已是无法承受我和绿篱两个人的体重，眼看着就要抓不住了。这时候，身后突然有人一把扯住了我的腰带。就听齐晟在后面喝道：“松手！我拉你上来！”

我转头看向齐晟，灯火的掩映下，我盯着他的眼睛，一字一句地说道：“这是一条人命。”

齐晟愣了一愣，绷紧了唇角，努着劲儿把我和绿篱一起往船上提。

茅厕君也从一侧探下身来，伸手拽住了我手下的绿篱，沉声道：“你松手，我拉她上来。”

我手上仍是死死地抓着绿篱不放，只转头看向他。

他也看着我，目光沉静，道：“信我。”

我这才放了手，由着茅厕君把绿篱接了过去。

这样一来，齐晟手上的负担一下子少了小半，顿时轻松起来，三两下就把我拉上了甲板。甲板上站着的人没剩下几个，不过那弩箭的密度也小了许多，几艘军舰已经去追逐那些柳叶舟，形势开始逆转。

我爬着上前去查看绿篱的伤势　幸好没有伤到要害之处，估计不会有性命之忧。我不由得松了口气，还没等安慰绿篱几句，这边甲板上却又风云突起。

不知什么时候，一艘柳叶舟竟躲过了军舰阻拦，直冲到了这边船下，几个黑衣人如黑鹞子一般从小船上跃起，提刀冲着船头猛扑了过来。

我心中一紧，一把将绿篱摁倒在地上，低声喝道：“趴着装死！”

说完自己却从一旁侍卫的尸体上摸了把刀攥在手里，起身迎了上去。

齐晟和茅厕君都与黑衣人交上了手，我双手握紧了刀把站在圈子外，不时地随着他们跳跃着，四处寻找着下黑手的机会。

齐晟气得不行，抽空子转头骂我道："一边躲着去，你跟着添什么乱！"

话音未落，那边与侍卫打斗的黑衣人一刀劈倒了侍卫，突然向我这里扑了过来。

我这里便宜没捞着，反而被别人下了黑手。我本能地双手举刀相迎，不承想那人刀上的力道却是极大，我只觉得双手一麻，手中的刀便被震飞了。

黑衣人又一刀砍了过来，我只能往后仰身避了过去，却忘记自己身后便是船舷，这一倒竟然倒了个空！完了，爷爷的小命要交待在这里了。

生死之际，眼前的一切似都被放慢了，眼睛看得格外清楚。

绿篱惊叫着，挣扎着从甲板上爬起。

齐晟与茅厕君齐齐地转过头看我，与他两人交手的黑衣人不约而同地趁机挥刀劈了过去……

齐晟眼中的犹豫之色一闪而过，终是转回了身，接下了黑衣人的那一刀。

茅厕君眉头微微皱了皱，微微侧身避过了后背要害，却未停下向我扑过来的脚步，探过身来一把抓住了我的胳膊，手上用力一提，腰身反转间，已将我护在了怀里。

下落之中，就听得他低声在我耳边说道："我既许诺，便会重诺。"

我有些怔怔的，万般滋味齐齐涌上了心头。

直到扑通一声，两人一同落入水中，在江水没过头顶的刹那，我却只想问他一句话：你丫可会水吗？

很快我就发现，茅厕君会不会水都不重要了。

江流很急，打着旋地往前蹿，眨眼工夫就被冲出去了老远，有再好的水性也没什么用，能做的就是尽量地闭着气，千万别呛水，也别被灌，然后趁着冒头的工夫赶紧换口气。

再冲一段，江面陡然变窄，已是进了著名的九曲峡内。

九曲峡，江弯九曲，滩多水急。

江中突然有了暗礁，我与茅厕君被江流卷着，时不时地就要撞上一个。茅厕君把我整个人都护在了怀里，双手护在我的脑后，用自己的身体迎向一个又一个礁石。水浪之中，我能清晰地听到他被撞时喉咙间发出的闷吭声。

我很清楚，再这样下去不是办法，现在虽然他还能抱住我，可下一秒钟他就可能被撞晕了而松开了手臂。我想了想，用力地伸出双臂去，环住他的脖颈，然后也用手护住了他的头和脖子，同时，双脚盘上了他的腰，尽量用腿挡住他的肋下。

顿时，两人之间紧得连点缝隙也没有了。这姿势还真是要多暧昧有多暧昧。老子自己都觉得不好意思了。

茅厕君显然还没被撞晕，有些惊愕地看了我一眼。

我趁着两人脑袋都被冲出水面的工夫，冲着他耳朵大声喊道："咱们开个赌，看谁先撞晕过去。"

茅厕君满头满脸的水，竟然还咧着嘴笑了笑，说："好，我赌是你。"

我张了嘴刚想反击，忽地一个大浪拍了过来，两人顿时又沉入了江中，我赶紧闭了嘴，闭着气等着下次再出水面的机会。

可这次却连连被卷入漩涡之中，半天出不了水面。我闭气已经到了极限，只觉得肺里憋闷欲炸一般。明知道四周都是水，还是不由自主地想张嘴呼吸。我的腿再也顾不上护着茅厕君了，只拼命地向下踩水，恨不能立刻透出水面换气。

正垂死挣扎间，嘴却突然被两片温软的唇瓣堵住了，一条灵活的舌探了过来，强势地顶开了我的齿关，紧着一股醇厚的气流从那边缓缓地度了过来。

我傻眼了，明明已经快要憋死了，竟然还忘了吸气。

因为还在水中，茅厕君察觉出我的呆滞，可能是以为我憋晕过去了吧，手上使劲地压了压我的后脑，唇上更用力地贴了过来，竟然试图想往我嘴里吹气。

我第一个念头就是这小子肺活量真好！这个时候竟然还敢给我做人工呼吸！

很快，我就清醒过来，眼下都生死难料了，还想那么多事恶心自己干吗？就当他是个人高马大的美眉不就得了？我如此劝着自己，干脆也抱紧了他，自动自觉地从他嘴里吸过点气来。

有了这半口气的支撑，我终于坚持到了再次露出水面。

两人的嘴同时分开，都张开了大口地喘着气。好容易呼吸都平复了些，我琢磨着得对他说声谢谢，可转头间嘴唇却无意间擦过了他的唇，不知怎的，我心里竟是一惊，一下子便呛了口水，顿时剧烈地咳嗽起来。

茅厕君伸手给我拍着后背，问："没事吧？"

我不知道该如何回答，也幸亏前面的江流忽地又变急了，我们被水流带着向前冲去，再顾不上说话。

这里是九曲峡的最后一曲，也是最为凶险的一处。虽然两人都尽力地躲避着礁石，可还是擦上了几个，最后一个撞得最狠，茅厕君闷吭一声之后，便缓缓松开了一直紧紧抱着我的手臂。

好吧，我赌赢了，茅厕君先昏死了过去。

天还黑着，我看不清他伤在了哪里，只能继续紧紧地抱住他，顺着水流继续漂。

再往下走，江面终于变宽，水流也缓和了下来。又漂了一段，江面上全然不见了刚才的暴怒之势，竟似含羞的少女，在月光下泛出莹莹的光芒来。

我松开了手脚，只用一手揽住茅厕君的脖子，然后仰在江面上，静静地顺着舒缓的江水慢慢地漂着。

江面上很平静，我心里却是波澜起伏。

我想，这个时候只要我松开了手，茅厕君就再也不会是我的威胁了。我能回头去找齐晟，然后继续扮演着太子妃张氏，直到齐晟登基为帝，然后我便挑上几个貌美的宫女，再带了绿篱，找个不碍眼的宫殿，在里面混吃等死一辈子。

倒也能算得上“平安康泰，衣食无忧”。

我的手松了又紧，紧了又松，最终还是没能放开茅厕君。

我怕我这一放手，顺水而走的不只是茅厕君，还有我自己的良心。

漂了大半夜，天都快亮的时候，我们终于在一处缓滩上靠了岸。我手脚已经麻痹得不似自己的，可还是把茅厕君也拖出了水。

江边都是山林，我选了个避风的地方，将茅厕君放平在地上，仔细地检查了一番。身上的擦伤瘀青是数不过来了，背后靠近肩胛骨的地方还有一处不浅的刀伤，伤口都已经被江水泡得发了白。

幸运的是四肢倒不像是有骨折的地方。我又小心地摸了一遍他的肋骨，也好，好像也没什么大事。

我松了口气，琢磨着得给他包扎一下伤口。可再低头一看，他身上早已经被尖利的礁石划得衣衫褴褛，连条绷带也撕不出来了。

倒是我身上的衣服还好点，尤其是里面的鹅黄缎衣，撕巴撕巴倒是能用。我脱了衣服，挑着好地方撕下来给茅厕君裹上了，这才看自己身上。倒是比茅厕君好了不少，胸前的剑伤本就不深，又曾敷过药，虽然被水泡了，可也不觉如何。剩下的就是只在手臂和腿上有些擦伤和瘀青，都不算什么大伤。

茅厕君一直在旁边静静地躺着，虽没醒过来，但是呼吸却还算平稳，我现在怕的就是他伤口发炎，然后再引起高烧。结果怕什么来什么，没一会儿的工夫就听得茅厕君的呼吸渐渐急促了起来，他身上明明极热，牙齿却咯咯作响，四肢都往一起团，嘴里也含混地叫着冷。

我蹲在他身边，默默地看着他，犹豫着到底是把自己脱光了去焐他驱寒，还是先想法给他降低体温，也不知道到底哪一招更管用。最后，我放弃了俩大男人抱一块儿取暖这种尝试，老老实实地从江边用布浸了冷水来，给他物理降温。

直到太阳升起来老高，茅厕君的体温才渐渐降了下去，我终于松了口气。又过了一会儿，茅厕君睁开了眼，却是不说话，只默默地看着我。

我又开始担心他刚才是不是把脑子烧坏了。

茅厕君突然嗓音嘶哑地说道：“你让我很意外。”

我拍了拍屁股上的土，转过身去翻着那堆破破烂烂的衣服，随口答道：“你做的一些事也挺出乎我的意料。”

我试图找一件还能穿上身的衣服来，可翻了半天也没找到，最后只能咂咂嘴，挑出些破布条子来，先把两个脚底板子裹上了。

茅厕君瞧了，又是一阵沉默。

我转回了身，眯着眼睛打量茅厕君片刻，真心实意地说道：“经过昨夜之变，不管你是出于什么算计，我们总是共过生死了一回，我诚心地劝你一句，你还是消了争皇位的心比较好，不然早晚也是个死字。”

茅厕君强撑着身体半坐起来，斜睨着我，冷笑着问：“你凭什么这样说？”

我走到茅厕君身旁，盘着腿坐下，说道：“兵权！你虽是得宠的皇子，但是你手中却没有兵权，而齐晟手中却有。他是太子，成祖钦定的太子，即便就是皇帝不喜他，只要他不谋逆，皇帝为了朝廷的稳定也不会动他。”

这也是我之前决定继续跟着齐晟打工的原因，当今的皇帝虽然性子软绵了点，却并不算昏君，一国储君，哪里是说废就废的！

茅厕君不说话，只冷冷地看着我。

我觉得自己胸怀坦荡，也不需要躲避他的视线，便也对视着。

最后倒是茅厕君别过了视线，淡淡一笑，说道：“你当我不争便能平安了吗？他们一步步逼着我走到了今天，争了或许还能有一线希望，可不争就只能等死。”

再往下说，我觉得自己也没有什么发言权了，干脆也不再说。只又站了起来，说道：“肚子饿了，你先在这里等着，我去看看周围能不能找点吃的，然后再想法从江边打点水回来。”

我说完转身欲走，茅厕君却突然在后面叫道：“哎——”

我停下身回头看他，他看了我一眼却微微侧过了头，这才又接着问道：“你不害怕？”

我忽地想笑，命都从江里捡回来了，还能有什么好怕的？

我笑着摇了摇头，转身去寻吃的。在四处转了转没抓到什么吃的，干脆又返回了江边，合计着不如从江边上捞几条鱼的好。

结果不承想却在河滩上捡到了好大一条“鱼”。

我有些不敢相信自己的眼睛，揉了揉眼睛才试探地走上前去，小心地将那人翻了过来，看了看脸，顿时吓了一跳，真的是齐晟！

更叫我想不到的是齐晟竟然还缓缓睁开了眼，眼神清醒地向我看了过来。

我脸上表情僵了那么几秒钟，忽地就嘿嘿地笑了，瞄了一眼齐晟身上的铠甲，笑问道："你是不是因为穿了铠甲，所以才漂得比我慢了许多？"

齐晟看着我，半晌没说话，然后开口第一句话就是："你衣服呢？"

这都什么时候了，你还问我衣服。衣服？衣服都被撕成了布条裹你兄弟身上呢！

不过，齐晟的脸色并不好看，我没敢说，只转移话题道："你怎么也落水了？船上情况怎么样？哪一方赢了？啊！对了，绿篱怎么样？"

其实，这就是个技巧，当你不知道该如何回答对方的提问时，一个很好的办法就是你一连气地提出几个问题来，叫他一时顾不上再问你。

齐晟只回答了最后一个问题，"绿篱应该没事。"

说着便坐起身来，单手解自己身上残存的铠甲。那套铠甲已经不全，看样子齐晟在水中的时候已经脱下了些，只剩下一些极难脱的还在身上。

我见他一只手一直悬着不动，不由得问道："胳膊怎么了？"

齐晟看也没看我，淡淡说道："可能折了。"

我一愣，嘿！我和茅厕君身上半片铠甲都没有，胳膊腿却都没折，齐晟身上要害之地都有甲片护着，竟然折了胳膊！这究竟是怎样的人品啊！

齐晟单手脱了甲，接着又解身上的衣服。

我看了看，他身上的衣服虽也被划破了些口子，可好歹还算完整，忍不住劝道："衣服就别脱了，天又不冷，在身上穿一会儿也就干了。"

齐晟瞥了我一眼，没搭理我，继续脱自己的衣服。

虽然明明猜到齐晟在昨天那件事情上阴了我，可毕竟以后还要继续跟他混，我也不敢太过显露怨恨之心，见他不听劝，干脆就起身去山里寻树枝，好给他固定伤臂。

结果刚走了没多远，却见茅厕君从前面过来了。

茅厕君可能身体还有些虚，手里竟然还拄了根木棍子，见我眼睛落在那木棍上，似乎有些不好意思，下意识地将木棍往身后藏了藏，嘴上却是说道："我看你半天不回去，怕你遇上了野兽。"

他一提野兽，我赶紧回身踮起脚来瞅了瞅河滩上的齐晟，得，他那边竟也踉跄着起了身，一手托了伤臂，正往这边望着。

茅厕君此刻也已是看到了齐晟，抿着唇默默地站着。

我赶紧小声地嘱咐茅厕君："冷静，一定要冷静，有什么事都得等回了盛都再说！"

就这么个工夫，齐晟已是绕过一块山石，走到了近前，微冷的目光在茅厕君身上停了一停后，便又落到了我的身上。顺着齐晟的视线，我低头看到了自己上身仅仅能遮住胸前两点的绷带，还有下身的小裤裤。

我顿时反应过来，赶紧把双手挡在身前，然后几步跑到了齐晟身后，以示来躲避茅厕君的视线。

立场，这是立场问题！

对面茅厕君的嘴角隐隐挑了挑，便听得齐晟低低地冷哼了一声，用那只完好的胳膊反手甩给我一件长袍。

我这时才明白过来，难怪齐晟刚才会那么执着地单手脱衣服，原来竟是给我穿的？

我忙躲在齐晟身后穿上那还湿淋淋的长袍。

这时才听得身后的齐晟与茅厕君两个人开始寒暄起来，你一句我一言，有问有答，到后面茅厕君竟然还献出了手中的木棍给齐晟固定胳膊。

我虽背着身子看不到他二人的表情神色，可只听他二人毕竟没有撕破了脸，心中总算是长吐了一口气。

昨夜里的事情当众一出，齐晟与茅厕君两个无论是哪一个没了命，另外一个都怕是没法向皇帝交代。齐晟活，茅厕君死，皇帝便会认为是齐晟容不下茅厕君，所以下了黑手。而若是调过个来，便又成了茅厕君觊觎太子之位，所以起了杀心。

无论哪一种，这都是对皇权的藐视，是谋逆，是个皇帝都是容不下的。

于是，此刻他二人竟然也成了一根绳上的蚂蚱。

我都能想明白的事，估计他二人也早就明白了，所以此刻才会如此做戏，哪怕此地只有我这一个观众。我忽觉得有些可笑，这两人分明已经斗得你死我活了，却都不愿让对方直接死在自己手上，还非得去借别人的手。

那边茅厕君已在替齐晟正骨固定，我穿好了衣服，便也过去帮忙，谁知他二人见到我却都是一怔。

我再低头细看自己身上，倒是没白做二十多年男人，顿时也跟着明白了。

你可知道这女人啊，什么时候最显身材？

齐晟的长袍本就是黑的，夏季的衣料又是极薄，湿淋淋地贴在我身上，偏生上面还划破了不少地方……这下可好，饶是我做女人都这么久了，张氏这具身体早就熟得不能再熟了，看到这情景都止不住地热血上涌。

再抬头看齐晟与茅厕君，好嘛，估计也差不太多，唯一的区别就是茅厕君可能是要流鼻血，而齐晟那里是要吐血了……

看！这就是看别人媳妇与媳妇被别人看的区别了。

偏偏我此刻还一点别的办法也没有，脱也脱不得，捂也没有用，干脆就装什么也不知道的，弯下腰撕袍子的衣摆，然后帮着茅厕君给齐晟捆胳膊。

茅厕君虽没说什么，不过却侧过了头，避开了视线。

齐晟那里说道："后面还有刺客追着，我们得往山里避一避，等到禁军的人或是阜平水军大部寻到此处再说。"

茅厕君点头应道："好。"

三人一边掩着行踪，一边向山里避去，直到寻到了一处隐蔽又易守难攻的地方，这才停了下来。我跳上旁边山石往江中望了望，见江面上偶尔还漂过一两个黑衣刺客与阜平水军的身影，随着江水浮浮沉沉的，也不知是死是活。

倒是看不到阜平水军的军舰，还有昨夜里见到的黑衣人所乘的那种柳叶轻舟。

我转头问齐晟："救援的人什么时候能赶过来？"

齐晟正倚在石壁上闭目养神，没搭理我。

倒是一旁的茅厕君轻声答我道："得看来的人是禁军还是水军。"

我想想也有些明白了，昨夜里水军损失惨重，若是要大规模搜救我们也得重新从阜平调兵才行。可若是再等着禁军来救，那就说明这消息得先传到行宫再说了。

我瞥一眼齐晟，见他一直闭目不语，面上神色更是有些萧索，心里不禁有些纳闷儿，暗道这小子是怎么了？不至于折条胳膊就这样啊，这不都给他接上了吗？

我一时想不明白，干脆也不再想，重又转过头去观察江面上的情况。看了一会儿忽见江中漂过几名水军军士，似也想要在那处浅滩上岸。

我又惊又喜，忙转头喊道：“哎！游过来了几个水军！”

齐晟双目猛地睁开，眼中凛冽之色暴涨，低声厉喝道：“下来！”

我一怔，还没反应过来，茅厕君已是从旁边一把把我拉下了山石，藏身于山石之后。

这是怎么了？水军也不可靠了？

那边茅厕君却是忽地轻笑了一声，问齐晟道：“怎么？阜平水军中他也安插进了人手？”

齐晟没说话，只冷冷地看着茅厕君。

我脑中迅速盘算着，一个人影突然闪过了心头，当下失声问道：“是赵王？”

齐晟与茅厕君两个人都没有应声，仍“深情”地互望着。

我忽觉得有些腻歪起来，这都什么时候了，他二人偏偏还要玩着这种“说话说半分，剩下靠眼神”的把戏！有完没完？把话说透亮了能死吗？

我伸手挡在了他二人之间，冷声道：“眼神杀不死人，内部矛盾回去以后再解决，现在都来给我捋捋这到底是怎么回事！看看到底是谁来做的这个黑庄！”

齐晟与茅厕君都有些惊愕地看着我，我没心情再和他们两个眉来眼去，直接说道：“我还不想死！所以，现在我问，你们来答！”

我转向齐晟，问：“那个李侍卫到底是不是你的人？”

齐晟面色有些僵，默了一默，却是点头承认，“是。”

我的手下意识地摸了摸胸前的伤口，满意地点了点头，“明白了。”

我继续问：“那江边围杀我和杨严的黑衣人呢？可是你派的？”

齐晟这次没说话，侧脸看向茅厕君。

茅厕君老实认了，“是我。”

我强忍着没冲他比中指，继续问："昨夜里的黑衣人又是谁派的？"

齐晟与茅厕君两个都沉默下来，过了一会儿，齐晟淡淡说道："应该是老五了。"

我盯着齐晟的眼睛，又问道："最后一个问题，你是怎么落水的？"

齐晟的眼神微微闪烁，却是避开了过去，绷紧了唇角不肯回答。

我倒也不是非得要他一个答案，反正事情问到了这里已经出了个大概，分明就是齐晟与茅厕君两个"鹬蚌相争"，然后远在盛都的赵王那里"渔翁得利"。

我心中一动，又问茅厕君道："这么说来，那日击球赛上，赵王妃江氏马鞍下的钢针也不是你放的了？"

齐晟听我问这个，也是转头瞧向茅厕君。

茅厕君摇头，"我何须对个女人下那种手段。"

我却想起那日球场上赵王如同马教主附身一般的咆哮来，暗道赵王那人看着温文无害,想不到却如此心狠手辣,为了换得个留京理事的机会,竟然对自己媳妇下了这样的狠手。

不过齐晟既然能放心叫赵王留京，想必与赵王也是有盟约的吧？

想到这里，我忍不住瞄了齐晟一眼，便见他眼中闪过痛苦之色，闭上眼缓缓地倚到了石壁之上。

也不知是心疼江氏受的苦，还是痛心盟友赵王的背叛。

我便轻声劝他："你得想开点，但凡有点血性的男人，都受不了老婆给自己缝绿帽子戴，你也得理解理解赵王，他这绿帽子一戴都好几年了，也怪不容易的。"

齐晟睁开了眼，皱眉看向我。

我瞄了一眼他的断臂，又开解他道："你都穿了人家衣服了，就别怨人家断你手足了。”

齐晟剑眉一拧，低声怒喝道：“都胡说些什么浑话！”

得！这就是好心没好报！我有些讪讪地停了嘴，转眼看到茅厕君却是微微抿着嘴角，正似笑非笑地看着我。

我不由得冲他恼怒地瞪了瞪眼。

茅厕君侧过了脸，却是轻轻地笑了。

我心中正纳闷儿茅厕君这是笑什么呢，就听见齐晟突然低声叫道：“你过来。”

我抬眼看了看他，看到他是在叫我，便往前挪了两步，蹲在齐晟身前问道：“怎么了？有什么事？”

齐晟眯着眼睛打量我片刻，突然伸手拽住了我的手腕，猛地把我拉倒在他身上，然后用单臂把我牢牢地禁锢在他身前，把唇凑到我耳边恶狠狠地低声说道：“你要是敢给我戴绿帽子，我就要了老九的命！”

我很是意外地看向齐晟，心中却是在跃跃欲试，很想问他一句：搂过了，抱过了，亲过了，啃过了，这些算是绿还是有点泛绿？

齐晟恼火地看着我，揽在我身侧的那只手忽地扣住了我的后脑，把我脑袋用力地往下压了下来，自己则侧了脸迎了上来。

我的反应极为迅疾，两唇刚一相交，我便亮出牙齿狠狠地咬了上去。在水里那是为了活命，和茅厕君亲一把倒也不算什么，这会子你却要用这个来给茅厕君示威，你当老子是什么了？

齐晟的身体僵了一僵，手上的劲道反而更大，非但没有松嘴，一边反啃着我，带着血的腥甜之气，舌尖竟然还向我的口中突了进来。

啊！你怎么没两个胳膊都折了啊！

正悲愤欲绝，正满心愤恨，正恨不得一口咬断齐晟舌头的时候，就听得茅厕君略显冷硬的声音从不远处传过来，“他们上了岸了。”

齐晟终于松开了我。

我握紧了拳头，冲着齐晟脸上就是一个勾拳。

齐晟被我打得闷吭一声，头偏向了一侧，嘴角上流下血来，也不知道是被打的还是刚才被我咬的。

我却觉得还不解恨，干脆破罐子破摔地用双手掐在了齐晟的脖子上，头也不回地问茅厕君：“你帮我掐死他，我给你到皇帝面前做证，是他要除你，自己反而被赵王暗算了！”

茅厕君立在那边，没说话。

齐晟缓缓地转过脸来，抬起手背轻轻地擦拭了一下嘴角的血渍，目光怨恨地看着我，嘴角上却是带着笑，嘲弄地问我：“那你呢？我死了，你怎么办？”

“守寡！我给你守寡到底！”我恶狠狠地答道。

齐晟伸出手扯住了我的衣襟，把我缓缓地拉近，一字一句地问我：“你就这样恨我？”

我也盯着他的眼睛，缓缓地吐出一个字来，“恨。”

齐晟轻轻笑了笑，瞄了眼山石那边的茅厕君，低声问：“他呢？他一样利用你，拿你做饵。”

我回答：“他没有与我结盟，许我后位，我恨不着他！”

齐晟微微一愣，终于无言以对。

我仔细地看了看齐晟结实的脖颈，又瞄了瞄张氏的这一双白嫩嫩的小手，估摸着就算是齐晟一只手不能动，只靠我自己也没法掐死他，于是爽快地松开了齐晟的脖子，改去拽他的手。

齐晟却死死地抓住了我的衣襟不肯松手，“这是最后一次。”

我低着头，用双手费力地将他的手指一根根地掰开，说道：“不会的，我死的那次才是最后一次！”

齐晟终缓缓地松开了手指，微垂了目光，不知在想些什么。

那边茅厕君往我们这里看了一眼，淡淡说道：“他们往这边来了，看身形都是些好手，怕是很快就会找到这里。”

此处不过是江岸上凹进大山的一处小山谷，再往里走就是壁立千仞的峭壁，根本就是无路可走。我忙往旁边走了两步，开始寻找合适的木棍石头之类的来当武器防身。

茅厕君走到齐晟面前，蹲下与他平视，说道：“三哥，你我二人赌一赌运气怎么样？”

我一时不知茅厕君的用意，转过头看着他二人，又听茅厕君继续说道：“五哥为了洗清自己，怕是不会叫你我二人同死的，咱们两个赌一赌，到底是谁的运气更好一些，来的这些人到底会失手杀了你还是会失手杀了我。”

齐晟扶着石壁缓缓地站了起来，沉默了片刻答道：“好。”说完又转头看向我，阴沉着脸说道：“你老实地在这待着，自会有人来接你。”

茅厕君也冲我笑了笑，“藏这里吧，不管我和三哥谁运气好一些，总会给你留条活路。”

我有些愕然，同时更多的却是感慨，老子来了这么久，总算体会到了一把身为女人的好处！

齐晟一手托着胳膊，率先向外走去。茅厕君紧随其后，也追了上去。

我看着他二人渐渐远去的背影，心里竟然也有些泛酸。

目光再往远处去，却忽然看到江上又有几艘军中特有的赤马舟从上游顺流而下。我先是一愣，顿时大喜，赶紧跃上了那块山石，冲着齐晟与茅厕君喊道："快回来！救兵来了！"说完，又赶紧扬着胳膊扯着嗓子冲着江面上大声喊，"这里，我们在这里！"

赤马舟上立时站起一人来，冲着我这里大力地挥着手。又听得齐晟与茅厕君焦急的声音几乎同时响起——

"下去！"

"趴下！"

电光石火间，我猛地意识到自己这个举动是多么的危险了，如果江上的人可以看到我，那已经找进山谷的刺客更是能看到啊！我这是多么傻叉的一种行为啊，这分明就是站在台子上给刺客们当靶子啊！

我只觉得心里一慌，脑袋嗡的一下就蒙了。一时间连怎么下去都不会了，眼看着一支支弩箭破空而来，干脆就直接向后仰了过去。

几支弩箭擦着我的衣服射入了后面的石壁之中，我的身体继续下坠，啪的一声拍到了地上，只觉得后脑勺一痛，眼前便黑了。

恍惚之中，司命星君那张脸又出现在我眼前，一个劲儿地咂着嘴道："你看看你，行事怎的如此鲁莽？你大脑回沟都是平行的吗？"

我扬手就去抽他，非但落了空，手臂反而被人拽住了。我用力一挣，一下子醒了过来，却见是齐晟坐在了我身旁，用着那只没受伤的手握着我的手臂，没好气地说道："人还没醒透了就要打人，我看你是摔得不重！"

我意识还有些迷瞪，转头四下看了看，见自己已是身在船上，船很大，像是军舰。

我问齐晟："我受伤了？"

齐晟松开了我的手臂，淡淡答道："从山石上掉下来的时候磕到了脑袋，起了个包。"

我松了口气，忍不住又问道："九殿下呢？"

齐晟面色沉了一沉，冷声答道："还活着呢，与杨严在另外一艘船上。"

我"哦"了一声，立刻便担心起自己的处境来。这一锅乱事虽然是他们三个兄弟相互算计的结果，可看到外人眼里却都是因为我私自出宫引起的，我若是就这么回了行宫，那皇帝能轻易地放过我？

齐晟似看透了我的心思，低低地冷哼一声，说道："我已派人禀报了父皇，你是被人劫出行宫的，到时候老九也会给你做证，为了皇家的声誉，这事只会压下来，顶多罚你抄抄《女则》而已。"

我了然地点了点头，那是，若是连太子妃都能随随便便被人从行宫劫走了，那么皇家的脸面也不用要了。

我正暗自庆幸着，突然听见有人在舱外轻轻叩门。

齐晟起身出去，也不知外面那人和他说了些什么，便听得齐晟猛地低声喝问道："什么？你再说一遍！"

我的心脏也不由自主地跟着颤了一颤，便想着起床凑到门口去偷听一下，谁知刚掀开了被子坐起身来，齐晟那里已是跟着那人疾步走了。

我等了片刻，轻手轻脚地走到门口，开了门，还不及探出头去，门外忽闪出一个侍卫来，恭恭敬敬却又态度坚决地说道："娘娘，太子殿下有吩咐，叫您好生在舱中养着，不要随意走动。"

我神态自若地点了点头，问他："太子殿下呢？你去帮我把他请来，我有事要与他说。"

侍卫恭声答道："殿下有事，已换乘了他船离开，嘱咐娘娘在船上等他。"

我心中一惊，不知是什么样的事情，会叫齐晟突然弃大船而去，是军中有变，还是说阜平行宫出了事？我嘴上又随意地说道："既然这样，事情交给你办也可以。我有些东西落九殿下那里了，你叫人去给我取来。”

侍卫脸上有些为难之色，说道：“九殿下在另一艘船上，此刻正在行船，怕是不方便，娘娘不如等到了岸上再说。”

我本就只是想试探一下茅厕君是否仍在，听他如此说心中已是有数，便也不再坚持，转身回了舱中。

谁知在舱中这一待竟然就是十余日！

船当天夜里便到了阜平，却不许我下船，只说齐晟有令命我在舱中等他，于是我像个囚犯一般被困在船舱之中，一待十多日，听不到片字消息。

直到七月初，才忽有一纸圣旨传来，命我即刻启程赶往盛都。

我一听圣旨上称呼都变了，心里顿时什么都明白了，只是礼貌性地问了那太监一句：“新皇何时登的基？”

宣旨的太监收了圣旨交入我手中，脸上这才换上了笑容，点头哈腰地冲我笑道：“七月初二皇上在奉天殿登基，紧接着就命奴婢过来接娘娘回盛都了，特意叮嘱了的，一路上要小心伺候着。”

我了然地点了点头，难怪齐晟一去十几日没有消息，原来这是赶着回盛都夺皇位去了，只是不知道老皇帝原本好好的，怎么会突然归天了呢？而现在齐晟既然成了皇帝，茅厕君与赵王还安在否？

可现在这事也没法问，只能老实地跟着那太监回盛都。

一路上，我懊悔不已啊！

齐晟是到达了事业的顶峰了，而我这个原太子妃呢？是生是死？是废是立？我真后悔啊，我哪想老皇帝会这么早就翘辫子啊，早知道我绝对不会给齐晟撂那些狠话啊。

还说什么恨不恨的，恨屁啊！要是知道齐晟能这么快就当上皇帝，我当时绝对会说不啊，老板拿我当炮灰用那是看得起我啊，我得感恩戴德啊。

第七章 飞来的升职

七月二十三，我的车驾终于进了盛都。想不到的是齐晟竟然给足了我面子，亲自到了宫门迎我。

我的小心肝有点颤，总觉得他是黄鼠狼给鸡拜年，不会安好心的。

齐晟一只胳膊还吊着呢，先是打量了我一番，然后淡淡说道："先回宫歇着去吧，过儿日还要准备册后大典，有你累的。"

我愣了一愣，直怀疑是自己耳朵出了问题。

虽然齐晟有过许诺说会立我为后，可等这话真从他嘴里说出来了，我却是有点不敢相信了。就比如你刚刚得罪了顶头上司，已是做好了卷铺盖卷滚蛋的准备，上司却突然告诉你他准备给你加薪升职了。

你信吗？你敢相信吗？

反正我是不敢信的，就是想信，我也会先抽上自己几个耳光，先把自己抽醒了再说！

因为还没册封，我住的便还是原来东宫内的宫殿，绿篱已是在殿里候着我了，见到我又是一番惯例的哭哭啼啼。

我此刻没心情理她，只是问道："你身上伤好了没？"

绿篱抹着眼角，点头。

我赶紧说："那就别处待着去吧，我自己待会儿，想点事。"

绿篱听我这样说，三步一回头地走了。

我关了殿门，开始考虑齐晟究竟是做的什么打算，真的要立我为后？这是为了守诺，还是说只是为了安抚手握兵权的张家？

第二日，张家的人也来见我，我这才对整个阜平事件有了个大概的了解。

六月十七，老皇帝突然于行宫驾崩，官方说法是因暑热引发中风而死，实际上却是番邦献的那几个美人太过生猛了些，老皇帝一时太投入，壮烈“牺牲”在美色的战场上。

太后林氏手腕厉害，在皇后有所行动之前便及时封锁了行宫，只向尚在宛江船上的太子齐晟传出了消息。

齐晟接到消息后立时利用阜平水军扣下了老九齐翰，自己则赶回行宫主持大局。与太后林氏商讨之后，决定暂不发丧，对外谎称云西有变，命禁军护送皇帝与后宫嫔妃返回盛都，同时火速从江北大营调兵五万调往京畿要害之地护卫。

茅厕君只身被困，眼看着事态发展却无能为力。

赵王身在盛都，消息不畅，待他知道，齐晟的大军已经到位，无力回天。

于是乎，有太后的支持，阜平水军与江北军的撑腰，熬了十多年的皇太子齐晟，终于顺利地登上了皇帝的宝座。

皇后与太后也跟着抬了抬屁股，一个升了太后，一个升了太皇太后。现在，只剩下我这个太子妃还在原地待着，等着晋升为皇后。

张家来的是张氏的一个堂兄，名叫张轩的，与我简略地交代了一下事情的前因后果，又说了说盛都此刻的形势，嘱咐道：“皇上新立，根基未稳，许多地方还需要我们张家，娘娘这里只需放宽了心等着便是，册后诏书就是这两日的事情了。”

我心里总算踏实了些，轻轻地点了点头。

张轩口中停了停，小心地瞥了我一眼后，又小声说道：“祖母那里还有交代，叮嘱娘娘既登后位，就得有容人之量，皇上宠哪个宫妃并不重要，当前最重要的事情是娘娘能早日诞下嫡长子，只有那时，我们张家的地位才是真的稳固了。”

这话我很明白，皇后的娘家也是得夹着尾巴做人的，只有我成了太后，张家怕才是能挺直了腰板喘口大气。

张轩见我缓缓点头，迟疑了一下，又低声说道：“有件事娘娘心里还是有个数的好。”

我见他说话吞吞吐吐的，诧异地看向他，问道：“什么事？”

张轩很是小心地看着我，说道：“赵王妃江氏前几日忽地暴病身亡了，大嫂已是亲自前往看过了，尸首有些不对。”

我一下子愣住了，江氏不过是骨折了两处，怎么会暴病身亡了？尸首不对，是被调包了？这么说就是假死？我脑子里忽地想起元宵节那夜，齐晟在太液池边上的树林中与江氏的对话来。

江氏说她要一生一世一双人，齐晟说让她多给他些时日。

我身上阵阵发冷，齐晟这才刚登基，这就等不及了？这么说我这皇后也是做不了几天的了？

张轩劝我道：“祖母说了，娘娘什么也不要做，只自己心里明白就好，只要位分在那里摆着，就是再得宠也越不过您去。”

呀！你哪里知道这根本不是得宠不得宠的问题，我巴不得齐晟能一辈子只宠幸江氏一个，沾都不沾旁人。我担心的是江氏向齐晟要的是一双人，齐晟那厮可千万别再一时脑热就解散了后宫啊！

因为有了这个忧心，册后大典的事情我便也不怎么上心了。没过两日，一个绝对想不到的人竟然来了。

茅厕君比在阜平时瘦了许多，身形却更显挺拔，穿了一袭淡淡的青衫，乍一看倒是有了点风中劲竹之姿。

茅厕君与我见了礼，然后对我惊愕的神色视而不见，只是不卑不亢地说道："皇上把娘娘册后大典之事交与了臣，臣今日特来问问娘娘可有什么话吩咐。"

我半天没说出话来，回过神来后便命绿篱将殿里的宫女都带了出去。

茅厕君嘴角微微一挑，轻笑道："娘娘应该避嫌。"

避个屁的嫌，若是齐晟想要我避嫌，就不会叫茅厕君来主持册后之事了。

我走到茅厕君身前站定，问道："他可是要对你与赵王下手？"

茅厕君抬起头来，讥讽地笑了笑，答道："命会留着，母后手里有先帝的遗诏，不许他残害手足。"

命会留着，可到底能活成什么样就不是他能做主的了。

不知为何，我突然觉得有些心酸，伸出手来拍了拍茅厕君的肩膀，劝他道："心量放宽点，好死不如赖活着！"

茅厕君微微张开了唇，讶异地看着我。

我讪讪地收回了手，走回去坐好，装模作样地叹了口气，才又张嘴问道："你说他叫你来主持这大典是什么心思？这是要抓你的把柄还是要抓我的？"

茅厕君想了想，答道："应该是想给我难堪吧。"

我愣了一愣，琢磨了半天也没明白这事怎么就给茅厕君难堪了。

茅厕君那边却是轻轻地笑起来，说道："既想不明白干脆就不要想了。我来问你，你现在可还恨他之前将你弃之不顾？"

茅厕君话题转得快，我有点跟不上，慢了半拍才回答道："恨不恨的有什么用？总得在他手下讨饭吃。再说了，哪那么多恨啊，他又不欠我的，没理由就得把我捧手心里哄着。事后想想，我倒是觉得这样不错，他一次没卖了我，下次再卖的时候，总得事先思量思量。"

茅厕君有些意外，怔怔地看了我片刻之后，才又说道："你不像是人贩子养大的，他没这个见识，也教养不出你这般心胸的女子来。"

他这样夸我，我倒是有些不好意思了，摆了摆手，笑道："我哪是有什么心胸啊，我是没招，只能走一步算一步，随遇而安了。"

不然我还能怎么着呢？

茅厕君算计齐晟，便从我这里入手，想着叫齐晟自乱阵脚，结果齐晟阵脚没乱，反而将计就计了，也是利用我把茅厕君引上了钩。这两个兄弟就这样相互算计着下绊子，没提防却都被远在盛都的赵王阴了一把。

这样的争斗，离得近了难免会受波及。恼不恼？恼啊，就像被人打了左脸，想扇回去吗？傻子才不想呢，可手没那么长啊，有伸出去的那劲，还不如赶紧抽回来把右脸护起来，省得再挨一巴掌。

看开了，自己反倒还痛快点。

我与茅厕君两个相对无言，他默默地坐了片刻，起身走了。

绿篱满眼忧虑地从殿外进来，低声埋怨我："娘娘真是糊涂，这会子避嫌还来不及呢，怎的还要与他独处？若是被有心人传到皇上耳朵里，您洗都洗不清了。"

我赶紧装没听见的，起身移到了内殿里，趴在床上叫绿篱给我敲背。

绿篱手上忙活着，嘴里也不得闲，小声地嘀咕着："娘娘，您总是这个样子可不成，宫里那么多人都盯着您呢，您整天不出门，那伙子狐媚子们都要上天了，这些日子为了位分上蹿下跳的，一个个打扮得妖里妖气的，千方百计地往皇上身边凑。"

我不由得叹了口气，想想这伙子嫔妃也挺可怜的，年纪轻轻的整日里这么旱着，齐晟这事干得真不地道！你爱江氏是爱江氏的，可偶尔也得给别的花草浇浇水松松土嘛！

绿篱听我叹气，准是又会错了意，便听得她恨恨说道：“娘娘该拿出点往日的手段来，好好整治整治这帮子小妖精才好！”

快拉倒吧，我闲得去惹这事。

我赶紧止住了绿篱的话，苦口婆心地劝道：“绿篱啊，虽然与人斗其乐无穷，可咱眼光能放宽点不？打扮得妖气好啊，赏心悦目啊，没听说过一花盛开不是春，群芳争艳才成景吗？”

绿篱小姑娘歪着脑袋很是专注地思考了一番，顿时醒悟，十分敬佩地看着我，赞道：“还是娘娘明白！”

我点了点头，还来不及欣慰一下，便又听绿篱接着说道：“奴婢明白了，就叫她们几个自去争，斗得个两败俱伤，咱们只等着坐收渔利就好！”

我愣了一愣，丫头啊丫头，我话里的重点不是“争”，而是“艳”好不好？好不好？

不过绿篱这话却也提醒了我，指望着女人那点小心眼来自发自动地维护后宫稳定和谐那是不太可能了。与其叫她们自己乱哄哄地斗成一团显得咱这个准皇后没手段，还不如想法叫她们斗不起来才好。

可这一个个如狼似虎的，“肉”却只有齐晟那么一块，偏还叼在江氏嘴里呢，这可如何分得均嘛！哎呀呀，可是要了亲命了。

我这里发着愁，多日不见踪影的齐晟却突然来了我的殿里。

绿篱跟吃了喜鹊蛋一般，脸上有憋不住的喜气洋洋，我却暗自心惊，明儿就要举行册后大典了，齐晟这个时候过来是什么意思？

齐晟没穿龙袍，只一身玄色缎袍，独自走进内殿，站了片刻后，突然没头没脑地与我说道：“你跟我来。”

我不由得一怔，正想问问去哪儿，就听得齐晟又补充道：“你一个人。”

说着率先转身向外走了去，我没法，只得老实地跟在后面追了上去。

齐晟带着我绕游廊，摸小径，一直走到皇宫东北角一处极僻静的小宫室外才停了下来，然后站在那里，默默地望着那宫室里有些昏暗的灯火发起呆来。

我有点猜不透他的心思，这个时点上领着我来这么僻静的地方，这是做的什么打算？

齐晟突然说道：“她就在里面，吃了很多的苦，是我有负于她。”

我心里一凛，顿时反应过来这个“她”说的是谁了，赶紧叫道：“你不能这样！现在可不是惹恼张家的时候，你一定要冷静，爱情诚可贵，皇位价更高！她吃苦，这宫里谁不吃苦了？黄良媛、李承徽、陈良娣她们整日里守活寡一般，就不苦了？”

齐晟转过身看着我，眼中神色晦暗不明。

我生怕他一到了江氏近前就会脑供血不足，忙又给他分析这里面的利弊，“我做不做皇后不打紧，只要有吃有喝，不做更好。问题是你怎么安抚张家？没有我的后位，他们为什么要支持你？现在你才刚刚登基，根基未稳，万一张家翻了脸，转而去支持老九怎么办？岂不是又要打了起来？”

如果张家真的助茅厕君篡位，不论输赢，以齐晟这厮的狠毒劲，怕是都要杀了我这个张家之女泄愤的。哎呀呀，可是危险！

齐晟沉默片刻，突然问道：“你可能容得下她？”

“容！绝对容得下！”我急忙叫道，又生怕齐晟觉得我没诚意，赶紧举了右手发誓，“你叫我把她当祖宗供起来都行，只要你先别和她一生一世一双人去就成！你告诉她，叫她放心，我保证能把黄良媛她们都看严实了，绝对照不了你俩的面！就是不小心飞只苍蝇到你跟前去，那也是只公的！”

眼见着齐晟却没什么反应，我心里越来越没底，到后来竟突然腾起了一股子邪火来，忍不住破口大骂道：“女人不懂事，你一大老爷们怎么也跟着胡闹呢？还一生一世一双人，这是个皇帝该干的事吗？你不想着怎么治理国家，却整日里把心思放女人身上，有意思吗？女人算什么啊？胖的瘦的美的丑的，吹了灯有什么不一样的？啊？有什么不一样的？她们愿意情啊爱的糊弄自己高兴，你也就跟着一起糊弄糊弄就得了，怎么还要动真格的了呢？你是个大老爷们啊！你是个皇帝啊！好好的三宫六院你都不要，你是男人吗？你傻啊？”

我一口气骂爽了。

齐晟被我骂傻了。

我停下大喘了几口气，平复了一下情绪，然后立刻也傻眼了。

这世上谁最傻叉啊？不是杨严，不是茅厕君，不是齐晟，那是我啊！是我啊！我这是对着一个皇帝吼了些什么话啊？

我想着若想糊弄别人，首先就要糊弄了自己，于是，我赶紧催眠自己当刚才的事情都没发生，挥袖扑打了几下自己身上，语气轻松地说道：“蚊子还不少，哈？”

齐晟一直沉默。

齐晟比我高了许多，又是背着月光，我看不清他面上的表情，只是觉得他身上有森森的冷意渗了过来。

我赶紧想如果这会儿能逃出宫去，叫人联系了张家与茅厕君临时起兵，也不知能有几分胜算。悲催的赵王同志能用得上不？

我这里一心想跑，那边齐晟却是哑声问道：“我在你眼里便是如此？”

难不成我说了这么多，他都以为我一直在说反话？他这都什么理解力啊？

不过我没敢答话，我就觉得吧，无论我再说什么他都高兴不了，干脆不如装哑巴的好。

齐晟那里又沉默了片刻，伸手拉了我就要往那宫室里走。

我急忙挣了挣，却发现他手上攥得很紧，压根儿就挣不脱，只能告饶道："皇上，这事就不是咱俩拉着手去办的事！你要是想让我去做恶人呢，你就松手，放了我一个人过去，你先在外面等会儿，也能显出你是英雄救美的范儿来！"

齐晟回了头来看我，怒道："你闭嘴！"

我这人没胆，吓得连忙闭了嘴。

齐晟虽伤了一只手，可另外一只却是极有劲，连拉带拽地把我扯到了那宫殿外，外面早已有值夜的宫女见到了我们，急忙上前来冲齐晟行礼，叫道："皇上！"说着又冲我福了一福，张了嘴却不知道该称呼什么好，一张小脸顿时都急红了。

我看得心疼，赶紧摆手，"没事，没事，心意到了就好。"

齐晟却是冷声说道："没长眼睛？这是皇后！"

小宫女忙给我跪下了，惶急地叫道："皇后娘娘恕罪。"

我一怔，不由得向齐晟看了过去。吓！难不成这小子被我骂开窍了，不打算和江氏一生一世一双人了？

齐晟那里却是冷哼了一声，扯着我继续往殿里走。我回头看那小宫女，见她才不过十三四岁的模样，长得娇娇小小的，此刻吓得伏在地上颤颤发抖，心里顿时更软了，只回着头叫道："赶紧起来，地上凉！可怜见的——"

齐晟手上的力道顿时更大了些，疼得我“哎哟”了一声，也没能把剩下的那半句话说完，人已经是被他扯进殿去。

殿里还有几个宫女在守着，见了齐晟进来齐齐迎上来行礼，齐晟喝了一句：“都滚出去！”说着直把我拉到内殿门口，这才猛地停下了，用力抿了抿唇，扯着我进了内殿。

他人高马大，张氏身材虽也算高挑，可步子却比他小了许多，我被他拉扯得有些踉跄，直往前冲了好几步这才停了下来，一抬眼就看到了床上身形消瘦脸色苍白的江氏来。

齐晟此刻终于松开了我的手，看着江氏沉默不语。

江氏也睁开了眼，目光从我身上转到齐晟身上，又从齐晟身上移到了我的身上，几次来回之后，唇角上就泛出了一丝淡淡的讥诮来。

看着江氏那张小苦脸，我也是十分苦闷啊！

活了二十多年，我哪经历过这种场面啊，就我和她这关系，放现代也算得上是正室和小三了吧？

该怎么着才算是正常的？是该打江氏一巴掌，还是该转头抽齐晟？

我下意识地低头看了看自己的手，打江氏，不忍心，抽齐晟，没胆量。

我连连吸气，几次努力，终于对着江氏说出一句话来：“你……受苦了！”

此话一出，齐晟与江氏均是一愣。

我第一句既说出了口，后面的话也顺溜了许多，上前仔细看了看江氏，关切道：“身上的伤可是好些了？最近吃着些什么药呢？住得可还习惯？有什么不满意的尽管和我说，我帮你安排。先放心在这里住着，不用想太多，自己身体好了最重要！皇上那里你放心，我替你看紧了，现在虽不能给你个名分，不过你也得理解一下皇上，他也有他的苦衷，他心可是一直在你这里的……”

江氏傻了，一双杏眼眨啊眨地看着我，小嘴哆嗦了几哆嗦都没能说出话来。

齐晟却是直接上前一把将我从床边提了过来，冷着脸拎到了殿外，怒道：“你给我在这里等着！”

我不敢和他起争执，连忙举了双手保证：“没问题，没问题！”

齐晟怒气冲冲地瞪了我一眼，转身又进了殿内。

我心里此时却是已经安稳下来，齐晟既然承认了我皇后的名分，这会子就该是去想法安抚江氏了。

果然，也不知道齐晟与江氏在里面说了些什么，就突听得江氏音量拔高，尖声叫道：“皇上不用替映月考虑，就当映月死了就是了！”

我一时好奇心起，忍不住往内殿门口凑近了点，用手罩在耳朵旁听他二人的谈话。齐晟的声音有些低沉，也听不清他到底说了些什么，只听得江氏过了一会儿缓缓说道：“你若无情我便休，皇上请走吧。”

殿内顿时静了一静，然后就听到齐晟的脚步声从内向外而来。

我忙踮着脚尖往外跑，人刚离了殿门，齐晟的身影已是出现在视线之内。我忙又装模作样地抬头去看月亮，直到齐晟走到我身边了这才惊愕道：“啊？聊完了？”

齐晟面色阴沉，也不接话，只微微低了头打量着我。

我索性就大方地认了，“江氏的话只言片语地听到了那么一点，连不成句。你的话却是一个字也没听到，大可放心！”

齐晟没说什么，拂袖就向外走去。

我又回头看了眼，飞快地合掌冲着内殿的方向拜了拜，江氏你就先认了吧，待我以后根基稳固，大权在握之时，一定全了你和齐晟一生一世一双人的心思!

阿弥陀佛，上帝保佑!

八月十九，册后大典。

大明宫中，我穿着皇后礼服，戴着凤冠霞帔，在齐晟身前是跪了又跪，拜了又拜，几次折腾，人都快晕沉了，这才走完了那一套法定册后程序，有了皇后的“上岗证”!

齐晟再执起我的手，带着我一步步走出大明宫，一同俯视高台之下的芸芸众生。

在文武百官千百将士的高呼声中，我第一次真切地体会到了唯我独尊天下尽握的感觉。醉卧美人膝，醒掌天下权，男人一生所求，不过如此了!

这感觉，真好啊!

当然，要是身边没有齐晟那就更好了!

册后当夜，皇帝按理是要歇在皇后处的。绿篱很兴奋，我很苦闷。

绿篱往浴桶里撒着玫瑰花瓣，红着眼圈念叨着：“娘娘熬了这许多年，总算是熬到了，老夫人要是能亲眼看到娘娘的册后大典，那该有多好啊!”

哎？这话怎么从绿篱嘴里出来就有点变味啊，说得好像张老太太早就翘了辫子一样，人张老太太可是活得壮实着呢!

我瞥了绿篱一眼，张了张嘴，还是忍下了。

绿篱把一篮子花瓣都撒我浴桶里了，还觉得不够，从旁边抓了一篮过来，往浴桶里倒。

我实在忍不住了，和绿篱打商量：“绿篱啊，咱能别再扔花瓣了吗?你这是洗我呢还是洗花瓣呢?”

绿篱闻言恨铁不成钢地瞪了我一眼，眼圈立刻不红，只严肃地教育道："娘娘，这都什么时候了，您还有心和奴婢调笑，一会儿皇上就该来了！不把您身子洗得香喷喷的，行吗？李承徽那肤如凝脂是怎么来的？那可是整日里用羊奶泡出来的！就黄良媛的胸，您可知道她每日里吃多少木瓜？还有陈良娣……"

"得！打住！"我赶紧止住了绿篱的话，"我泡，我泡还不成吗？"

绿篱得意了，又往浴桶里倒了半篮子的花瓣，然后又在我耳边小声说道："娘娘，我给您和皇上预备了点美酒，一会儿皇上来了，您就邀着他一起喝点。"

我一愣，顿时明白了绿篱的意思，快拉倒吧！一次酒后失身就足够了！

绿篱见我不语，遣退了旁边服侍的几个宫女，苦口婆心地劝我："娘娘，奴婢知道皇上寒了娘娘的心，可您得生下皇嗣，只有这样您地位才能稳固！就因为这，家里把太医院的宋太医都打点好了！"

那个擅长妇科的宋太医？

我打了个寒战，一想起自己以后还要怀胎十月生儿育女，就觉得肚子里一抽一抽地疼。不成，这事说什么都不成！孩子得有，但是那不能是我生的，不论哪个生都成，只要他母族寒微就成！

最最好，叫齐晟与江氏生个孩子，好歹也算得上是他二人"爱情"的结晶。

齐晟来得很晚，我已是坐在内殿打了半天的瞌睡。

绿篱一个劲儿地杵我，"娘娘，醒醒，娘娘，快醒醒，皇上来了！"

我一个激灵，顿时清醒了过来，抬眼看去，只见齐晟也已换上了常服，龙行虎步地从殿外进来。

绿篱带着人迎上前去替齐晟更衣。

齐晟却是挥了挥手，屏退了绿篱等人，他视线从案几上的酒壶上滑过，嘴角上便挑上了一抹讽刺的冷笑，走到我面前坐下，嗤笑说道：“你不用借酒装疯，我在你这坐坐就走。”

我一时有些愣，眼睁睁地看着齐晟把两人面前的酒杯倒满，独自先饮了一杯，默了一默，这才淡淡开口道：“我九岁的时候就知道以后要娶张氏为妻。”

嗬！这是要喝酒谈心了？我赶紧又给他满上了酒，也不说话，只静静地等着他的下文。

齐晟看着我讥诮地笑了一笑，“人们都说是因有人在成祖面前赞我好圣孙，所以成祖才传位给了先皇，想经由先皇之手将皇位传到我手上。其实，根本就不是这样的事。”

本着做一个好听众的原则，我适时地睁大了眼睛，问：“哦？那是怎么回事？”

齐晟扯了扯嘴角，“张氏祖父张生乃是成祖最宠信的武将，成祖微服出去的时候经常会去张府落个脚，最初时我只当这是因为成祖宠信张生，后来我才知道，成祖每次去那里，不过只是想着遇到一个人而已。”

我心里一动，成祖去张家不会也是去偷情的吧？对象是谁？难不成还是少有美名的言氏？

齐晟喝了杯酒，目光转到了我脸上，说道：“就这样去了许多次，有一次，成祖终于遇到了那个人。当时正是寒冬，那人却带着五岁的小张氏在后园子里打雪仗玩，成祖站在一旁静静地看了许久，那人才发现了成祖，带着小张氏过来给成祖见礼，说看到小张氏一时想到了自己小的时候，便也起了童心，还笑着问我和老九要不要和她们一起玩。我那时性子比老九野许多，也贪玩，早就在一旁看得十分动心，听她邀便过去了，老九比我懂事，摇头说要陪着皇爷爷，不肯和我们一起去玩。”

我听了个稀里糊涂，齐晟那里却是已喝了许多的酒，说到这停了下来，视线虽看向我，却又像是已经透过了我，落在了很远的地方。

齐晟忽地自嘲地笑了笑，“从那起，成祖就明显地待我与其他皇孙不同。他曾笑着问我张氏如何，我就答女孩子又娇气又蛮横，是个麻烦。成祖当时却不高兴，说张氏是个可爱的小姑娘，谁能娶她是谁的福分。那以后，成祖再问我张氏怎么样的时候，我就一直说张氏的好处了。”

我总算听明白了点，顿时对齐晟同情起来，靠着女人发家，这事搁谁身上都是个腻歪。

眼看着齐晟有点喝高了，我便又给他添满了酒，劝道：“反正都是过去的事了，不提也罢！喝酒喝酒！”

齐晟却没端酒，扶着案几站起身来，晃晃悠悠地向殿外走去。

我跟在后面急忙招呼齐晟贴身的小内侍：“赶紧的，扶着点，东北角上的幽兰殿，认识路不？”

齐晟回头又冷冷瞥了我一眼，冲那小内侍吐出几个字来：“回寝宫。”

说完，头也不回地走了。

我终于长松了一口气。

绿篱在一旁悔恨得直撞墙，嘴里念叨着：“都怪奴婢，好好的非喝什么酒啊，喝什么酒啊！”

我考虑到她一时半会儿撞不倒墙，也撞不死自己，又想明天还有更费力劳神的事情，便也没理会她，洗洗自己睡了。

第二日，帝后不和的传言便在后宫里流传开来。

茅厕君来给我做册后大典的事后总结汇报工作，我遣退了所有的人，用了几根筷子，蹲地上给他讲解为什么三角关系乃是世上最最稳固的关系！

“那！你看，如果这是齐晟，这是江氏，那么这一根就是我，我们三个组成了后宫之中的三角，缺一则后宫不稳。”我用筷子搭成了个三角形，摆在了茅厕君面前，回手又取了两根过来，借着代表齐晟的那个筷子又搭了一个三角形，“而这三根，齐晟，你九皇子楚王殿下，张家，是眼前朝堂之上的三角，少一个则必起血雨腥风。”

茅厕君抬眼看了看我，问：“赵王呢？赵王算哪一角？”

我不由得咂了一下嘴，“咱能别提那倒霉孩子吗？”

茅厕君看着我不语，眼神很是坚持。

我无奈，只能又添上了一根筷子，在地上两个三角形上都比画了一比画，说道：“这四角关系呢，却是世上最不稳定的，你看，往哪边倒都有可能。而赵王，他现在就是第四个边，无论放在后宫还是前朝，都属于不稳定因素。咱们先不提他！”

茅厕君了然地点了点头，沉默了片刻，却是问我：“这也是人贩子教你的？”

我咂了咂嘴，叹道：“得！咱们还是说赵王吧！”

茅厕君扬眉笑了，用手将地上的筷子划拉到一起，说道：“嗯，这些我都明白了，只是，你为什么要和我说这些？”

我蹲地上有段时间了，腿有些麻，干脆就一屁股坐到了地上，从茅厕君手中又抽出三根筷子来，看着他说道：“因为我还要与你再说一个三角关系，这才是我真正想和你说的，前面两个不过是举个例子而已。”

茅厕君不语，静静地看着我。

我盯着他的眼睛，将手中的三根筷子一一摆到地上，沉声说道："这是你，楚王殿下齐翰。这是我，皇后张氏。而这一根……"我将手中最后的一根筷子放下，"是齐晟的某个儿子。"

茅厕君许久都没有说话，只静静地看着我。

我坦荡地和他对视，等待着他的答复。

不知过了多久，茅厕君终于低声问我："你想做太后？"

我郑重点头，答："不想做太后的皇后不是好皇后！"

茅厕君轻轻地笑了。

我也跟着笑了笑，从地上站起身来，用脚将地上的筷子都踢到了一旁，与茅厕君说道："你回去好好想想，想好了给我个回话。"

不承想茅厕君倒是个极爽快的人，第二天就派人给我送了个金三角来。

绿篱脸上有些不高兴，嘟囔着："没见过给人送礼送这东西的，分明就是对娘娘不敬！"

我劝她："你有发牢骚的工夫，不如去盯着黄淑媛她们点，别一个不留神再叫她们钻了空子，咱们说什么也不能叫她们赶前头生了孩子。"

绿篱听了这话精神头立刻上来了，干劲十足地出了兴圣宫，本着"篱笆扎得牢，野狗进不来"的原则，在通往大明宫的各个小道上安插了人手，高标准，严要求，一旦有后宫嫔妃试图接近齐晟，或是齐晟试图接近哪个嫔妃，绝对要在第一时间将消息送到皇后的兴圣宫。

对于绿篱的工作能力我给予了高度的肯定，同时，对其兢兢业业的工作态度，我更是佩服得五体投地。

不过，很快就发现，这项工作看似开展得很热闹，实际上却没什么作用。

因为，齐晟压根儿就哪个美人都不亲近，除了偶尔去一趟东北角上的幽兰殿之外，就不往后宫里来！而幽兰殿里住的什么人，大伙竟然谁也不知道！

后宫众人意识到这个问题之后，大明宫外顿时清静了许多，同时，我的兴圣宫也热闹了起来，各宫来抱怨叫苦的嫔妃络绎不绝，都快把兴圣宫的门槛踩断了。

对于诸位美人的哭诉，我只能表示深切的同情与无能为力，老天不下雨，你能有什么办法？

实际上，我心里也挺着急，齐晟一日没儿子生出来，我一日就升不到太后的位子上去。

既然齐晟只肯偶尔去一趟幽兰殿，我也只能往江氏身上使劲了，可着劲地往幽兰殿里送各种滋补品，恨不得江氏立刻活蹦乱跳起来，也好与齐晟郎有情妾有意，干柴逢烈火，旷男遇旱女！

可那次击球赛上，江氏伤得挺重，胳膊腿都折了，俗话说伤筋动骨一百天，再加上她身子骨本来一直就弱，这下子可好，三天两头地晕死过去，直到入了冬，还时不时地急召太医。

我心里十分气愤，元宵节家宴上再看到赵王时，脸上就忍不住露出了些许鄙夷之色。

赵王迎着我的目光看上来，却是讪诮地笑了笑，远远地冲我举了举杯，然后一饮而尽。

我心里大怒，示意身后的绿篱上前，暗中吩咐：“把赵王的酒给我换了，可着劲大的上！”

绿篱虽然不明白我为何和赵王突然结了怨，却仍是坚定地去执行我的命令去了。一会儿之后，赵王那里就明显地喝高了，晃晃悠悠地起来就往外走，身后的内侍想要扶他，却被他一把推开，独自踉跄着出去了。

我心中大喜，暗中瞥了一眼身边的齐晟，见他丝毫没有注意我这里，赶紧带着绿篱也悄悄地起身下了殿。

到了殿后，我先蹦了蹦，活动一下手脚热热身，把披风解下来丢给绿篱，嘱咐道：“你一会儿看准了，兜头给他盖上去，使劲抱紧了他的脑袋。”

绿篱十分紧张，抱着披风说话还打着战，“娘娘，我、我、我没赵王殿下高，我怕够不着他啊！”

“笨！蹦起来往前扑。他都醉成那样了，你怕什么！”

绿篱还是打退堂鼓，“要不咱们找两个小内侍来做这事吧，一准能成。”

我忍不住伸手拍了一下绿篱的脑门，“这事找了别人做早晚得露馅儿，再说了，亲自上手才解气！我早就瞧那小子不顺眼了，今可算是逮着机会了！”

绿篱还是迟疑着，我便启发她，“你就想他是黄良媛好了！”

绿篱脸色亮了亮，不过还是带着些畏缩之色。

我想了想，便说道：“这样吧，你权当他是江氏，反正他们曾是夫妻，夫妻本一体嘛，也差不了太多。”

绿篱精神立刻抖擞了起来，从地上蹦了蹦，低声欢呼：“娘娘，咱们再找根棍子去吧！”

望着绿篱那张雀跃的脸，我终于明白，有一种狗，天生就是用来追兔子的。

绿篱左顾右盼，试图在附近找根棍子。

我忙扯住了她，小声劝阻：“快省省吧，等你再找着根棍子，黄花菜都凉了。”

赵王转过去有一会儿了，我估计着，就算是大号，这会子也该回来了。我指挥着绿篱躲在一根粗大的廊柱之后，自己则藏身在另外一根后面。

片刻之后，便听得有脚步声从游廊那头由远及近，我悄悄地探了个头，果见赵王独自一人一步三晃地从远处来了。

我赶紧冲着绿篱做了个手势，示意她准备好。

绿篱似还有点紧张，一只脚不自觉地轻轻敲着地面，踩鼓点一般地打着节奏。我有一种预感，这丫头要给我坏事。

果不其然，赵王脚步声越来越近，耳听着就要到了跟前了，忽听得绿篱大喝了一声，然后就举着披风扑了出去。

我以手抚额，悔得肠子都青了，又恨不得一巴掌把绿篱给拍晕过去，有这样偷袭前还给人家个信号的吗？绿篱，咱们这是要打人闷棍啊，不是要做劫人劫财的山大王啊！

唉！果然隔行如隔山啊！

此刻再埋怨绿篱已然没用，我急忙也跟在后面冲了出来，只期冀着绿篱瞎猫碰上死耗子，赵王醉大发了，只被她声音一吓就瘫倒在地上才好。

不过，这得醉多么大发才能有这个效果啊！

就见赵王身形极迅疾地一晃，避过了绿篱如猛虎般一扑，然后脚下一钩，绿篱人便继续向前扑了过去。同时，赵王掌刀挥出，直劈向绿篱颈后。

我一看大惊，忙叫道：“手下留人！”

赵王的手略顿了顿，还是继续劈了下去，不过势道却是明显减弱了许多，便听得绿篱小姑娘闷吭一声，人就委顿在了地上。

成事不足，败事有余，说的就是绿篱这样的！

我又气又急，忙上前去看，先摸了她颈侧的动脉，又测了测她的鼻息，见她只是暂时昏迷了过去，这才放下心来，转回头看向赵王。

赵王忙用手扶了头，醉酒似的往廊柱上倚去。

我说道："行了，快别装了，赶紧的吧，这地上这么凉，躺久了非得生场大病不可，过来搭把手，把她给我扶起来。"

赵王身子明显僵了僵，不过却是站直了身体，走上前来弯下腰眯着眼睛探究地打量我。

我左右看了看，指了不远处的望梅轩，说道："就那里吧，还暖和点。"

赵王这回挺干脆，俯下身去双手一抄就把绿篱从地上抱了起来，大步地向着望梅轩走去。望梅轩里并无宫人守着，赵王将绿篱放在了软榻上，这才转回身看我，问道："皇嫂，您该说说这到底是怎么回事了吧？"

我没理他，用披风给绿篱盖严实了，转身出了门。

赵王似怔了片刻，这才跟在后面出来，与我一同蹲在门外的台阶上。

两人一时都没说话，只看着台阶下绽放的寒梅发呆。

片刻之后，我转头问他："你想知道这是怎么回事？"

赵王没说话，只点了点头。

我很是挑衅地看着他，"没怎么回事，就是看你不顺眼，想揍你一顿出出气。"

赵王扬眉，颇为意外，"难道并不是为了报复宛江之事？"

我嗤笑一声，摇了摇头，"没想那么多。"

赵王愕然地看着我，我转回头去继续看着梅林发呆。过了一会儿，忽听得赵王幽幽问道："你可知道映月的事情？"

我不由得撇了撇嘴，答道："正在幽兰殿呢，我整日里山珍海味地养着她，愣是多不出一两肉来，她那肚子也真够没良心的！”

赵王的面色更是惊愕，好半晌才恢复了常态，叹道：“没想到你落了回水，人倒是通透了许多。”

我琢磨齐晟不可能满世界宣扬我是借尸还魂的事情去，听了也便只轻轻一哂，说道：“鬼门关里转一圈回来，就是块石头也得浸成水晶石了。”

赵王听了又是一阵沉默，突然说道：“她口口声声说爱的不是三哥的权势，可你说我除了不是太子，哪里不如三哥？她到底爱三哥什么？如果我与三哥的身份换一换，她还会如此吗？”

赵王这问题问得很有深度，我琢磨了半天也没法给他一个确切的答复，只能反问道：“你有没有问过屎壳郎为什么生下来就喜欢滚粪球？难道换成别的球不一样滚吗？”

赵王一愣，随即便又放声大笑起来，笑着笑着，人竟然都仰倒在了地上，好半天都停不下来，喘息着笑道：“她说要专一的感情，我便遣散了所有的侍妾，她说爱情里容不下一粒沙子，我便对身边的侍女都不假颜色，我哄着她，敬着她，到头来，她却向别人要着一生一世一双人。”

话到后面，赵王声音已是有些哽咽，他用手背遮了眼，停了好半天才又问我道：“三嫂，你说天下怎么还会有这样的女人？她到底是怎么想的？”

我无语，皱眉苦想半天，只得诚实答道：“我实在不太了解屎壳郎的思想。”

赵王又笑开了，一骨碌从地上爬起来，盯着我说道：“三嫂，我现在突然发现自己很喜欢你。”

我一惊，却见赵王身后的门悄悄地开了，绿篱做贼一般从里面探出头来，手里还举着我那条斗篷，直冲着赵王就扑了过来。

赵王这回没提防，又因是蹲在了台阶上，便一下子被绿篱扑倒了下去。

绿篱整个人都骑在了赵王身上，回头冲着我兴奋叫道："娘娘，还打不打？"

我怔了，很是敬佩地仰望了绿篱片刻，一发狠撸了袖子就过去了，"打！交情是交情，打架是打架！绿篱，给我狠狠地揍！说什么也得把宛江之仇报回来！"

我与绿篱对着斗篷拳打脚踢，斗篷之下传来赵王略有些闷的声音，"三嫂，别打头脸！一会儿还要回大殿呢！"

我心中恶气更胜，冲着赵王又狠踹了几脚，这才罢了手，拍拍手掌吩咐绿篱："够了，出气了，咱们走！"

说完便拉了绿篱大步离去。

回到大殿，酒宴还在进行，我坐回到席位上，气还没喘匀，就听身旁的"粪球"同志冷声问道："刚才哪里去了？"

我稍一思量，转头低声答道："我报仇去了！"

齐晟面容微微一僵。

我便倾过身子凑近了他，在他耳边低语道："我一看见赵王就来气，对自己媳妇也能下那狠手，真不是个东西啊！就这，他刚才竟然还敢挑衅呢！我气不过，就带着绿篱去打他闷棍了。"

说着冲着刚落席的赵王处抬了抬下巴，问齐晟："你看看，技术不错吧？一点没伤到他的头脸。"

远处的赵王看到我与齐晟看他，有些不明所以，忙用双手端了酒杯高举过顶，毕恭毕敬地向我俩遥敬了一杯。

我这次很是大度地冲他举了举杯，转过头与齐晟说话的时候就忍不住有些眉飞色舞，“瞧瞧，打服了吧！”

齐晟的脸色越来越黑。

我暗自琢磨到底是哪句话又惹了他不痛快，还没想出来，便听得齐晟从牙缝里挤出一句话来：“你是皇后！”

我默了一默，立刻端庄了姿态，淡定答道：“臣妾知道了。”

许是我态度良好，齐晟虽没说什么，不过脸色却是缓和了不少。我放下心来，开始把注意力放到殿中的诸人身上。

赵王那里自不必说，这下变得十分乖觉老实，每当我视线转过去的时候，他都能及时地察觉到，然后很是恰当地表现一下仰慕爱戴之意。

茅厕君那里也一如既往的淡定，不过，我知道他最近的日子并不好过，齐晟一直在找他的麻烦，总是给他些无足轻重的差事，然后又对他大肆训斥。

换句话说，齐晟一直在鸡蛋里挑骨头。

我无能为力，只能看着，等着齐晟收拾完了几个兄弟，再转回头来收拾张家。我想茅厕君也很清楚，所以他也只能先熬着，尽量熬长一点时间，熬到齐晟有了儿子，熬到我们的结盟有了第三角来支撑。

我想到这里就觉得来气，若不是因为赵王把江氏祸害得太惨了点，江氏这会子没准也能怀上了，那才是真正的皆大欢喜！

一想到这，我忍不住又去横了赵王一眼，正好又对上了赵王的视线，他愣了一愣，表情很无辜。

我最受不得一个大男人做此等卖萌的勾当，侧脸低声交代绿篱：“下次见到赵王了，还给我可劲儿地揍他！”

齐晟忽然转过了头低声问我：“怎么了？”

我忙掩饰地摇了摇头，回答：“没事，就是喝得有点多了，头晕。”

齐晟目光在我脸上停了片刻，轻轻地嗤笑了一声。

我一听他这动静，就觉得这厮不知又看出我什么破绽来了。我十分地讨厌他这种冷嘲热讽的态度，有话说话，有屁放气，有事没事地嗤笑两声，你这是想说话呢还是想放屁？

我肚中腹诽着，脸上却不敢带出丝毫不满来，干脆就装没听见的。

又听得齐晟叫我："一起去给皇祖母和太后敬杯酒吧。"

他这要求提得不算过分，我没有拒绝的理由，只能端着酒杯站起身来，跟着他走向太皇太后林氏和太后那席。太后宋氏没说什么，只含笑地饮了酒，太皇太后那里却是先扯着齐晟低语了几句，然后又一把拽住了我，拉到身边苦口婆心地说道："芃芃啊，男人都是犟驴子，得顺着毛捋，最不该做的就是和自家男人赌气。"

我有些尴尬，勉强点了点头，林氏这才算松了手。

齐晟还在前面几步远的地方等着我，伸手拉了我的手走回到席位上。这回，我不等他问便主动交代道："太皇太后说了，你是属顺毛驴的，不能戗着毛捋。"

齐晟转过头看着我，也低声说道："皇祖母也和我说了……"

他话说一半就停了下来，我很好奇林氏会用什么动物来形容我，于是眼巴巴地瞅着他，等着他把那下半句说完。

许是我的神情太过认真了些，齐晟就轻轻地扯了扯嘴角，把嘴凑到了我耳朵边上，这才呼着热气说道："她说女人得用哄的，叫我快点给你个台阶下，所以，我决定今天晚上就去你宫里歇上一宿，也叫你在后宫之中有些脸面。"

仿若一个响雷从头顶劈下，我一时傻了。

齐晟抽回了身子，漫不经心地喝着小酒，很是悠闲自在。

我却只能笔直笔直地坐着，脑子里乱作一团，心里只想大喊：你这脸面还是都给了幽兰殿的江氏去吧！我这人最不要脸了！

绿篱悄悄地出去了一趟又回来了，从我身后凑了过来，十分忧愁地对我说道：“娘娘，我刚才又去了望梅轩，斗篷不知道是谁拿走了，可别再落到有心人的手里。”

我回过头去，也十分忧愁地看着她，“绿篱，斗篷不重要了，重要的是皇上打算要夜宿咱们宫了。”

绿篱怔了一怔，脸上立刻若阳光般灿烂了！低声欢呼道：“娘娘，老天开眼，您总算熬到这一天了！”

“是啊，大晚上的，老天爷不睡觉，竟然开眼了！”我喃喃自语道。

绿篱低头思量了片刻，赶紧上前把我的酒杯给添满了，语气诚恳地劝道：“娘娘，外面冷，多喝几杯暖一暖身子吧。”

我刚刚举杯，还未饮下，就见身旁的齐晟身影隐隐晃了晃，手中的酒杯中洒出点点滴滴的酒水来。他转过头瞥了我一眼，神色竟颇有些不自在，看到我也在看他，剑眉一拧，干脆就伸手过来夺下了我的酒杯，冷声道：“没有酒量，就不要逞能！”

我有些不太理解他的行径，身后的绿篱却是极其兴奋，凑近了我耳边得意说道：“娘娘，您看，皇上爱护您哪！”

话音刚落，齐晟那里不知又想到了什么，转过身又把酒杯塞进了我手里，说道：“算了，喜欢喝就喝个够吧！”

我有些怔，愣愣地喝了那杯酒。

绿篱又从后面凑了上来，低声道：“娘娘，您看，皇上多宠您哪！”一边说着，又赶紧给我添了一杯酒。

我突然就想明白了，合着这两人都是打算着把我灌醉了好行事？他们真当老子是傻的？！我今儿还就偏不喝了！我重重地将酒杯放到了案上，冷声吩咐绿篱道：“我头晕，不想喝了，回宫！”

齐晟微微侧了头用眼角瞄我，忽地笑了，轻声说道：“也好，芃芃先回宫等着朕吧。”

我刚起身，闻言脚下老大一个踉跄。

绿篱一把扽住了我，连拉带扯地将我向大殿外拽，脚下如同生风。

我一边被她拖着走，一边试图劝服她：“绿篱，上赶着的不是买卖，我理解你的心情，可这不是一个人能干的事。而且，男女这档子事啊，谁主动了谁就……哎！咱慢点走成吗？”

绿篱终于停下了脚步，转回身看我。

我刚松了口气，就见绿篱冲着一直远远跟在我俩身后的宫女内侍一扬手，招呼了两个小宫女跑上前来，干脆利索地交代道：“娘娘醉了酒，扶了娘娘，回宫！”

我怎么也想不到我竟会有被醉酒的一天！

夜空透亮，月朗星稀，我仰头望天，心中只想骂人！

被人架回了宫，被人脱衣，被人扶进浴桶中，被人洗涮，被人披上纱织寝袍……我终于忍不住开了口，给绿篱提意见，“咱们能穿厚点吗？这还寒冬腊月呢！”

绿篱小心地往我唇上涂着胭脂，压根儿没把我的话入耳，只着急地说道：“别说话，娘娘先别说话！”

我老实地闭了嘴，干脆闭目思量接下来将要面对的一切。

身为皇后，陪着皇上睡觉那是天经地义的事情，我既然已经坐到这个位子上，这种事情再推也推不到哪里去，除非齐晟彻底厌弃了我。

可如果他真的彻底地厌弃我，对我却是百害而无一利。

更何况男女之间这点事，你拒绝一次两次，男人还可能觉得你有性格，多了，再多的兴趣和耐心也会磨没了。

而且，反正也是有过一次，再来几次也无所谓了。闭上眼，咬咬牙也就过去了！

理由想了千千万，却怎么也无法拆开心中的那个疙瘩。

为什么要是我被压啊！

夜已深，殿中红烛摇曳。在绿篱无数次的巴望与无比的期盼之中，齐晟姗姗来迟。

我被绿篱扯了起来在殿门处迎驾，齐晟扫了我一眼，眉宇间竟然也闪过了一丝不自在，转身由宫女服侍着进了侧殿洗漱。等他换了衣服再出来的时候，我已盘着膝坐在床上，心中不停地默念着：我现在是皇后，我将来还要做太后，我现在是皇后，我将来还要做太后。

殿中的人都悄悄地退了下去，齐晟坐到了床边，静静地看着我。

此时此刻，我心中却是忽地镇定了下来，不就是上床吗？我好歹一大老爷们啊！神经用得着这么娇弱吗？

我抬眼看向齐晟。

齐晟微微扬眉。

我很是淡定地问道："是你先脱还是我先脱？"

齐晟的表情便僵滞了下，停了一停才说道："你先吧。"

我觉得既然都要上床了，所以也用不着在脱衣服这种小事上矫情，再说了，谁没见过谁啊！我极其爽快地把身上那又凉又滑又不舒服的睡袍脱了下来，正要扯肚兜的时候却又记起一件事情来，便停下了手，认真问齐晟道："哎？你喜欢什么样的？"

齐晟稍怔，下意识地回了一句："嗯？"

我嘿嘿地笑了，给他做了一个“你什么都懂”的眼神，笑道：“装什么啊，咱们这不马上都‘坦诚相对’了吗？有什么喜好说在前面最好！”

齐晟沉默不语，脸色渐渐沉了下来。

见他如此，我不敢再啰唆，只先声明：“我没别的要求，我只要一条，”说着用食指指了指上面，继续说道，“我要在上面。”

齐晟噌的一下猛地从床边站起了身，拂袖便走。

我心中狂喜，忍不住冲着他的背影轻快地挥了挥手，然后畅快地松了口气，仰面躺倒在大床之上。哈哈，好走，不送！老子玩你一喜欢小白花的小纯情男还不简单？几句话就能吓退了你！

我正闷笑着，却忽觉得气场不对，再抬眼看过去，就见齐晟不知何时又去而复返，正站在床边默默地看我。

我心中一惊，忙挣扎着从床上坐起身来，谁知人还没坐直，齐晟一只手便伸了过来，只轻轻一推就把我推倒在柔软的被褥之上，另一只手向身后一拂，那本被金钩钩着的帐子便如水一般倾泻下来。

殿中烛火本就昏暗，如此一来，帐中更是只能模模糊糊地看清人的轮廓。

我忙低声叫道：“好男不用强！”

齐晟的身体迎面欺压过来，呼出的淡淡酒气就在我的鼻翼之侧，哑声说道：“好男不在下！”

我一怔，马上纠正他道：“错了！好男应是能上能下！啊，别咬人啊……”

齐晟从谏如流，唇齿从我的肩上离开，却沿着脖颈往上而来。既然怎么也躲不过，不如先抢占一个先机，好歹也算是老子的主场！

我忙侧过头，伸手抬住了他的下颌，用力向上撑了去，另只手也从他肋下抽了出来，推了他的肩膀，用力地往一侧翻去。薄绸之下，齐晟的肌肉坚硬紧实，如同推一块带着热度的石壁，纹丝不动。我咬了牙，正使着吃奶的劲，手腕却被齐晟抓住了，轻轻松松地扯到了头顶之上。很快，另外那一只手也被拉了上来。

头顶之上，老子两只手终于胜利会合了。

啊啊啊啊啊！这事老子还是忍不了啊！

我急声叫道："酒！先喝酒！"

齐晟发出低沉暗哑的笑声，压低声音说道："一会儿再喝吧！"说着伸手将我推倒下去，欺身覆了过来……

我突然就想起很久以前听说过的一句哲理名言来，说是生活就像强奸，与其奋力挣扎，不如闭眼享受。我现在觉得这话真对，不过改一下顺序也很有道理！

许是齐晟觉得我没有像在张府那一夜热情，事情做到一半，忽地把我从床上抄了起来搂紧了，唇贴到我耳边哑声说道："我既说了不会再负你，便——"

我打断他的话，很是严肃地提意见："咱做事能专心点不？"

齐晟身体明显一僵，唇离了我的耳边，沉默地看我。

我趁机用力将他推倒在床上，笑道："好了，换我在上面了！"

齐晟这次没反抗，静静地躺在那里看着我。

我琢磨着事情已经进行到了这一步，半途而废实在没有意义，索性便也豁出去了，仿照着霓虹国德艺双馨的艺术家们的动作，在他身上实践了起来。

齐晟的呼吸渐粗，到后面再也压抑不住口中的呻吟之声，双手更是失控地紧紧握住了我的腰。我原本还瞧着他的笑话，可慢慢地，自己竟然也做出点滋味来。正渐入佳境时，殿外却突然传来一阵杂乱的脚步声，便听得齐晟的近侍在外叫道："皇上，皇上。"

我停了下，齐晟却一把拽低了我，就势翻身把我压在了下面，对着外面的声音充耳不闻。

外面内侍的声音越来越焦急，到后来竟是急声喊道："皇上，幽兰殿那边出事了！"

齐晟身体一紧，顿时僵住。

江氏啊江氏，你瞧你赶的这时候，你要是能早点出事，老子也不用失身了！

齐晟抽离了身体，却没起身，昏暗之中，只是默默地看我。

老子被他放在了半山腰上，一肚子的火气，没好气地挥手道："快走，快走！"

齐晟没说话，停了片刻终于起身迈下了床，招了内侍进来穿衣，然后又在我帐子外站了站，转身离去。

第八章 皇后真有喜了

第二日，皇上在皇后宫中宿了半宿的事情就传遍了整个后宫，那伙子嫔妃再来请安的时候看我的眼神都变了。

我很理解。

原来大伙一起守活寡，一起旱着，彼此之间还算融洽，这下好了，就我这里下了半宿的雨，虽然地还没浇透，可是，平衡已经被打破了。

唉！不患寡就患不均啊！

我琢磨着得找个机会好好地劝一劝齐晟，他的心完全可以继续放在江氏那里，不过身体还是应该普度一下六宫的姑娘们嘛。

绿篱反应倒是平静，只是自从那一夜之后便开始准备婴儿的衣物。

我看着那些巴掌大小的衣服，十分无奈，有心给绿篱普及一下一颗受精卵的形成是多么不容易的一件事情，可又想着说了她未必能听懂，只能作罢，只是劝她道："怀孕这事是可遇不可求的。"

我当时只是这么一说，万万想不到这可遇不可求的事情就突然砸到了自己脑袋上。

宋太医的手指从我手腕上抬起，先起身后退了几步，一撩袍角就跪在了青石砖上，颤声道："恭喜皇后娘娘，娘娘这是喜脉！"

我一下子怔了，下意识地问道："你说什么？"

宋太医趴伏在地上，身体隐隐颤着，重复道："娘娘有喜了。"

我脑子仍有些蒙蒙的，心里却是想问宋太医一句：哎，我这怀的又不是你的种，你至于哆嗦成这样吗？

一旁的绿篱早已是喜笑颜开，惊喜万分地说道："娘娘有孕了！阿弥陀佛！佛祖保佑！"她双手合十，冲着天连连参拜，又转头说道，"娘娘，咱们得快些把这个喜讯禀报皇上才是！”

我这会儿没心情理会她，只抬手止住了她的聒噪，又问宋太医道：“你没诊错？我月事向来不准的。”

宋太医抖着手捋了捋胡须，又颤着声说道：“阴搏阳别，寸脉沉，尺脉浮，鼓动滑利，阴中见阳，又有和调之象，确是有孕的脉象。只是娘娘脾肾气血略显虚弱，为保万全，老臣给娘娘开些安胎的药调养一下。”

我听不懂他所说的脉象，不过意思却是理解了，那就是我确实是有了，只是貌似胎象有些不稳，所以得先保胎。

保什么胎啊！老子一点女性福利都还没享受到呢，这就有了？

我沉着脸不说话。

宋太医小心地瞄了我的脸色一眼，赶紧借着要下去开方子的由头退了下去。

绿篱直将他送出了殿，这才转了回来，先欢天喜地地打发了小宫女去给齐晟送信，又赶紧催促着众人将我扶到了内殿休息，然后又怕我嫌吵，忙遣退了众人，只独自留了下来陪侍。

我刚才被雷劈得狠了些，一直都有些愣怔，这时才突然察觉出来绿篱好像有些不对劲，不由得眯了眼睛去打量她。

绿篱刚才还挂满脸的笑容顿时全消，默默地走到我面前跪了下来，用手轻轻地扶了我的膝，抬脸凄声叫道：“小姐。”

和绿篱住了一年多，我多少也摸到了些她的性子，一般她叫我小姐的时候，基本都是在我被齐晟“厌弃”的时候。

我平静地看绿篱，只是问：“怎么了？”

绿篱红着眼圈，几次迟疑却是先央求道：“有件事情小姐听了千万要受住了，身子是自己的，小姐万不可再做出傻事来！”

我一听她这铺垫，心里也不禁有些发虚起来。这是怎么了？至于这么严重吗？

又见绿篱深吸了口气，这才说道："小姐并未有孕，那宋太医是家里已买通的才这样说的。"

我一怔，心中猛地涌出一阵狂喜来，顿时激得我坐直了身体，瞪大了眼直直地看向绿篱。

绿篱咬了咬牙，又发狠地说道："前两日幽兰殿又召了太医，却是宋太医去的，家里觉得蹊跷，便暗中找了宋太医询问，这才知道江氏那贱人竟然被诊出了身孕来。"

江氏终于怀孕了！我心中一喜未平一喜又来，一个控制不住，人噌地就从床边站了起来！

"小姐——"绿篱惊叫一声，扑过来死抱住了我的双腿，低声哭叫道，"小姐，小姐，您要忍啊，就是被打落了牙齿也要和着血往肚里咽啊！"

我只觉得满身的血都往脑袋上涌了，低下头紧紧地握住了绿篱的双肩，紧张地问："你说的都是真的？怀孕的不是我，而是江氏？"

绿篱只是哽咽，泣不成声。

我急了，使劲摇了摇她，问道："说话！到底是谁怀孕了？"

绿篱用力抹了抹脸上的泪水，强抑住哭泣，狠声道："是江氏那贱人，不过两个月，也正在保胎，家里已经使了人，尽量想法除了她腹中的孽种。可又怕有个万一，那孽种真要是生了下来，便是皇上的长子，皇上又被那贱人蛊惑着，到时候万一要把那孽种落入娘娘名下，那可就成了嫡长子！再立为太子便是名正言顺的事情！所以家里便迫了宋太医，叫他给娘娘也诊出喜脉来。这样一来，若是能提前除去江氏的那块肉，娘娘这里怎样都可，若是除不掉，咱们便要赶在她之前生下皇子来！"

这算不算另一个版本的“狸猫换太子”？

我听得一时只呆愣愣地站着，有点接受无能。

原本江氏能怀孕，这是多么好的一件事情啊！江氏现在身份见不得光，只要生下了皇子，齐晟为了不委屈那孩子，必然会先将他落到我的名下，然后再过上几年，叫江氏改头换面进入宫中……

这几年，也正是我想利用的，只要经营得当，张家与茅厕君齐齐发难，打得齐晟绝无回天之力，到时候只能跟着江氏去阎君那里一生一世一双人去！

可惜，这一切都被我的“有孕”给打破了。在经历了被醉酒之后，我又悲催地被怀孕了……为什么这伙子人做事都不能提前和我打个招呼？

我有苦难言，一时只想骂人啊！

绿篱见我一直没有反应，顿时害怕起来，摇了摇我的腿，急声唤道：“娘娘，娘娘！”

我这才回过神来，怒道：“这事为什么不早说？！”

绿篱吓了一跳，下意识地往后仰了仰，然后又扑上前来，哭着解释道：“家里知道娘娘性子烈，怕事先告诉了您，只会叫您露出马脚，没准儿一个忍不住还会打到幽兰殿去，到时候反而是正中了江氏贱人的下怀，空惹得皇上厌弃。”

看着哭得梨花带雨一般的绿篱，我很无语，只能颓然地坐倒在床上。皇后有孕的事情，马上就会传遍后宫，然后是朝廷上下……原本好好的金三角，一下子又多出一个角来。这事，我怎么也得给茅厕君一个交代。

我抬眼看向绿篱，想着怎么说才能叫她明白我才是她真正的老板，可一见小姑娘都哭成这个样子了，我又硬不下心来说狠话，最后也只能严肃地说道："绿篱，以后行事，必须先向我打招呼，你现在是皇后的侍女，不是张家的侍女，我供你吃，供你穿，以后还要给你找婆家，你的衣食父母是我！你以后要是再给别人干私活，就别怪我断你的饭碗！"

绿篱吓得怔怔的，只一个劲儿地眨着大大的杏核眼，也不知道到底听懂没听懂。

我无奈，只能挥了挥手，算是揭过了这一章，交代她道："你想个法子，给楚王通个信，叫他尽快到我这来一趟。"

绿篱愣了愣，又扑了过来，压低声音急切地劝道："娘娘！您可千万不要做傻事！宋太医自会有法叫您不来月信，家里也能找到合适的婴儿，再说您现在就是找了楚王殿下来帮忙，一是宫中人多眼杂，一旦走漏风声就是个'死'字，二是您身子还没调养好，难保一次就能有孕，再者说即便怀上了，日子上也对不上的啊！"

我开头没听懂，仔细琢磨了琢磨才明白了绿篱的意思，看着她那急切的小脸，我手都抬起来了，又强行忍住了，心里只一个劲儿地默念道：我不打女人，我不打女人……

我深吸了口气，说道："绿篱，你先起来。"

许是我脸色十分难看，绿篱吓坏了，忙从地上爬了起来，怯怯地立在一旁。

我郑重地交代她："第一，江氏肚子里的孩子必须保住！你传信给家里，叫他们绝不能动一丁点别的心思！第二，齐晟不是傻子，你从宫外搞个孩子来，他不可能不知道，所以，也叫家里死了这条心，赶紧想法把我肚子里的这假货名正言顺地去掉！第三，给家里说一声，就说我十分想念二姑娘，叫她进宫陪我几日。第四，必须尽快安排我与楚王见上一面！"

绿篱点了点头。

我松了口气，脸色也缓和了些，看到绿篱还是一脸惊惧之色，不觉又有些心软，正想安慰她几句，便听得殿外有内侍扬声叫道：“皇上驾到！”

我赶紧低声呵斥绿篱道：“擦干了泪，赶紧给我笑起来！”

绿篱忙低头揉了揉脸，再抬脸时已是笑靥如花。

我却是有些傻眼了，这就是真女人啊，变脸比翻书还快啊，我什么时候才能掌握这项技能啊！

转眼间，齐晟已是出现在内殿门口，也不说话，只站在那里神色不明地看向我。元宵节那夜之后，他再没来过我这里，到如今已是一月有余。因那次他是从床上走的，这次床下再见，我不觉也有些矛盾，一时不知是该做出“惊喜万分状”还是“委屈埋怨状”。

要说还是绿篱反应快，忙过来扶了我的手臂迎上前去，口中笑道：“皇上来得正好，快哄哄娘娘吧，宋太医给娘娘诊出了喜脉，娘娘竟然像小孩子一样又哭又笑的。”

我一个激灵，琢磨了一下，赶紧用另一只手撑住了腰。

这个情景落入齐晟眼中，他原本一直如沉水般的面容忽地生动起来，连带着眼中也含上了一丝笑意。

我摸不透齐晟的心思，只能以不变应万变。

齐晟上前几步，从绿篱手中接过了我，一手托我手臂，一手扶着我的腰，引着我向床边走，口中淡淡地交代着：“这几个月坐行都稳当一些，等身子结实了再说。”

我被他整得有点受宠若惊，下意识地往前挺了挺腰，可小腹处依旧是一片平坦，想现在就装孕妇着实太早了些，干脆闪开了齐晟放在我腰侧的手，干笑道："怀个孩子而已，哪有这么娇气的？"

齐晟默了下，慢慢地收回了手。

殿外忽传来宫女的通报声，"皇上，娘娘，陈淑妃、黄贤妃与李昭仪等人过来给娘娘贺喜，正在殿外候着。"

我怔了下，偷眼瞄了瞄齐晟，见他微垂着目光，像是没有应声的打算，于是只能自己清了清嗓子，吩咐道："叫她们进来吧。"

片刻之后便听得一阵环佩叮当之声，许多个靓装美人姿态袅娜地从殿外进来，顿时莺莺燕燕挤满了内殿。只见环肥燕瘦，各有千秋，一个赛一个的美，一个胜一个的娇，口中虽都向我说着恭喜的话，可小眼神却都黏在了齐晟身上。

我心里不禁又酸又涩，这许多的花朵一般的美人，竟然都要吊死在齐晟这棵歪脖树上，天理何在啊！既然不懂得怜惜美人，不如就把这宫墙盖得矮点，叫大伙也好爬着方便点。

齐晟却是有些不耐烦，几句话把一殿的美人都给我打发了，最后还交代内侍道："皇后刚有了身孕，别叫她们过来打扰，就先免了她们每日的问安吧。"

我一怔，心中顿时哀号，老子每日里也就剩下了这点乐趣，你还要给老子断了啊！"慢着！"我连忙唤住了内侍，又严正了一张面皮对齐晟说道，"皇上，礼不可废，我既是六宫之主，就更得带头守礼，嫔妃们的每日问安不能免，我还要带着她们去给太皇太后和太后问安呢！"

齐晟不语，眼神晦暗不明地看向我。

我就想着既然已是开了口，就不如把话都说明了的好，于是遣退了宫女与内侍，深吸了口气，这才说道："皇上，我曾和您说过，与其两人相互猜着心思过日子，不如都敞开了说，商量着做事。张家目前势大，我若再生子，怕是外戚势力更要膨大。有孕这事本不是我所愿，这孩子要不要也全在您的决定。”

齐晟面无表情，到后面竟是垂下了眼帘，如老僧入定一般不动了。我心里挺着急，原本还能从眼睛中看出点情绪来，这下可好，什么也看不到，只能全靠自己蒙了！

曾有高人说过，和聪明人对招，比较好的法子就是敞开天窗说亮话，你和他斗心眼只会叫他小看了你。而和傻叉对招，你最好也是实话实说，不然只会叫他误解了你。

我琢磨着，齐晟就算不是聪明人，可多少也能算得上是个傻叉，和他说直白些总是没有问题的。

我想了想，又说道：“和您说个实话，幽兰殿那边怀孕的事情我已经知道了。您也知道，我本就无意争宠，对江氏绝无嫉妒之心，反倒是颇多同情怜惜。只是，赵王妃虽然算是死了，这宫里宫外见过她的人却是不少，怎么也要等上几年，大伙都把这事忘得差不多了，才好把她换个身份光明正大地弄进宫来。可那孩子却等不得，总不能叫他无名无分地长在这宫中。所以……您若是信得过我，不如就先落在我的名下，占了嫡长的名分，即便日后您想传位于他，也是更容易些。”

好一番长篇大论，直说得我口干舌燥起来，我伸手去端桌上的一杯凉茶，还不及喝到口里，茶杯却被齐晟握住了，只冷声吩咐道：“叫她们换过热的来喝。”

我话还没说完，不打算叫人进来打断，便只能恋恋不舍地放下了那茶杯，舔了舔有些干裂的唇，接着劝齐晟道：“我还是老生常谈，你也别嫌我唠叨，你总是这样守着江氏不是法子。江氏虽是可怜，可后宫中其他女子就不可怜？你刚才也看到了，大伙看你的眼神都什么样了？这女人啊，最怕的就是不公平，你初一睡了江氏，十五就该换个地方，不论是陈淑妃，还是黄贤妃与李昭仪那里，你是皇帝，理应三宫六院，江氏也该理解才是，哪里有对着皇帝要求一生一世一双人的呢？心在她那里就够了，宫中其他嫔妃，多少也该照顾照顾，雨露均沾才是……”

我话还没说完，便听得咔吧一声，齐晟竟是把一直攥在手中的茶杯给捏碎了。

哎呀！这是个什么臭脾气！

我忙又弥补道：“算我什么都没说，您自去和江氏一双人去，宫里我来打点，我来打点！”

齐晟不发一言地从桌边站起身来，阴沉着脸看我半晌，转身便走。

我愣愣地坐了半天，心中十分不齿他这种一言不合就使性子甩门就走的行径！

绿篱从外面进来，见到桌上的碎瓷片，惊叫一声扑了过来，执了我的双手仔细打量，着急道：“娘娘这是伤到哪里了？怎么流了这么多的血？”

我一怔，去细看桌上那些瓷片，这才发觉瓷片上竟是带了血的，连带着地面上都沾了点点滴滴的血迹。

我顿时悔恨得只想撞墙，哎呀，这下可毁了，可算是把齐晟给得罪狠了！

绿篱还翻来覆去地看着我的手，试图找出一处两处的破口出来。

我抽回了手，吩咐她：“赶紧的，尽快把我刚才交代的事都办利索了。”

要说绿篱这丫头的大脑回路走向虽然有些奇特，可工作能力还是很不错的，只第二天，张家二姑娘便打着思念胞姐的旗号进宫来了。

张氏的祖父护国大将军张生虽是个瘸子，可人却是长得极好的，又加上张老太太言氏年轻时也曾是个美人，所以张家这姐俩模样都很是不错。若说张氏是朵富丽堂皇的牡丹，那么张二姑娘便是枝优雅清丽的白莲了。

看着面前含羞低头的张二姑娘，我感慨颇深，就这样的美人，可偏偏却要推到别人怀里去。哎呀呀，这不是生生地割我的肉吗？

遣退了殿内所有的宫女，又让绿篱亲自在殿外守着，我冲着张二姑娘招了招手，“坐到我身边来。”

张二姑娘起身坐了过来，依旧是微低着头，嫣红的唇轻轻地张了张，出声唤道：“娘娘。”

好大一盆凉水兜头浇了过来，顿时把我心中的一丝绮念冲刷了个干干净净。

我清了清嗓子，低声问道：“你可识得贺秉则贺将军？”

张二姑娘面上一红，飞快地闪过一丝惊慌之色。

我暗自点了点头，如此看来便是有戏了。

去年夏天老皇帝去阜平行宫避暑之时，有意将茅厕君的几个候选王妃都召去阜平考察一番，张二姑娘便在受邀的名单之中。当时还是太子的齐晟怕张家和茅厕君扯上关系，特意做了手脚，由年少俊美的左翊卫将军贺秉则去担任护卫，为的就是叫贺秉则在途中给茅厕君来一招釜底抽薪。

可没想到人还没送到行宫，老皇帝却忽地马上风死了，贺秉则也半路转回了盛都，带兵力顶齐晟登基为帝。时间不过才过去多半年，很多事情还历历在目，可早已是物是人非了。去年端午之时，张家二姑娘还对着茅厕君羞涩不已，现如今，却只因听到贺秉则的名字就满面绯红了。

看来，这生米已是做成了夹生饭了。

哎，女人啊，女人，真真最是善变啊！

我暗自叹了口气，说道："你别问我是怎么知道你们两人私下交往的事情，你瞒得虽好，可这世上没有不透风的墙，家里是早晚会知道的。若在平常人家，你们两个郎才女貌，又是心心相印，自然是大好的姻缘。可我们张家是外戚之家，又手握兵权，已是引得皇上忌惮，而贺家偏生也是军中砥柱，贺将军的娘亲又是太皇太后的亲侄女……"

张二姑娘原本红润的脸色越来越苍白，手也紧紧地捏了衣角，低头不语。

我不忍心再吓唬小姑娘了，便收了话，轻声问道："我只问你，你可有何打算？"

张二姑娘已是泫然欲泣，突然起身跪在了我的身前，哭泣道："大姐，我是真喜欢他，我是真的喜欢他啊！"

我忍下怜香惜玉的心，故意停了一停，才又问道："那他呢？他如何说？"

张二姑娘迟疑了下，面色羞红，声音低得如同蚊蚋一般，"他说他定不会负我。"

嗯，好一个"定不会负你"！齐晟以前也这样说过，可转身就将老子推下了宛江。现如今，他手下的小兄弟也这样对老子的妹子说了。

我定睛看向张二姑娘，沉声问道："你真那么喜欢他？"

张二姑娘思量片刻，坚定地点了点头。

"这就好说了，去找贺秉则吧，告诉他，为了他你可以舍弃张家二小姐的身份，只图跟在他身边，为婢为妾都可以！"

张二姑娘惊愕地瞪大了眼。

我笑了，凑近了她低声说道："傻丫头，你想想，你这样只会叫他感动，更加怜惜你。可贺家敢叫皇后的嫡亲妹子为婢为妾吗？只要你们两个把事情先做了，双方大人为了脸面也只能压下这件事。更别提，还有我暗中助你呢！"

张二姑娘是个聪明丫头，低头琢磨了一下，已是明白我的意思。却是羞红了脸，低声问道："他……他若不……怎么办？"

我乐了，冲她眨了眨眼，笑道："这事，决定权向来不在男人手里的。"

张二姑娘一怔，顿时扭捏起来，伸出手来轻轻地捶打着我，娇嗔道："大姐，你真坏！"

是啊，我也觉得我真坏，可是，又有什么办法呢？

绿篱送走了张二姑娘，回来很是不解，问我道："娘娘为何要鼓动二姑娘去私奔？这要是败露了，二姑娘一辈子就毁了啊！"

我觉得身边既然就一个绿篱是可用的，有些事情又不可能全瞒住她，与其叫她半知半解地坏我事情，不如索性都敞开了告诉她。

"现在军中三足鼎立，咱们张家为大，剩下的便是贺家与江北杨家。杨家与楚王一直不清不楚的，所以皇上不敢用，要打击咱们张家，军中能用的只能是贺家。二姑娘只要贴上了贺秉则，不管结果如何，已是在皇上与贺家之间生了缝隙，皇上再用贺家的时候，便会思量思量。"

绿篱听得目瞪口呆，好半晌才回过神来，赞我道："奴婢明白了，娘娘真是高明！"

这个马屁拍得不痛不痒的，我没理会，只是又问绿篱道："绿篱，你知道为什么我什么事都不瞒你吗？"

绿篱微怔，有些疑惑地看着我，想了想说道："因为奴婢对娘娘忠心。"

我笑了笑，摇了摇头，“忠心这事，却是最最说不清楚的事，我信你，只是因为你我二人的性命早就绑在了一起，我生，你活，我死，你亡。而这世上，什么事情也比不过自己的生死最重要。”

绿篱低头沉默许久，抬眼看向我，问道：“娘娘既然看得这样明白，为什么不动些心思去夺得皇上的心？人都说江氏聪明剔透，可奴婢觉得她半分都比不上娘娘。”

“这就是我要告诉你的另外一句话，这世上最最信不得的是男人的情话，最最靠不住的就是男人的良心。”

绿篱怔怔地看着我，像不认识我一般，喃喃道：“娘娘……”

我伸出手去轻抚绿篱的头发，笑道：“绿篱，你家娘娘只是想告诉你，男人虽然都喜欢聪明女人，可大都选择了娶个笨媳妇，为的什么？放心啊！你越蠢，他就会越放心，越不防备你。就如你在我面前一样，不管你暗中怎样聪明，只要你明面上表现得越是少根筋，我越是放心用你。”

绿篱的身子隐隐地抖着，颤声问道：“娘娘在说什么，奴婢听不明白。”

我不想过深地追究，只扬了扬眉，笑道：“听不明白就算了，现在赶紧想个法子约了楚王进宫来见我吧。”

绿篱也没再多说，只低着头应了一声。她临出去的时候，我又叫住了她，很是严肃地叮嘱道：“为了你我两人的小命，请务必继续保持一贯的作风！”

就见绿篱扶着殿门的手哆嗦了一哆嗦。

我有些后悔，不该把话都说得这么明白了，万一她一个恼羞成怒，彻底给我撂了挑子可如何是好啊！

不过事实证明，绿篱还是个好同志，是不会把私人情绪带到工作中来的，因为她很快便促成了我与茅厕君的临时会晤。

这是成为皇后之后，我与茅厕君的第二次恳谈，地点就在御花园里，我去给太后问了安刚回来，而茅厕君则是正要去给太后问安。于是，两人在必经之地——御花园，偶遇了。

对于这样的安排，我很是无语。

绿篱看出我脸色不好，忙解释道：“娘娘想想啊，越是这样光明正大的，旁人越说不得什么啊。”

那是，再不要脸的事如果能做到当众光明正大地讲出来，那也成了新闻发布会了。

茅厕君依旧是一脸的淡定从容，微微欠身一揖，出声唤道：“皇嫂。”

我装相地点了点头，淡然道：“楚王殿下。”

茅厕君便浅淡地笑了笑，说道：“有些日子没见过皇嫂了，只听说皇嫂怀了皇嗣，臣弟这里恭贺了。”

我随手紧了紧身上的披风，冲着不远处的凉亭抬了抬下巴，很是自然地对绿篱说道：“去那边坐一下吧。”

绿篱忙指使着一旁侍立的宫女，“你，快些去给娘娘取了皮褥子来。还有你，赶紧去拿炭盆来放亭子里，你……”

绿篱水葱一般的手指随意地点了几下，一直跟在我身后的宫女便都呼啦啦地散了开去，各自小跑着去办自己的差事。

我挺满意，觉得绿篱这丫头还是有几把刷子的。

茅厕君唇角含笑，立在一旁沉默不语。我瞥了他一眼，率先转身往那亭子走去。直待我走了几步出去，他这才在后面跟了上去。

因还是晚冬时节，御花园里的花木还是一片萧索之色，看入不同人的眼里就有了不同的感受。我没那触景伤情的心境，反倒觉得这样光秃秃的挺好，一眼看过去四下里都明明白白的，哪里也藏不了人，更不用再怕隔墙有耳。

我与茅厕君离了三五步的距离，慢慢地走着，没来什么铺垫，直奔主题地轻声说道：“有身孕的不是我，而是江氏。”

便听得茅厕君的步子顿了顿，又沉默了一会儿，他那略有些低沉舒缓的声音才从后面传了过来，“我知道了。”

我忍不住停下身回过头瞥了他一眼，见他唇角微微勾着，脸上的笑容虽然极淡，可眼睛却带着暖暖的笑意。我想他一定是都明白了，放心地回过了头去，暗叹果然还是和聪明人说话舒服，不用装傻，也不用长篇大论，真是省心啊。

绿篱扶着我迈进了凉亭，我转了身子正要往美人靠上坐，却一把被身旁的绿篱扯住了，绿篱手上的劲使得很大，口中的话却说得无比温柔，另有所指地说道：“娘娘，天气凉，您现在的身子可不能受了寒，您这一坐下去，若是叫皇上知道了，又该责怪奴婢们服侍不周了。”

我怔了怔，只得颇为无奈地站直了身体。

后面进亭的茅厕君见状一言不发地解下了身上的披风，铺在了美人靠上，这才退后了两步，淡淡说道：“先坐这里吧。”

我一直静静地瞅着，心中却是对茅厕君更是佩服起来，能将哄人做到如此无形的地步，倒是没堕了“南夏第一风流皇子”的名头，只可惜老子不是女人，不会被这点小手段迷了眼睛。

我老实不客气地坐了上去，抬头问茅厕君道：“听闻皇上前几日又训斥了殿下？”

茅厕君一直在离我三步远的地方垂手站着，闻言答道：“臣弟办差不力，皇上训斥得对。”

我却忍不住笑了，说道：“皇上新登基，事务繁杂，难免会有脾气不好的时候，楚王殿下也要多体谅皇上。张家那边，我自会去交代他们，叫他们尽力地办差，与楚王殿下齐心协力地辅佐皇上，只等过了这阵子，一切都会慢慢好起来的。”

茅厕君听了轻轻点了点头，说道：“皇嫂放心，臣弟自会全力辅佐皇兄，也希望皇嫂早日生下皇嗣，以固国本。”

我见他如此上道，心中顿时觉得轻松起来，笑了笑，又说道：“你明白就好，时候不早了，你要去太后请安就尽快去吧，太后每日里都要礼佛的，你去得晚了，会打扰她老人家诵经。”

茅厕君也不多说，只又向我恭敬地行了礼，往亭外退去。

我又出声唤住了他，从美人靠上站起身来，叫绿篱把披风送过去，笑道：“有这份心就好了，天气冷，殿下还是自己披着吧。”

绿篱接过披风，一溜小跑地把披风送到了茅厕君的手里。

茅厕君淡淡地笑了笑，抖开披风重新披在身上系好，又欠身冲我一揖，这才转身大步离去。

绿篱回到我的身边，小声说道：“娘娘，既然话讲完了，咱们也快点回去吧。”

远处，抱了皮褥子的宫女小步地往这边跑着，往后看去，还有抱着炭盆的内侍。

我摇了摇头，既然来了，就坐一会儿再走吧。我在已铺了皮褥子的美人靠上重新坐了，吩咐绿篱：“平日里话说得太多了，累！你带着她们去远处玩，留我自己在这儿坐会儿。”

绿篱不解，“娘娘？”

我冲她摆了摆手。

绿篱微微地抿了抿唇，带着几个宫女退了下去。

这凉亭地势颇高，放眼看去能远远地看到几个宫殿群，皆是一片宁静祥和之景，若不是身在其中，谁又能看出这一片平静下暗藏的波涛汹涌危机重重？

我默默地坐了好半晌，这才起身出了亭子，走到一直垂手侍立在外的绿篱身边，吩咐道：“走吧！回宫！”

绿篱大大地松了一口气，低眉敛目地跟在我身后往回走去。

我懒得说话，绿篱也不开口，不远处跟着的几个宫女更是不敢出声。于是待走到那堆假山石旁时，便清晰地听到了里面传来的轻轻的啜泣声。

我想这下坏了，又要惹闲事了，早知道就该敲锣开道的！

可身为皇后，此刻又已是听到这声音，再装聋子就说不过去了。我叹了口气，只能吩咐绿篱道：“进去看看，谁在里面。”

绿篱二话不说，噌噌噌几步迈到假山的石洞前，底气充足地喝问道：“皇后娘娘在此，谁在里面？赶快出来！”

嗯，好丫头，这手不错，不管“皇后”这面大旗管不管用，先扯出来再说！

假山石内静了片刻，然后便听到了极轻微的脚步声，一个身材瘦小的小宫女从里面畏畏缩缩地出来，飞快地向我这瞄了一眼，扑通一声就跪下了，连连磕头求饶道：“皇后娘娘饶命，皇后娘娘饶命！”

她头磕得砰砰有声，只不过眨眼工夫，地面上已是见了血迹。

我看得咂舌，暗叹这丫头简直是太实诚了，磕头都还这么实在！不过，我这也没说怎么着她啊，至于吓成这个样子吗？我赶紧招呼绿篱扶住了她，说道：“没这么大的仇，犯不着这样！”

小宫女听得一愣，怯怯地向我这里看了过来。

我也是跟着一怔，觉得这丫头有点眼熟，想了一想忽地记了起来，哎？这不是那次在幽兰殿见到的那个小丫头吗？当时见了我不知道该如何称呼，因此还被齐晟骂了一句的。

绿篱在一旁瞧出些门道来，走近我身旁，低声问道："娘娘，怎么了？"

我没理会她，反而走到那小宫女身前，弯下腰细看了看她的脸，只不过十四五岁的年纪，五官还透着稚气，脸蛋上本就带着泪痕，这会子脑门又磕得青肿流血，更显得十分狼狈。我看得十分不忍，想递给她块手绢擦擦脸，可手揣怀里摸了半天也没摸出东西来，只得回身向绿篱伸手要道："帕子！"

绿篱忙递了一块锦帕过来。我转手又塞给了那小宫女，柔声问她道："干吗要躲里面哭？有人欺负你？"

小宫女仍是一副受宠若惊的模样，张口结舌地愣了半天，忙又用力地摇了摇头，这才颤着声答道："没，没人欺负奴婢。"

嗯，挺好，既然你都说没有，那我就当你没有好了，反正也是民不告官不究嘛！

我直起身来，拍了拍手，笑道："那就好！赶紧的，哪来的哪去，以后再哭的时候找个没人的地方，千万别叫人听见了，宫里有忌讳的！"

小宫女一脸的不敢置信，呆愣愣地看着我。

我转身招呼绿篱："走吧，大冷天的，早点回去！"

绿篱恶狠狠地瞪了那小宫女一眼，这才走上前来扶住了我胳膊。我觉得被个丫头扶着手臂走路实在别扭，赶紧甩开了她，"没事，我自己走。"

我这里刚走了没两步，却忽听得身后的小宫女突然高声叫道："皇后娘娘！"待我再转回身去，她已是扑倒在了我的脚边上，扯着裙摆哭诉道，"娘娘给奴婢做主，奴婢是冤枉的，奴婢从没想过要勾引皇上的！

奴婢只是给皇上沏了杯茶，奴婢没有勾引皇上的。”

她哭哭啼啼地磨叨半天，我听得脑袋发涨，也没听明白是个什么意思，只能无奈地说道：“要哭就敞开了嗓子哭，要说话就好好说话，你这样叫我怎么能听得明白？”

小宫女愣了，啜泣着看向我。

我估摸着她这是还没哭够，便说道：“你还是先哭一会儿再说吧。”

小宫女还是哽咽着不说话，我实在没招了，只能又与她商量道：“要不你再回那假山石里接着哭一会儿？”

一旁的绿篱看得却是急了，冲上前来扬手就给了小宫女一个耳光，怒道：“娘娘问你话呢，你号什么丧！”

我心里一惊，随即又无奈了，绿篱最看不惯的就是要往齐晟身边凑的女人，这丫头还用了“勾引”这词，能忍到现在已是实属不易了。

小宫女被绿篱扇得歪倒在地上，娇小玲珑的身体更显楚楚之态，绿篱眼中都快冒了火，捋了袖子就要上手。

我骇了一跳，忙伸手扯住了她，求道：“小姑奶奶啊，你快停手吧！”

两人正拉扯着，忽听得远处有宫女恭敬地唤道：“皇上。”

我顺着声音看过去，就见不远处，齐晟一身天青色常服，身后只跟了一个小内侍，正往这边而来。

我一愣，随即便松了手。

一直趴在一旁小声啜泣的小宫女却似打了兴奋剂一般，又扑到了我的脚下，音调高了不止一个八度地哭叫道：“娘娘饶命，奴婢真的没有勾引过皇上啊！”

我一口气没上来，差点憋死过去。她怎么还用“勾引”这词呢？

待喘上这口气来，忍不住气得去点旁边绿篱的脑门，恨铁不成钢地训道："绿篱啊，绿篱，你叫我说你什么好啊，你好歹也十七八的大姑娘了，你这么暴躁，以后……怎么能嫁得出去哦！"

话音未落，便见正在往这边而来的齐晟脚下似乎是被小径上的青石缝绊了一下。

绿篱已是从愣怔中回过神来，顿时怒极，低声骂道："哪个宫的这么不长眼，竟然敢算计到我身上来了！"

"幽兰殿的。"我随口答道。

绿篱立刻低声接口，"她奶奶的！"

我弯下了腰，对脚边的小宫女低声说道："好了，正主来了，这回可千万记住了，哭是哭的，可该说的话却一句也不能耽误了，要字字清晰，句句明白。"

小宫女微微张着嘴，傻愣愣地看着我，一时连哭都忘了。

我忍不住笑了一笑，指着身边的绿篱与她说道："你先瞧瞧她的，这可是个功夫，可得要好好地学一学！"

我话音一落，身边的绿篱已是抢先向齐晟迎了过去，一下子跪倒在他身前，一边哭着一边说道："皇上，都是奴婢不好，叫这个丫头惊撞了娘娘。娘娘刚从太后那里问了安回来，路上遇到了楚王殿下，就站着说了两句话，正要往回走呢，却听到假山石后面有人哭泣。娘娘心善，非要看看是谁受了欺负躲这里哭，是奴婢没用，拦不住娘娘，叫了这丫头出来问话，这丫头说自己是幽兰殿的，只是给皇上端了杯茶，就被殿里的人诬蔑说是勾引了皇上，非得求着娘娘替她做主，还她个清白，不然就要撞死在娘娘眼前。"

绿篱脸上哭得梨花带雨，小嘴里说得却是干脆利索，别说小宫女已是看得痴痴呆呆的，就连我也是都看傻了。

绿篱这丫头啊，每次都能给我惊喜啊。

齐晟眉梢轻扬，向我看了过来，问道：“怎么回事？”

我忍不住皱了皱眉头，就这还问我怎么回事？绿篱交代得多清楚啊，时间地点人物事件都有了，连带着前情提要都讲了，他还理解不了？

这都什么智商啊！

我无奈地摊了摊手，吩咐绿篱：“再哭，啊不，再说一遍！”

绿篱默了一默，就在她深吸了口气，正欲再来一遍的时候，齐晟那里却是不耐烦地说道：“算了，别说了。”

他说完走到我近前，看了看我，又看了看仍趴伏在地上低声哭泣的小宫女，直接说道：“既然是在幽兰殿被人欺负，就别再去那里了。”

这话一出来，众人都是一愣。

齐晟又勾着唇角笑了笑，冲我说道：“不过她既然能求到皇后这来，也算是个缘分，就叫她以后去皇后那里伺候去吧。”

这话再一出来，连我也愣了。

齐晟唇角挑得更高，又接着说道：“天气还凉，皇后别到处逛了，太医那不是叫你安胎吗？快点回去吧！朕还有朝事要处理，回头再去看你。”

说完，竟就这么……走了。

我站原地半天，也没回过味来，今儿这小子怎么了？吃错药了？

绿篱不知什么时候回到了我身边，扶了我的胳膊，轻声道：“娘娘，咱们回去吧。”

我“嗯”了一声，转身往回走，心里总琢磨着今天齐晟这小子到底是哪不对劲了，眼看着小宫女被我“整”得这么凄惨可怜的样子，怎的连个反应都没有了？

又听得身旁的绿篱压低了声音愤愤道："皇上从那边过来，显然是刚去了幽兰殿，这都算计好了的，倒是小瞧了那贱人，咱们没去收拾她呢，她倒是敢给咱们上眼药来了！也亏得皇上现在知道娘娘是什么人了，不然非又得吃了暗亏不可！"

绿篱说着说着，回头又瞥了那一直怯怯地跟在后面的小宫女一眼，声音陡然兴奋起来，凑在我耳边，压低着声音，说道："娘娘，奴婢有个主意，有这么个替罪羊在这里，咱们正好可以把祸水引到幽兰殿去！"

我一时没听明白她的意思。

绿篱冲我挤眉弄眼一番，又用手虚抚了抚肚子。

我这才恍然大悟，赶紧一把推开了绿篱，叫道："你快省省吧，她是挖过你家祖坟啊，还是抢过你男人啊？哪来这么大仇啊？"

绿篱又惊又惧地看着我，委屈地嗫嚅道："娘娘……"

我觉得这是底线问题，绝不能被小丫头的几句软话就拉低了。我故作严厉地瞪了她一眼，不说话，只转过身就走。

绿篱果然闭了嘴，一路上没再唠叨我半句。

一位老前辈曾这样说过，他说："你若是个讲理的人，那么就千万别和女人讲道理！"

我此刻深以为然。

回了宫，绿篱还一直赔着小心，帮我换过了衣裳，又十分小心地问道："娘娘，那丫头怎么处置？"

我想了想，吩咐："叫进来吧！"

绿篱转身出去叫了那小宫女进来，小宫女一来就先跪下了，脸色刷白，嘴唇微紫，也不知是冻的还是吓的，也不敢说话，只一个劲儿地向我磕头。

又是磕头？！

我顿时急了，高声叫道："绿篱！"

"奴婢在！"绿篱清脆地应了一声，卷了袖子就要上手，嘴里还冲我保证道，"娘娘您看好吧，奴婢一定给您出了这口气！"

"慢着！"我忙出声喝止了她，颇为无奈地解释道，"扶起来，先把人扶起来。"

绿篱愣了一下，脸上百般的不情愿，走过去拽那小宫女，不承想小宫女却死活不肯起来，便磕着头哭诉道："皇后娘娘，奴婢错了，请皇后娘娘饶了奴婢吧！"

绿篱干脆顺势又用力地搡了她一把，这才回头很是无辜地看我，那小眼神明白地在说：哪！你看，可不是我不扶她，她自己要磕头，我能有什么办法？

我没招，只好自己走了过去，弯下腰柔声劝那小宫女道："你这丫头怎么就不开窍呢？什么东西能重要了自己的性命过去？她就是给你再多好处，也抵不过你一条命啊！"

小宫女终于不磕头了，缓缓地抬起了头，愣愣地看着我。

我一笑，又接着劝她道："再说了，她这么辛苦地把你送进我宫里，你如果就这样磕头磕死了，以后还怎么往幽兰殿送个情报什么的？"

话音一落，就见小宫女脸色唰的一下子惨白若纸，赶紧又伏下身去砰砰地磕头，哭泣道："奴婢万万不敢，万万不敢！"

哎！我就说我不会劝人嘛！我懊恼地看向绿篱，商量："要不你来劝劝？"

绿篱伸手去拉那小宫女，说道："这人啊，不能光看表面，有的人看着凶，可却是一副宽厚待人的热心肠，还有的人虽看着跟菩萨似的，心里却是黑透了的，所以啊，谁恶谁善不能只看她是怎么说的，还得看看她是怎么做的。那悬崖边上敢伸手拉住你的人，平日里就是对你凶些又怎样，还不是为了你好？而那些一边念着佛，一边却把你往狼口里送的……”

“注意正确措辞，”我十分严肃地提醒绿篱，“要么虎口，要么狼窝，没狼口这么说的！”

绿篱从谏如流，立刻改了口，“对，虎口，那能把你往虎口里送的人，她就是尊菩萨，于你也是个恶的！”

我突然又意识过来，哎？我好好的一个皇后宫为什么要被她说成了是虎口，要说也得是狼窝，是不是？

绿篱那边还在劝着，“再说了，就算是派过来做奸细的又怎么了？谁年少的时候还没犯过错误啊，我也曾经是奸细啊，可皇后娘娘照常信任我啊，连打骂都不曾有过！”

我插嘴，“绿篱？”

绿篱头也不回，“娘娘别打岔，我正给这个妹妹讲道理呢！”

我实在忍不住了，只得伸手扒拉了下绿篱的肩膀，把她转向了我，问：“绿篱，你是谁的奸细啊？”

绿篱干笑了笑，答道：“娘娘，您看我这不是给她打比方嘛！”

我看这丫头比我还不靠谱，只得无奈说道：“得了，还是我来问她吧！”

绿篱忙不迭地走了，给我搬了张椅子过来，十分体贴地说道：“娘娘坐下了慢慢问，可千万别累着了，奴婢下去给您端点热汤来喝，也好暖暖身子。”

我坐在椅子上，居高临下地看着在地上缩成一团的小宫女，怎么看怎么不舒服，干脆又推开了椅子，在她面前蹲下了，咂了一咂嘴，这才问道："你……饿了吗？"

就明显地看着小宫女身子哆嗦了一哆嗦，我于心不忍，伸手揉了揉她的头发，说道："咱们两个不认识，我说什么你也不信的，不如就先这样吧，慢慢处，时间久了也就知道彼此是个什么样的人了。"

我起身，叫了人进来带她下去吃饭休息。过了没一会儿，绿篱端了碗甜汤进来，我一看那清清淡淡的汤水，就觉得腻歪，十分真诚地与绿篱商量："咱能换点荤腥的来不？你家娘娘是有喜了，不是进了尼姑庵了吧？"

绿篱一脸惊愕的模样，"娘娘，怀孕的人就得多吃点清淡的啊，见了油腻不是都要吐的吗？"

我无话可说，只能恨恨作罢。

过了没两日，齐晟真的过来看我了。

我忙叫了那个名叫写意的小宫女出来，指着她对齐晟说道："看看，没瘦吧？汗毛也不曾少一根的！"

齐晟这次没恼羞成怒，只深吸了一口气默了片刻，挥手叫写意下去了，转而问我道："最近几日身子可好？"

"挺好的！"我没多想，随口答了一句。就见旁边的绿篱一个劲儿地冲我使眼色，眼皮子眨得都跟抽筋了一样，我忙又加了一句，"就是有时候肠胃不太舒服。"

齐晟没发现我和绿篱之间的小动作，听了神色就有些凝重，问道："肠胃不好？用不用叫太医过来瞧瞧？"

"不用！"我忙摆手，很是不在意地说道，"孕妇都这样的，吐吐也就习惯了。"

齐晟眉头微微动了动，许久没有出声。

殿中一时有些沉寂，我便没话找话地问道：“江氏那里如何？吐得厉害吗？”

齐晟像是没听到我的问话，只板着张脸问我：“都想吃些什么？我叫人去给你找。”

我暗道你总算是说了句人话！张了嘴正要答话，那边绿篱就轻轻地咳了一声，我生生地咽了口唾沫，这才困难地答道：“没什么想吃的，就想吃些清淡的。”

不知为何，我就觉得齐晟这小子的嘴角似隐隐地勾了勾，像是藏了一股子坏笑。他也清了清嗓子，这才又问道：“爱吃酸的还是辣的？”

绿篱忙抢话道：“酸的，娘娘最爱吃酸的！”

齐晟没理会绿篱，只看向我。

可不是得爱吃酸的嘛，酸儿辣女嘛！我无力地叹了口气，答道：“酸的，每顿无酸不欢。”

齐晟脸上便露出轻快的笑意来，我心中一动，忽地又想到了江氏身上，若她一举得男还好，若是生个小丫头出来，那我岂不是还要接着熬？

这样一想，我顿时有些坐立不安，心中带着十分的期盼，小心翼翼地问齐晟道：“江妹妹爱吃酸的还是辣的？”

齐晟一怔，脸上的笑容一下子凝注了，过了片刻才赌气一般的冷声答道：“辣的！”

我也跟着愣了下，心里也是顿感失望起来。

又见齐晟一脸心烦模样，我想了想，还是决定安慰一下他，便说道：“酸儿辣女那话也就是人们胡乱说的，都不准的，我娘怀着我的时候特别爱吃辣，人都说得生个丫头片子出来，可结果怎么样？生了我出来偏偏……”话到最后，我一下子惊醒过来，硬生生地拐了回来，“还——就是个丫头片子！”

齐晟面无表情，问：“你到底想说那话准还是不准？”

我被他绕得有点晕，试探地问道：“那你说准还是不准？”

就见齐晟额角上的青筋似又欢快地跳了跳。

我想了想，张嘴，“皇……”

绿篱一伸手把果盘塞到了我的怀里，一迭声地劝：“娘娘，吃果子，您不总想着这个吗！”

我转头看绿篱，“绿篱，我……”

绿篱眼疾手快地往我嘴里塞了一把果干，笑着说道：“奴婢知道，娘娘爱吃酸的。”

我就觉得先是舌尖上起了点酸头，口水顿时旺盛地分泌起来，这一来可不要紧，片刻的工夫，就连腮帮子都是酸的了，我一边嘬着嘴，一边叫道：“这什么玩意儿？怎么这么酸？！”

“梅子干啊，娘娘最爱的啊！”绿篱嘴上答着，拼了命地给我使眼色。

我这才想起对面还坐着齐晟来。

齐晟起身走到我面前，伸出两根手指捏了一片梅子干，仔细地看了看，一本正经地问我：“真这么好吃？”

我一手捂着腮帮子，痛苦地答道：“真……这么好吃！”

齐晟目光从我肚子上转了一圈，又落回到我的脸上，却是轻轻地笑了起来。

我又好心地问了一句：“你用不用给江氏捎点？”

齐晟笑容僵滞了一下，冷哼一声道：“不用了，多谢皇后费心了！”

说完竟再无后话，径自转身走了。

我愣愣地看了片刻，指着殿门问绿篱：“哎？你说他一大老爷们，怎么就这么喜怒无常的呢？”

绿篱那里还在拍着胸口后怕，半天后才转过头来，双手合十地求我道：“我的娘娘啊，您都快气得皇上吐血了，快歇歇吧！”

我冷笑一声，把怀里的果盘往桌上一丢，冷声道：“你少给我打马虎眼，快点给我想法把肚子里的这块假肉去掉，别到了该显怀的时候再给我绑个假肚子出来！”

绿篱默了一默，垂头说道：“娘娘，这事奴婢做不了主，得先去问过老太太。”

我点头，“行，那你就赶紧去问过老太太！”

我这里只叫绿篱去问过张老太太，不想没过两天她竟然把张老太太请来了宫中。

我一时不觉有些傻眼，只得硬着头皮见了。

遣退了随侍的宫女，张老太太第一句话就是：“大丫头，看你之前的行事，我只道你长进了，大智若愚了，不承想你只够上若愚了，大智却是没长多少！”

我愣了一愣，暗道这老太太说话还真幽默！

张老太太便长长地叹了口气，说道：“你道那江氏真的是好相与的？她若生子，必然容不下你坐皇后之位。”

我想了想，决定有些话可不与别人说，但张家的头号人物却不能一直瞒着，便盯着张老太太的眼睛说道：“祖母，江氏若真能生子落在我的名下，我做不做这皇后又有什么打紧的？”

张老太太微愣，掉得快秃了的眉毛轻轻地颤了一颤。

我咬了咬牙，干脆一不做二不休，说话就把话说透了，“祖母，咱们张家已是树大根深，作为皇帝的妻族，只能是遭他忌惮，早晚铲除了才能心安。可若张家成了皇帝的母族，那么……”

张老太太垂着脸皮沉默片刻，抬眼看我，问：“大丫头，你真能看破情爱二字了？”

我咬着牙点头，自从司命那厮把老子推下云头的那刻起，老子想不看破都不成了。

张老太太又问：“楚王那里，如何处理？”

我沉声道：“我已和他结盟，共辅新君，所以不管那齐晟如何许诺，如何对我示好，父亲那里都不用理会，对楚王相斗只能两败俱伤，白白叫齐晟捡了便宜，咱家只需应付拖延便是。”

张老太太沉吟片刻，终于点了点头。

我心里也大松了一口气。

送走了张老太太，我一连神清气爽了好几日，只一门心思地等着绿篱给我安排个好日子，叫我这皇嗣不用再继续“怀”下去了。

谁知绿篱这里还没安排好，幽兰殿那边却是突然出事了。

绿篱像是被流氓从后面追着一般，惊慌失措地从外面跑进来。

我正啃着糟鸭掌解馋，用手点着绿篱，报复似的训她：“仪态，仪态，注意一下仪态！”

绿篱还是没顾上仪态，只几步蹿到了我的身旁，凑到我耳边小声说道：“娘娘，可了不得了，太皇太后知道了幽兰殿的事，大怒，已派了嬷嬷带着药去了！”

我一怔，一时没反应过来，奇道：“江氏又病了？”

绿篱急得要拍大腿，“不是病了，是那种药！落胎的！”

我噌的一下子就从椅子上站起来了，骂道：“那不早说！”

说着扒拉开绿篱就疾步向殿外走。

绿篱紧跟在后面，嘴里一个劲儿地喊着："娘娘，慢点，注意仪态，仪态。"

我步子迈得更大，到后面干脆跑了起来，老子的太后都快没了，还仪态个屁啊！

待赶到幽兰殿的时候，还是晚了。

殿中空荡荡的，太皇太后派的嬷嬷已是走了，只江氏一人对着个棋盘沉默地坐着。

我看了一眼棋盘旁那个已经空了的药碗，急了，问江氏："你真喝了？"

江氏不说话，只抬头静静地看我。

我因刚才跑得太快了些，气都有些倒不过来，一屁股坐倒在棋盘前，气道："你傻啊，你就不会拖延一会儿啊，多等一会儿，齐晟听到信也能赶来了啊！"

江氏却是笑了，问道："我若不喝，表姐来了岂不是要失望了？"

我受不得她这阴阳怪气的腔调，索性也不理会，只低着头坐在那里顺气。

江氏悠闲自得地独自下着棋，说道："其实你不用急着来看结果的，这药我喝与不喝都没什么两样。"

我一愣，偏了头去瞧她。

江氏唇角微微地勾了下，露出一抹讥诮的笑意，看着我的眼睛，缓缓地说道："因为我本来就没有怀孕，说我怀孕了，只不过是皇上走的一步棋而已。"她说着，拈起一粒棋子来，啪的一声落在了棋盘上，笑道，"一粒激得你张家自乱阵脚的棋子而已。"

我默默地看了她半晌，却是问她："你张家，你张家，你在张家吃了多少年的白饭？从来就没能喂熟过吗？"

江氏原本那风轻云淡的笑容顿时僵在了脸上。

我嗤笑一声，拂袖站了起来，走了两步又停下与江氏说道："我原本还怜你孤弱凄苦，打算圆你一个一生一世一双人的梦想，不过现在看来，是用不着了。"

刚出了幽兰殿，后面绿篱也追到了，气喘吁吁地问我："娘娘，你怎么跑得这么快？怎样？可是赶上了？"

我这时才觉出肋下已是被气得隐隐生疼来，骂道："赶上个屁，江氏压根儿就没怀孕，是齐晟要咱们呢！"

绿篱一下子愣了，张了个小嘴惊愕地看着我，好半晌才说出话来，"娘娘……你竟然……说粗鄙之言！"

我一口气没喘上来差点没憋死过去，只想捧了绿篱的脑袋去摇晃摇晃，你能抓住我句子的重点吗？能吗能吗能吗？

我没气力理她，绕过了她就走，刚出了宫门却迎面遇到了齐晟。我一时没防备，走得又急，差点就直直地撞了上去。亏得齐晟反应迅速，急忙闪身躲避，顺势一伸手捞住了我的腰往边上一带，这才就势卸了两人相撞的势道。

我松了一口气，齐晟却仍是面带紧张之色，问我道："有没有碰到哪里？"

这厮太会演戏了，明明知道我肚子是假的，还能装得这么像。

我忍下了心中一口恶气，只是说道："没事，皇上还是赶紧进去看看江氏去吧，她怕是受了惊吓，都说起胡话来了。"

齐晟眉头微微皱了皱，我现在连应付他的心情都没了，只推开了他，转身走了。

回到自己宫里，绿篱很是忧愁地看着我，问："娘娘，这下咱们怎么办？"

我想了想，狠声说道："他们不是要一生一世一双人吗？我偏偏不叫他们如愿，非得叫他们一生一世一群人不可！选美！我要给齐晟广选佳丽，以充后宫！老虎还有打盹的时候呢，我就不信，齐晟就真能是坐怀不乱的柳下惠！"

绿篱听得傻了，愣愣地问我："娘娘，您这是怎么了？要选美也是得皇上下诏才能选啊。"

我刚才气得急了，一时倒是把这茬给忘了，刚刚燃起的斗志顿时怯了一半，可又不甘心，转眼看到绿篱俊俏的小脸，心中忽地一动，低声问她道："绿篱，你胆大不大？"

绿篱拍着胸脯给我保证道："娘娘放心，只要是为了娘娘，奴婢就是上刀山下火海也不怕的！"

我满意地笑了，点头道："那就好，我有个主意，咱们想法骗了齐晟过来，给他下药，然后……你上！只要有了孩子，我一定给你争个贵妃做。"

绿篱这回是真傻了，呆了好半天才反应过来，立刻给我跪在了地上，甩着花腔地哭喊道："娘娘，奴婢对皇上绝没有半点念头啊，娘娘若是不信奴婢，奴婢这就剪了头发当姑子去啊……"

瞧瞧，就这刚才还喊着可以替我上刀山下火海呢！女人的话果然不能当真！

我被她哭得脑浆子疼，只得叫人进来把泣不成声的绿篱扶了出去。

想了想，还是不甘心，便又传了写意进来，口气温和地问她道："你说在幽兰殿的时候，有人说你想要勾引皇上？”

写意娇小的身子便颤了一颤，急忙给我跪下了，磕头道：“娘娘，那都是别人诬陷奴婢的，奴婢从没有过丁点非分之想！”

我忙扶起了她，劝道：“哎？这怎么能叫非分之想呢，年轻人嘛，就得有点追求才是！”

写意身子一软，重新又瘫了下去，跪在地上哭着求饶道：“娘娘，奴婢是真没有啊！奴婢罪该万死，奴婢不该骗您，奴婢来这里的确是要给江姑娘做奸细的，可奴婢还没来得及往幽兰殿送一点消息呢！娘娘就饶了奴婢一命吧！”

我十分无奈，只能又叫人进来把快哭断了肠的写意也搀出去了。

看着空荡荡的大殿，我仰天长叹，愤怀激烈。你大爷的，难道要往齐晟与江氏之间插一个人就这么难吗？

要说还是绿篱够义气，在外面哭够了，还不忘进来安慰我：“娘娘，要说还是您有大智，从一开头就说假怀孕这事不能做，咱们真的从外面抱个孩子进来，皇上若是知道了，定能以混淆皇室血统为由废了您不可，到时候就连家里也要受到牵连。”

我紧着摆手，“得了，快别大智了，齐晟做个套，你们说都不说一声扯了我就往里面钻，这会子好了，赶紧想辙解套吧！”

绿篱也是愁眉苦脸起来，为难道：“既然皇上是有心给咱们设的套，那怕是也知道您这是假肚子了，咱们怎么办？总不成再假作流产吧？皇上那会怎么想？”

齐晟会怎么想？这向来都不是人类能探索的区域啊！我只要看他怎么做就成了啊！

绿篱又有些疑惑，纳闷儿道："要说皇上也真是的，他那样担心娘娘，怎么看都不像是在糊弄人啊。"

我暗道你这小丫头太容易被男人骗，那糊弄人都叫人看出来的话，那还叫糊弄人吗？

我左思量右考虑，还是说道："先把宋太医的药停了吧，等月事一来，咱们就报小产了，至于齐晟信不信，就不是我们能管的事了。"

绿篱合算了一下，觉得这样也行，反正按月份我这才不过两个来月，就是小产了，也不至于要流出个成型的胎儿来，只要宋太医那里收买好了，也不会出什么大事。

我便偷偷地停了药，第一次热切地盼望着大姨妈的到来，结果从月头盼到了月尾，那位大姨妈竟然仍是扭捏着不肯造访。

我心里难免有些着急起来。

宋太医又来的时候，我便忍不住问他道："你给我开的都是什么药啊？我这都停了快一个月了，怎的也不见有事？"

宋太医一怔，意外道："娘娘停药了？"

我点了点头。

宋太医一副后怕不已的模样，捋着胡子痛心疾首说道："娘娘真是太过大意了，也亏得您身子底子好，这才能稳了胎，若是有个一二，您叫老臣如何向皇上交代啊！"

我有些不耐烦，心道殿里又没外人，为了保险我连绿篱都赶出去了，你和我还装什么装啊，还稳胎呢，我勾了勾手叫了他上前，低声说道："这孩子现在不能有，我问你什么时候能顺理成章地去了他。"

宋太医眨巴了眨巴眼睛，捏着胡子的手指头又有些哆嗦，看着我说道："娘娘，这孩子现在已经有了。"

我只道他是害怕自己担责任，便坚持道："这孩子绝对不能再有！"

宋太医连身子都哆嗦起来，颤声道："娘娘，这孩子是真的有了。"

我不理解他为什么坚持和我拧这个，忍不住眯了眼睛去瞅他。

宋太医颤抖着在我面前跪下了，磕着头，额头上滚着汗珠子，结结巴巴地说道："张老太君那里确是曾与老臣谈过些事，老臣也是应了的。可不承想来给娘娘诊脉之前，皇上就召了老臣过去，非但知道您家里怎么和老臣说的，就连在哪里见的面都知道了，老臣一个扛不住，就都承认了。"

我听得一身冷汗，心里一个劲儿地念叨着尊老尊老，这才强忍着没抬脚去踹他，只冷声问他："他怎么说？"

他擦了擦额头上的汗，又接着结巴道："皇上就交代了，既然娘娘盼着自己有喜，那就诊出个喜脉来叫您如意就是了。谁知，老臣却发现娘娘是真有喜了。"

我觉得脑袋一阵阵地发蒙，强自忍着，声音也不由得跟着他发起颤来，"你为什么不早说？！"

宋太医很是委屈地看着我，"娘娘，老臣一直都和您说您有喜了啊。"

我一口气差点没噎死过去，又问："你为什么不和张老太君说我是真有了？"

宋太医更是委屈，"她也没再问老臣啊！"

我眼前开始发起黑来，真有种要吐血的感觉了，我觉得此刻再和这老头待下去我会忍不住掐死他，只得冲他摆了摆手，"走吧，快走！"

估摸着他也在一直等着我这句话，听了忙不迭就退了下去。

我一直默默地坐着，只觉得精神有些恍惚，脑子里一片空白。

绿篱轻手轻脚地从殿外进来，低声问道："娘娘，宋太医可是说了什么时候可以落胎？”

我抬起头，定定地看了她半晌，轻声说道：“绿篱，这回完了，我是真有了……”

绿篱怔了。

两人相对，久久无言，我这里一把带着几分恐慌的辛酸泪正要流下的时候，绿篱忽地从地上跳了起来，低声欢叫道：“哎呀！娘娘，那岂不是都要气死江氏那贱人了？！”

我几欲吐血，忍不住向后仰倒。绿篱，你还是先气死我比较容易一些！

绿篱一脸急色地扑了过来，急声道：“娘娘，娘娘，您怎么了？来人，来人啊！”

她这一叫来人，宫女内侍呼啦啦涌进来一大帮，连带着把齐晟也招来了。

绿篱端着碗燕窝粥跪在我的床前，一个劲儿地苦声哀求着：“娘娘，娘娘，您就吃一点吧，再怎样也是自个儿身子重要啊！”

我听得有些动容，强撑着手臂坐起身来。

绿篱脸上大喜，立刻过来扶我，“这样才对，娘娘就算不顾及自己的身子，总也得顾着腹中的孩子点啊！”

绿篱，你不气死我你不甘心是不是？我立马推开她，重新又躺了下去。

殿内顿时又乱了起来，正乱哄哄地闹着，却又突然静了下来，齐晟走上前来，站在床前看了看我，淡淡地吩咐：“你们都下去吧。”

绿篱畏惧地看了看齐晟，又担忧地看了看我，迟疑了一下，还是退下去了，临走时却是壮着胆子把粥碗塞到了齐晟手里。

就见齐晟微微地怔了一怔，然后端着碗在我床边坐下了，他沉默片刻，突然说道："其实，这个孩子确实不是我想要的。"

这厮上来就说实话，太不像他的风格了，我忍不住坐起身来，警惕地看向他。

他勾了勾唇角，露出一丝苦笑，却是避开了我的视线，顿了顿，缓声说道："可当我知道这孩子真的存在了的时候，我的心里竟然很欢喜。"

他这样一说，我便忍不住松了口气，他现在还不忘接着糊弄我，可见心里还是忌惮张家势力的，那么我的境况就还没有到最糟的地步。

齐晟在那里继续煽情，"有时候忍不住会想着这孩子到底是男还是女，长得什么样子，像你还是像我，若是生男还好，以后娶了媳妇进家就好，可若是生个女儿，我以后要把她嫁到谁家去？既不能叫她受气，又不能委屈了她……"

我从未想过这小子竟然也能如此磨叨，到后面实在忍不住，出言打断了他，"皇上，咱先商量一下这孩子到底是生还是不生的问题，成吗？"

齐晟垂下了眼帘，半天没说话，等得我都着急了，这才听他轻声问道："你想怎样？"

我见他口气虽然平淡，可放在膝上的手却已是紧紧地握成了拳，便猜着他心里其实也蛮紧张的，觉得不管他信不信，自己还是应该向他表一表我的忠心才好，我想了想，便坦诚地说道："皇上说得对，为了不让张家势力过盛，这孩子还是不要的好！"

齐晟倏地抬头，死死地盯着我，问："我什么时候说过不要这孩子？"

我先愣后怒，你进门的时候刚说的这孩子确实不是你想要的，怎的还没个放屁的工夫，怎么就不承认了呢？这还是男人吗？

我忍着怒气，问齐晟："那你说这孩子到底要不要？"

“要！”齐晟态度十分坚定，说完了又倾身逼近了我，冷声威胁道，“你若是敢对这孩子动手脚，我和你没完！”

我扬着脸和他针锋相对，问：“那张家怎么办？”

齐晟爽快承认道：“扳倒了！”

“那我呢？”我又问。

齐晟答道：“你将一直会是我齐晟的皇后。”

我也有点急了，你糊弄小孩子呢？谁信啊！我伸手去推他，怒道：“张家一旦获罪，我还能继续做皇后？你当我傻啊？”

齐晟伸手抓了我的手，身体纹丝不动，只沉声说道：“你信我，我定能保住你的皇后之位！”

我一看推不开他，干脆就往回抽手，嘲道：“你也信我，我定能叫张家只做忠臣良将，世代不反！”

齐晟终于慢慢地松开了手，站起身来，沉默良久之后，忽地轻轻地嗤笑一声，问道：“你说张家若是知道你这个女儿其实是个假的，会如何反应？”

我不由得愣了下，你坐上皇位了，这就想着用这个威胁我了？我从床上跪坐起来，正经答道：“张家这一辈只生了张芃芃与张二姑娘两个嫡女够格做皇后，若是以前吧，他们知道了我是假的，估计就会想法除了我，然后送了二姑娘来做这个皇后。可如今呢……”

齐晟看着我，很是配合地问道：“如今怎样？”

我冷笑一声，说道：“如今张二姑娘与贺秉则怕已是生米做成了熟饭，张家自然不敢把这顶绿帽子戴到皇上头上来！”

齐晟神色一变，定定地看着我。

我觉得还不解气，又笑道：“不过呢，话也不能说太绝对了，就算张二姑娘是贺秉则的情人又怎么样？江氏还是赵王的媳妇呢，皇上一样不是把她藏到了幽兰殿吗？皇上是天下之主，肚中能容天下人的！”

齐晟的脸色已是铁青，眼中似都能冒出火来了。

我一时不觉有些害怕，想这小子别再一下子就被我气死过去了。转念一想，其实就这样气死了也还不错，虽然做不了太后了，可若是扶持了茅厕君登基，起码也算有个拥立之功，就算是做给世人看，他也不能亏待了我这个前皇后。

这样一想，便恨不得再说几句恶毒的话来气齐晟，可还没张嘴，却忽觉得小腹猛地一痛，便忍不住“哎呀”了一声，弯下了腰。

齐晟一步冲了上来，急声问道：“怎么了？”

我这手都捂肚子上了，还问我怎么了！你眼瞎看不到吗？我捂着肚子栽倒在床上，没好气地答道：“我肚子疼！”

齐晟脸色更是紧张起来，忙叫了绿篱进来，又吩咐人去传太医。

一会儿的工夫，就见宋太医一溜小跑地从外面回来了，一进殿门就先问绿篱：“可曾见红？”

听绿篱回答没有，宋太医明显地松了口气，这才过来问我具体哪处腹痛，上前给我诊脉。

齐晟一直负手立在床边，也不说话，只绷着嘴角看宋太医。

宋太医手指还搭在我的腕上，沉吟不语。

我腹中的那阵痛感已经是过去了不少，见状不觉有些奇怪，忍不住低声问宋太医道：“怎么了？是不是胎象不稳？”

宋太医额头上就渗出细微的汗珠出来，眼角偷偷地瞥了一眼齐晟，转而压低了声音问我：“娘娘，您可曾吃过什么东西？”

我一愣，还未作答，守在旁边的绿篱已是嘴快地答道：“娘娘自从早上起来就一直没吃东西，只吃了半个翠山火龙谷那边贡的半个香瓜。”

那香瓜又脆又甜，我本想是全吃了的，结果绿篱生怕我吃坏了肚子，强行地收走了半个。

宋太医脸上就露出了恍然大悟的神色，小心地看了看我，又用眼角瞥齐晟，就是吭吭哧哧不说话。

一旁的齐晟等得不耐了，冷声问：“到底怎么回事？”

“暂无大碍，”宋太医忙答道，却是看向我，用商量的口气问道，“要不，再给娘娘开点安胎药吃一吃？”

哎，你看你这话说得委婉的，你直接说我是吃多了瓜果，所以肠胃不舒服不就得了！我很是无奈地挥了挥手，“算了吧。你还是赶紧下去吧。”

宋太医听了这话如获大赦，又小心地瞥了一眼齐晟，忙不迭地退了下去。

我也偷眼打量齐晟，发现那小子的脸色着实不妙，便赶紧吩咐绿篱道：“快把那香瓜给皇上拿来尝尝，味道的确不错！”

话音一落，齐晟的脸色又黑了三分。

绿篱偷偷地瞄了我一眼，转身出了殿门。

齐晟这才转过身定定地看我，我硬着头皮和他对视，忽地发现这小子的瞳仁明明黑得幽深，却又隐隐地透出些蓝头来。我一时不觉看得有点怔了，就听得齐晟低声对我说道：“再信我一次！”

他一提这个“信”字，我心中却忽地恼怒起来，便赶紧点了点头，“信！我一直都信！”顿了顿，又试探地问道，“齐晟，我能问你件事吗？”

齐晟眼眸一亮，连带着那抹幽蓝也隐隐跳跃起来，他微微扬了下颌，问我道：“你想问什么？”

我迟疑了一下，小心地问道：“您祖上可是有胡人的血统？”

齐晟怔了。

我用手指了指自己的眼睛，“哪，你瞳孔带着点蓝头，这不像是纯种的南夏人啊，祖上有胡人的亲戚？”

齐晟没有作声，只静静地看着我，眼中的蓝色却是越发地幽深起来。我不由得看得啧啧称奇。齐晟那里却是忽地嗤笑了一声，仰着头闭上了眼，好半晌才转头向我看了过来，轻声说道：“你很好，真的很好。”

呀！竟还夸上我了！难道没听出来我在骂他是杂种吗？

他这样一夸，却是夸得我心虚起来，我忙谦虚道：“不成，不成，还差得远，还得多向你学习，好好学习！”

忽闻的一阵清香飘来，我抬眼，就见绿篱那边端着一个切开的香瓜轻手轻脚地进了殿，我乐了，忙伸手招呼齐晟道：“尝尝，真挺不错的！送来的不多，我就没叫他们往别处送，全在我这儿了。”

绿篱却是一副胆战心惊的模样，小心地把果盘端到了齐晟的面前。

齐晟弯着唇角露出一抹浅淡的笑意来，轻轻地抬手，却是一把掀翻了绿篱手中的果盘。纯银的果盘哐当一声落在了地上，绿篱膝盖一软，立刻就在齐晟面前跪下了。

齐晟却是转过头来，看着我轻声说道：“你好好养着吧，这孩子若是有失，我就拿你整个兴圣宫的人给他陪葬！”

轻飘飘地说出这样一句威胁的话之后，便又是习惯性地拂袖就走。我已经习惯了他此等幼稚举动，早都见怪不怪了，只叹了口气。

就听得那边的绿篱也长长地叹了口气。

我问她：“你叹什么气？”

绿篱答：“奴婢叹娘娘能把皇上气成这个样子，可见皇上这次对娘娘是真的上心了。”

我看着地面上滚得乱七八糟的香瓜，许久没有出声。

绿篱便又问我：“娘娘叹什么？”

我转而问她：“你说这女人生孩子是不是特别疼？”

绿篱闻言半天没说话，起身走到了我的床边，蹲下身来看向我，轻声道：“娘娘，咱们就再信皇上一次吧。”

我也看着绿篱，反问她道：“你信一个帝王会突然变成情种吗？”

绿篱微微地张着小嘴，看着我说不出话来。

我笑着伸手抬了抬她的下巴，叫她合上了嘴，说道：“丫头啊，别傻了，齐晟他不是情种，他就是曾经情种过，那对象也不是张芃芃！以前不是，以后也不会是！赶紧的，把地上的香瓜都捡起来，洗洗看看还能吃不！”

一番话说完，绿篱已是听得呆了，我却只觉得心神俱疲，只想躺下了大睡上一觉，同时好好地想一想，江氏肚子里的孩子突然就到了我的肚子里，我该怎么向茅厕君交代呢？

第九章 齐晟的誓言

齐晟那里像是铁了心要我生下这个孩子，非但每日里都要叫宋太医过来给我诊脉，还给我宫里送来两个嬷嬷过来照顾我的饮食起居，基本上就等于是把我给监视起来了。

对于这种正处于更年期的面容严肃的中年妇女，我十分地深恶痛绝，更别提一看到她们，我就想我要在不久的将来生个娃娃出来。我直接吩咐绿篱把人给齐晟退回去，不承想绿篱与写意一边一个抱了我的腿，哭求道："娘娘，您就当可怜可怜奴婢们吧，千万别再使性子了，皇上派来的人，怎么能往回退啊！"

我被她们抱住了，一步也动弹不了，脾气却是越发焦躁起来，生孩子不是便秘，忍忍也就过去了，这得费多大的劲吃多少的苦才能生出那么大一孩子来啊！只想上一想，我都觉得胆战。

就这样心神不定地熬到端午，小腹处已是隐隐地突出些来，齐晟对我的看管这才松了些，在一年一度的击球赛上，我也终于见到了茅厕君，只是两两相望隔得甚远，又在众目睽睽之下，实在没机会眉目传"情"。

这一年，齐晟要在高台上主持球赛，没了他的掺和，赵王也终于脱离了那身绿色，穿了一身金黄。

这一年，江氏在幽兰殿里自苦自怜，没了她的上场，球赛进行得很是顺利，一直没人落马受伤。

这一年，我也不用惦记着怎么掩饰自己低劣的骑术，安心地坐在了宝津楼上看我的美人。只是，今年的宝津楼上却远不如去年的时候热闹。

宝津楼上的大小美人们已是换了一茬，先帝的花花草草们只剩下了几株开了花结了果的，其余的都不知去了哪里。齐晟的花草还不够多，宝津楼上顿时显得空荡起来。

显然太后也是注意到了此处，很是语重心长地教导我说：“皇后啊，我知道你这阵子有身孕，精力难免不济，不过皇帝那里你还是要操心照顾的。他专心政事自是祖宗庇佑，南夏之幸，可后宫里还需子嗣旺盛才好！”

我觉得她这话才是说到了我心坎里去，忙点头道：“母后说得是，我也一直打算帮皇上选些良家女子进来，以充后宫，又怕皇上面子嫩，不肯应，正想着去请母后的旨呢。”

太后听了，脸上便露出欣慰的笑容来。

不承想太后之上还有太后，太后还没来得及说话，太皇太后已是不紧不慢地说道：“皇上刚刚继位，年纪又轻，皇后这里又有了身孕，不用急着选秀，先过上两年再说吧。”

这话一出，我明显地看着太后的脸色一沉。

我琢磨了一琢磨，便又冲着太皇太后笑道：“皇祖母说得也是！”

太后那边就忍不住磨了磨后槽牙。

我紧接着又说道：“不过皇上身边还只东宫里跟过来的那几个，的确是人少了些，依我看既然不方便大选，不如就先在宫里挑几个模样性情都好的放在皇上身边。”

这回太后学精了，不等她婆婆开口，立即应声道：“好！皇后这主意好！我看就这样办吧！”

我也没给太皇太后拒绝的机会，忙高声吩咐绿篱：“立刻通告后宫，把所有貌美贤淑的宫女名单都报到兴圣宫去，我要一个个地仔细挑，总得挑几个叫皇上满意的！”说着又看向太后与太皇太后，笑道，“皇祖母，母后，您二位可别怪芃芃手长，您那宫里若是有好的，我可是也要替皇上求去的！”

太后满脸堆笑，直道：“皇后贤良。”

太皇太后却是只微微笑了一笑，没有应声。

那边球场上球赛已是结束，齐晟骑着高头大马在球场上耍了一阵子帅，然后便驰到了宝津楼下，从马上一跃而下，就一身劲装快步上了楼，先向太皇太后与太后请了安，这才一抬屁股坐到了我的身旁。

我冲着他扯了扯嘴角，眼神却偷偷地瞄向了楼下正往这边走的茅厕君，心中合计着，这个时候若是下去，没准还能与他说上一句话。

这样想着，我便干脆站起了身，齐晟不知我要做什么，还顺手扶了我一把，低声问道：“怎么了？”

我十分不好意思地笑了一笑，低声道：“三急之一。”

齐晟微微怔了一怔，眼睛里就带了笑意。

我略略一点头，带了身后的绿篱不露痕迹地往楼下走去，果然就在楼梯的拐角处与茅厕君碰了个正着。

茅厕君抬眼看向我，眼中泛起温和的微笑，侧身避到了一旁，“皇嫂。”

我看着他，忽地不知道该怎么和他说了。这事还真没法解释，不知怎的，我忽然觉得有点心虚，在与茅厕君错身而过的时候，只低声说道：“此事所料未及，非我所愿。”

就见茅厕君神色微微一怔，随即便也轻声应我道：“我信你。”

我那步子便不由得顿了顿，心中对茅厕君的敬仰之情油然而生。

原来这位老兄才是手握小金人的实力派影帝呀！别的暂且不说，只凭他轻轻吐出的“我信你”这三个字，就不知能哄骗了多少小姑娘的芳心去。

再下得几阶楼梯，楼下有人低着头噔噔噔地往上跑来，直到我近前了才猛地停下了，抬脸看了我一眼，面上立现惊恐之色，然后毫不犹豫地扭头就往下跑。

我低声喝道："杨严，站住！"

已是跑出去几步的杨严不情不愿地转回身，仰着脸向我看来，做出一副惊喜模样，叫道："呀！皇后娘娘，咱们可是有许多日子没见了，您身子可好？"

自从宛江我把他推下船之后，我与杨严再没见过，可不是许多日子没见了吗？我缓缓点头，扶着绿篱的手迈下了最后的几阶楼梯，绕着杨严看了两圈，笑着问他道："是有些日子没见着了，你这是一直都留在泰兴呢？"

杨严的额头上见了汗光，忙点头道："正是，正是。"

我探身凑近了他，低声问："还在宛江里学凫水呢？可是有了点长进？"

杨严抬了胳膊用袖口抹着额头上的汗，连连答道："长进了，长进了。"

报复这事越是吊着越会叫人寝食难安，我笑了笑，没再理会杨严，转身走了。果然，没走得几步，杨严那里就从后面追了上来，很是惊愕地问我道："就这么完了？"

我笑着回答："没完啊。"

杨严这孩子讶异地扬了扬眉毛，纠结地看着我，等着我的后文。

我却只对着他扯了扯嘴角，扶了绿篱去了宝津楼后的厢房，不过本就没什么尿意，打了转便出来了，却不愿再去楼上和齐晟等人做戏去，索性叫人给楼上送了个信，我则带着绿篱回了宫。

待到晚间，多日不来兴圣宫的齐晟突然来了，步态竟还有些踉跄，显然是喝了酒。

我不觉有些意外，绿篱倒很是高兴，欢欢喜喜地给齐晟上了茶。

齐晟摆了摆手，示意绿篱她们都下去，开口对我说的第一句话就是："贺秉则求我给他赐婚。"

我愣了一愣，问："和张二姑娘？"

齐晟面上已是带了些酒意，眼眸却是水洗一般的清亮，轻挑着唇角笑了笑，"没错，他说他不能委屈了张二姑娘，想明媒正娶她。"

我一怔，想不到贺秉则这小子竟然敢到齐晟这里来求赐婚。

齐晟斜睨我，问："怎么样？有什么想法？"

我钦佩地点了点头，答道："佩服，想不到他竟然还是个重情重义的情种！"

齐晟不屑地扯了扯嘴角，又问："还有别的吗？"

我想了一想，正色答道："张二姑娘果然手段高超！"

齐晟冷笑一声，隔着桌子倾身逼近了我，盯着我说道："你还要装傻？这不正是你想要的吗？"

我琢磨着，这小子可能是受了贺秉则的刺激，要恼羞成怒了，秉着沉默是金的原则，我老实地闭上了嘴。

谁知齐晟却是不肯善罢甘休，竟然伸了手来摸我的脸，声音忽地沉寂下来，低声喃喃道："你们张家的女人，是不是都这样有手段？"

我跟长了毛一般，只觉得浑身难受，忍了忍，没能忍住，一边去拽齐晟的手，一边问他道："你这是夸我，还是夸张芃芃？我觉得这个问题十分有必要澄清一下。首先，我不算是张家的女人，江氏也不是张家的人；其次，以前的张芃芃还真算不上有手段，她但凡有江映月一半的本事，也不会落了那么个下场。"

齐晟身子一僵，缓缓地收回了手。

我心里一惊，怀疑准是自己怀孕怀得内分泌出了问题，要不怎么也像个娘们一样叽叽歪歪起来了？说话哪有这么专揭短的，这不是生生地打齐晟的脸嘛！

我小心地瞄了一眼齐晟，见他只是垂着眼帘沉默，便想着可能还有挽回的机会，赶紧弥补道："不过皇上说得也不错，张家的女人从老到小，是都挺有手段的。"

齐晟默然不语。

我咂了一下嘴，决定还是和齐晟站在同一个立场上说话比较好，忙又愤愤道："岂止是有手段，简直是奸诈狡猾！"

齐晟还是没反应，又过了片刻，这才站起身来。

我忙也跟着站起身来，问道："这就要回去了？不再坐一会儿了？"然后不等齐晟答话，便极为热情地笑道，"我送您出去！"

齐晟张了张嘴，又合上了，转身一言不发地往殿外走，走到门口时却又顿了顿，转回了身看向我，说道："你跟我来。"

我强笑着，推辞道："天都这么晚了，外面夜凉，皇上有事还是明天再说吧。"

齐晟却定定地看着我，吩咐垂首侍立在门口的绿篱道："给皇后拿件披风来。"

绿篱十分欢快地应了一声，转身进了内殿，眨眼工夫就给我拎了一件大红的穿金线绣五彩凤凰的披风出来，却没递给我，反而是交到了齐晟的手中。

她那点小心思我不用猜都知道，我忍不住狠狠地瞪了她一眼，绿篱脸上的笑容却越发的明媚，垂手退到了一旁。

齐晟抖了披风来给我系好，顺势就拉了我的手，淡淡说道："走吧。"

说完便拉着我向外走去，我强忍着心中的怪异之感，跟着他转朱廊，绕曲径，过小桥，爬假山，最后终于到了太液池旁玲珑山上地势最高的一处凉亭。从这里望下去，半个盛都城皆都进入了视线之内。

齐晟默默地看了看城中星星点点的灯火，转头问我道："感觉如何？"

我紧了紧身上的披风，镇定答道："风有点大。"

齐晟借着月光看了我两眼，轻轻地扯了扯嘴角，复又转过头去，忽地问我道："你叫什么名字？"

我想了想，答道："还是张芃芃吧。"

既然已经走到了这一步，我除了叫这个名字别无选择。

齐晟握着我的手微微一僵，却没转头看我，默了片刻，这才说道："好，那我就还叫你芃芃吧，你可知道这个名字的由来？"

我骇了一跳，下意识地问道："难不成这你也知道？"

齐晟不理会我的夸张，只笑了笑，轻声说道："我行其野，芃芃其麦。"

我沉默着，静静地看着远处的万家灯火。

齐晟转过头来，问我道："为什么不问问为何会取之这两句？"

我也看向齐晟，面容平静，正色说道："我能不能先问另外一个问题？"

齐晟听我这样说稍稍有些意外，却仍是点了点头，"你说。"

"你先告诉我这两句是个什么意思！"

齐晟愣住了，瞪大了眼睛看着我，半晌之后却是大笑出声，惊得候在远处的小内侍与侍卫齐齐地踮脚向这边看了过来。

我有些恼羞成怒，冷淡地看着他，心中十分痛恨这种动不动就掉书袋的人，你不会好好说话吗？

好半晌，齐晟才止住了笑，眼睛却已是亮晶晶的，微笑着解释道：“这是诗经中的两句话，大概意思是我行走在田野间，田野里的麦子长得十分茂盛。因成祖心中那人名字中带个‘麦’字，你降生的时候偏好那人又在张家，成祖便给你赐了这么个名字。”

“嗯，”我点头，“明白了，成祖的意思就是希望能在张家的园子时不时地见到那人，是不是？”

齐晟笑着点头，“你其实很聪慧。”

我不屑地撇了撇嘴，问道：“这名字的由来太皇太后怕是不知道吧？”

齐晟颇有些意外，反问道：“你怎么知道？”

“那还用说？若她知道自己丈夫心里一直想着的是另外一个女人，怕是早就把我这把绿油油的麦子给拔了，还能叫我好生生地活到现在？”

齐晟面容沉静下来，若有所思地看我片刻，轻声问道：“你这样想？”

我不以为然地摊了摊手，笑道：“不是我这样想，是女人们都这样做。”

齐晟又看着我沉默不语。

我有些困了，又烦他这种说一句话歇半晌的聊天方式，便说道：“关于皇上和张氏的事情，您之前已经和我说过了，我都记着呢，时间也不早了，咱们改日再聊，都回去洗洗睡了吧。”

说完不等他开口，我便率先转身向亭外走去。人还没出亭子，却听得齐晟在后面说道：“我今天想和你说说江氏的事情。”

我脚下顿了顿，转回了身笑着看向他，“那也等改日再说，成不成？大晚上的不睡觉，不利于养生的。”

齐晟看着我半晌没说话，好半天才淡淡地问道：“你是不是想气死了我才满意？”

我心中一惊，吓，怎么又被他看出来了？

齐晟转回身去，静默片刻，忽地没头没脑地开口说道：“我和她是在张家认识的。”

我愣了一愣，这才反应过来这个“她”指的就是江氏了。

我“嗯”了一声表示自己在听，见齐晟那里又是沉默下来，索性往回走了几步，裹紧了身上披风在亭子的围栏上坐了，抬头看向齐晟的侧脸，很是捧场地问道：“然后呢？”

齐晟顿了顿，继续说道：“那时她刚到张家不久，因为张家这一辈里女孩儿极少，张老太太就把她安排在了张氏的隔壁院子，平日里就陪着张氏一同读书，习女红。一次我陪着成祖去张家的园子游玩，就见到了她。”

我实在不觉得这故事有什么离奇之处，无非就是有点灰姑娘的调调，和咱们男同胞们整日里向往的穷小子与富家女的爱情传奇大同小异。只不过现实中王子娶的大都是公主，富家千金也都嫁了官二代，所以，齐晟和江氏的爱情也注定只能开花而不能结果了。

我忍不住低叹着摇了摇头。

齐晟略有些惊讶地瞥了我一眼，不过却没说什么。

虽然这故事听着毫无新意，不过本着要做一个好听众的原则，我还是及时地问了一句：“然后呢？”

总算能有句话中了齐晟的心意，他顿了顿，又接着讲道：“当时张氏虽然已经十二三岁了，可因自小是和我熟识的，所以张家并不拘着她，她知道我去了，又去找我玩耍。江氏就跟在她身后，人看起来干干瘦瘦的，总是微微地低着头，和爱说爱笑的张氏截然不同。我一直不喜张氏的娇蛮，不自觉地就对江氏多看了几眼，张氏见了便记恨上了她，时不时地就要去找她的麻烦，可越是这样，我反而越是回护江氏。”

我了然地点了点头，又问：“然后呢？”

齐晟答道：“我当时只觉得江氏比张氏大度，明事理，如果她做我的妻子，以后定然会成为一个好皇后。”

这话我听了却不由得咂舌，一个要求“一生一世一双人”的皇后，能成为好皇后吗？不过，这话却不能问，于是我便又问道：“然后呢？”

齐晟默了片刻，自嘲地笑了笑，“然后我却立了张氏做太子妃，江氏选择了嫁给老五。”

我很配合地问道：“为什么？”

齐晟轻声答道：“因为成祖在世时太过宠信我，每次去军中都会带上我，以至于先皇继位后对我颇为忌惮，他又喜欢老九，宋后便一直想着改立老九为太子。我的处境很艰难，感情于我太过奢侈。老五和我关系一直亲密，我们两个便商议了，与其这样整日里如履薄冰，不如先自己示弱，置之死地而后生。我俩关系首先因江氏而决裂，先叫老九他们对老五放松了警惕，然后再由老五替我联络军中将领。”

我恍然大悟，同时对赵王那倒霉孩子更加同情起来，这事搞得，你说找个什么借口不好，非得给自己脑袋顶上戴顶绿帽子不可吗？

“因为江氏的事情，张氏一直同我闹，先皇也几次把我叫过去训斥。可他虽生气，心中对我却是放下心来，因为我和张氏不和，张家便不会与我齐心，再说一个只顾儿女私情，丝毫不顾私德的太子，对他也没有一丝威胁，只要他愿意，随时可以抓住这个把柄废了我。”

我不觉有些惊讶，想也没想就问道：“他是你亲爹，没错吧？”

齐晟一愣，眉头却是皱了起来。

我琢磨了一琢磨，也觉得自己这话有些不对劲，忙又解释道：“我的意思是说他看起来真不像你亲爹。”

齐晟眉头皱得更紧，月光之下，那张脸都黑漆漆的了。

我一紧张，舌头都开始打结了，越着急越说不清楚，“先皇就是你亲爹！绝对的！不！不！不！不是这么说，应该是……”

“够了！”齐晟突然冷声喝道。

我自觉理亏，老老实实地闭上了嘴。

两人对着静静地相了会儿面，我这里刚要张嘴，齐晟已是下意识地皱了皱眉头。我急忙举手声明道：“我想问然后呢？然后呢？”

不知齐晟那厮想到了些什么，忽地看着我笑了，过了片刻才敛了脸上的笑意，转过头去不再看我，只淡淡地说道：“我与张氏讲过，我与江氏牵扯不清是事出有因，她既然已是嫁给了老五，就是我的弟媳，我不可能与她再有私情。可张氏却不肯信，事事针对江氏，后来终于发生了落水那事。再后来，你便都知道了。”

我没多想，又接着问道：“然后呢？”

他微微怔了怔，想了想，才低声说道：“后来我才知道，因为我的缘故，老五对江氏因爱生恨，几乎将她折磨至死。她受了这许多的罪，却从不肯向我抱怨半分，”他的声音越发低沉了下来，到最后几近自言自语，“本就是我对不起她的，她为我不顾生死，我却只能给她一世衣食无忧。”

听到这里，故事实在不用再讲了的，可是我一时问顺了嘴，想也没想便又问道：“然后呢？”

齐晟转头看我，嘴角又往下绷了下来。

我顿时反应过来，直恨不得拍自己大腿。你说这事搞得，故事听到这个时候要么该鼓掌叫好，要么该摇头叹息，哪有像我这样没完没了问“然后呢”的啊！

我实在是困极了，只想着早点解脱能回去睡觉，见他如此神情，忙试图弥补，一面不停地摇着头，一面拉长了声音叹息道：“唉，明明是一场好姻缘，却这样男另娶女别嫁，可惜可叹，造化弄人啊！”

话一说完，这下可好嘛，齐晟的脸是真黑了。

齐晟默默地打量了我许久，这才问道：“芃芃，你是真听不懂，还是在装糊涂？”

我挺烦他这种凡事都不肯说透，非要你自己去理解的习惯，我低头琢磨了一下，抬头看他，开门见山地问道：“你想表达些什么呢？”

齐晟瞅着我，不说话。

我琢磨着他是没听明白，便又换了个说法，“换句话说，你想叫我做到个什么程度呢？比如，几天见一次面？见面的时候要说几句话？热情点好还是冷淡点好？若是微笑的话，嘴角往上弯到个什么程度你最满意？”

齐晟还是没说话，只胸口起伏得厉害。

我还真怕他跟个蛤蟆似的再气炸了，索性全都敞开了说道：“齐晟，其实你说的那点事我听得挺明白，你无非就是想说明，不管是你为了权势娶了张氏也好，还是迫于形势舍弃了江氏也好，你都是无奈的，你本质上还是一个有情有义的男人。可是，你对得起的那个张氏已经死了，你对不起的这个江氏却被你接进宫里来了，这就是事实啊！你现在要扳倒张家了，于是，你又要来给我下套了。是不是？”

齐晟双拳紧握，立在那里默默看我，好半晌才缓缓地吐出一口气来，冷声问道：“你这样想？”

我腿控得时间久了，觉得有些麻胀，忍不住抬了一条腿放到了栏杆上，抬眼看齐晟，“不能怨我这样想啊，你一直这样做啊，老兄！我说齐晟啊齐晟，你这一辈子能别指着女人活着吗？你好歹也学了那么多的帝王心术、治国之策，难不成就记住了一个美人计？别这样啊，还有另外三十五计呢！”

齐晟盯着我，只是问：“芃芃，你恨我，是吗？”

这问题问得很微妙，回答起来有些难度。我想了想，决定换个思路来解决问题，便爽快答道：“不恨，我挺理解你的，这是真话，换我坐你的位子上，我也得剪除张家的羽翼。可我现在是皇后，是出自张家的皇后啊，你剪除张家的势力，就等于拔我的毛啊，你想我怎么样？你拔一根，我叫一声痛快？”

齐晟不答话。

我咂了咂嘴，“行，就算我不怕疼，也没想做这个劳什子鸟人，可问题是你若是把我拔成一秃毛鸡，然后再指着我非说是凤凰，你糊弄谁呢？谁信啊？”

齐晟沉默地站了良久，轻声说道：“你看得这样明白……”

我叹了口气，“事都摆在这呢，我想看不明白都难。”

齐晟自嘲地笑了笑，说道：“我就知道你一直是在装傻气我。”

我无奈地耸了耸肩膀，“我装傻装得其实也很辛苦。”

齐晟又打量我片刻，淡淡说道：“老九也不是个好相与的，你就真的信他？”

我瞪大了眼，惊讶地看着他，“没啊，我连你都不信呢，我能信他吗？好歹咱们两个还一个床上睡过的，我和他能有什么交情啊？”

齐晟无语，只看着我叹了口气。

我笑了，坦白说道：“不过我现在却是明白，张家和老九哪个都不能倒，我还等着他们两家来抬我皇后这顶大轿呢，再说了，皇上也不用急着非得把他们铲除了不可，君主不都是讲究制衡之术吗？叫他们相互制衡着不挺好吗？人多好抬轿啊！”

齐晟也笑了笑，“芃芃，你是我从未见过的女子。”

我点头，“嗯”了一声，暗道你是没见过我这样的女子，更没见过我这样的男子……

齐晟突然向我伸出手来。

我一下子怔了，不知道他这是什么意思。

齐晟手停在半空中，冲着我微微勾了勾。我迟疑着把自己手搭在了他的手上，齐晟将我拽了起来，突然用双手握住我的腰身将我举到了栏杆上，然后扭转过我的身子，叫我面朝向亭外。

远处，往上看是夜空中璀璨闪烁的星辰，往下看是城中星星点点的灯火，迎面有夜风徐徐袭来，带着春夜里缥缈的花香。

齐晟在我身后轻声说道：“芃芃，我们两个打个赌，好不好？”

我看着眼皮子底下颇为陡峭的地势，心里琢磨着我若是说个不好，他会不会一把将我推下去，造成个“意外自杀”？

许是因为我半天没说话，齐晟轻轻地把额头抵在了我的后背上，又软着腔调，低低地问我道：“嗯，芃芃？”

我一阵肉麻，忍不住打了个哆嗦，先深吸了口气，这才转回身看着他问道：“赌什么？”

齐晟仰着头看我，皎洁的月色在他深暗的眸子里泛出清润的光辉，一字一句地答道：“江山，还有你、我。”

我又问道：“怎么个赌法？”

齐晟答道："赌我能护你一世周全。"

我笑了笑，没说话。

齐晟又说道："若是我输了，我把命赔给你。可若是我赢了，"他顿了顿，深深地看着我，"你要对我一心一意，陪我共赏这万里江山。"

我爽快答道："不赌！"

齐晟微微一愣，似是有些意外，问："为什么？"

我忍不住笑道："你把我当小姑娘哄呢？谁不知道男人的话最不可信。"

齐晟静静地看着我，许久没有说话，最终笑了笑，双臂合拢，将我从栏杆上抱了下来，说道："回去吧。"

他不容分说，拉了我的手往亭外走去。我几次试探地往回抽了抽手，他却反而抓得更紧，我只得死了心，老实地落后他半步，任他拉着走路。

两人一路无言，齐晟直把我送到兴圣宫外，这才转身离去。